Cyflwynedig i'm chwiorydd –
Angharad, Meinir a Mai.

y traeth

Haf Llewelyn

Argraffiad cyntaf: 2016
© Hawlfraint Haf Llewelyn a'r Lolfa Cyf., 2016

Llun y clawr: Iola Edwards

Rhif Llyfr Rhyngwladol: 978 1 78461 258 0

Dymuna'r cyhoeddwyr gydnabod cymorth ariannol
Cyngor Llyfrau Cymru

Cyhoeddwyd ac argraffwyd yng Nghymru
ar bapur o goedwigoedd cynaladwy gan
Y Lolfa Cyf., Talybont, Ceredigion SY24 5HE
e-bost ylolfa@ylolfa.com
gwefan www.ylolfa.com
ffôn 01970 832 304
ffacs 01970 832 782

"Gwreigdda o arglwyddes neu uwchelwraic a volir o bryd a gwedd, a thegwch, ac addvwynder, a digrifwch a haelioni… a doethineb… a diweirdeb, a thegwch pryd a gwedd, a dissymlder ymadroddion, a phethav eraill ardderchawc addvwyn kanmoladwy…"

Gramadegau'r Penceirddiaid

RHAN 1

1612

1

Cyrraedd y Wern

'BE DDEUDIST TI oedd dy enw di eto?' arthiodd y dyn. Safodd y ferch yn llonydd fel petai wedi ei rhewi i'r cerrig oer dan ei thraed. Suddodd ei hwyneb ymhellach i gysgod y siôl goch oedd am ei hysgwyddau. Doedd hi ddim am i hwn weld ei hwyneb.

'Beg ydi hi, dwi wedi deud wrthat ti unwaith.' Doedd gan Gwerful fawr o amynedd efo'r Stiward. Roedd o'n taflu ei bwysau o gwmpas y lle'n ormodol, yn rhuo gorchmynion hwnt ac yma a phawb yn rhuthro i'w blesio. Doedd dim bwys ganddi hi amdano. Doedd ganddi ddim llawer o amynedd efo'r hogan yma chwaith – Begw. Roedd yna olwg digon blêr arni, fawr o raen. Ond roedd hi wedi addo i'r Cychwr y byddai'n morol amdani, a châi neb ei chyhuddo hi o fynd yn ôl ar ei gair. Morwyn yn nhafarn Ty'n y Rhos oedd Begw, ac ar ôl i wraig y Cychwr foddi ar y Traeth Mawr, roedd Begw wedi aros yno i fagu'r bachgen, Lewys. Roedd yn rhaid i rywun aros yno; doedd y Cychwr ddim yn ddigon tebol i ofalu amdano ei hun, heb sôn am ei fab bychan. Roedd pawb yn gytûn fod Begw, morwyn Ty'n y Rhos, wedi gwneud ei gwaith yn dda. Roedd morynion fel Begw yn brin. Ond roedd y gwaith o groesi'r traeth wedi mynd yn ormod i'r Cychwr, ac yntau prin lawn llathen. Roedd cychwr arall ar ei ffordd, yn ôl y sôn, a doedd dim lle i Begw yn Nhy'n y Rhos rhagor.

'Ac o ble doist ti rŵan? Pwy ddeudodd wrthat ti am ddod yma?' holodd y Stiward wedyn.

'Fi ddeudodd wrthi fod yma le iddi,' meddai Gwerful. 'O Dy'n y Rhos y daeth hi, ti'n gwybod hynny, rydw i wedi deud hynny wrthat ti hefyd. Wedi i'r Cychwr adael, doedd yna ddim lle iddi yn Nhy'n y Rhos, yn nag oedd? Dyna pam ei bod hi yma.'

'Hy, y Cychwr! Hen bryd i'r diawl gwirion hwnnw fynd i rywle dan draed. Ond nid tŷ i hel tlodion iddo ydi fan hyn chwaith. Dwn i ddim be oedd ar dy feddwl di'n ei chymell hi i ddod i fan hyn i gardota.'

Rhoddodd y ferch ochenaid fechan. Trodd tua'r drws agored i adael. Doedd dim croeso iddi yma, roedd hynny'n amlwg. Sythodd. Doedd hi ddim am aros yn unman lle'r oedd hi'n cael ei chyhuddo o gardota. Cydiodd yn dynn yn ei phecyn, ei holl eiddo. Gwasgodd heibio i'r Stiward ac anelu am y buarth. Wyddai hi ddim i ble'r oedd hi'n cychwyn, ond doedd hi ddim am aros yma beth bynnag.

Doedd dim lle iddi bellach yn ei hen gartref yn nhafarn Tŷ'n y Rhos, a'r Cychwr wedi gadael. Teimlodd dristwch yn gafael eto. I ble byddai'r Cychwr yn mynd? A fyddai'n medru gofalu amdano ei hun? Roedd rhyw ddiffyg ar ei feddwl, mae'n debyg. Ond doedd hi erioed wedi teimlo'n anghyffyrddus yn ei gwmni, ac roedd ganddi do uwch ei phen gyda'r Cychwr rhytedd a Lewys y bachgen. Roedd y cychwr newydd wedi cyrraedd yno ben bore ac wedi dweud nad oedd lle iddi hi, gan y byddai'n nôl ei deulu ato'r prynhawn hwnnw. Roedd ganddo bedair o ferched ei hun, a bachgen heb fod eto'n flwydd oed, a fedrai o ddim ei chynnal hithau hefyd.

Mi fyddai hwnnw'n difaru na fyddai o wedi bod ychydig yn fwy ystyriol ohoni. Wedi'r cwbl, fe wyddai hi hynt y llanw, a lle'r oedd y pyllau a fedrai lyncu dyn mewn eiliadau gan adael dim ar ôl, ddim hyd yn oed pluen ei het. Dim ond ynfytyn fyddai'n mentro ar draws y tywod heb y polion i ddangos y ffordd. Ddylai hi ddim fod wedi symud y polion, ond byddai'r cychwr newydd yn difaru na fyddai wedi ei chadw hi yno. Daeth pwl sydyn o edifar drosti.

9

Safodd am funud yng nghysgod y clawdd a thynnu'r siôl yn dynnach am ei hysgwyddau. A ddylai fynd yn ei hôl i Dy'n y Rhos i chwilio am Lewys? Roedd hi wedi gorfod gadael ar frys, heb ei rybuddio. Teimlodd y cywilydd yn codi eto. Fe ddylai fod wedi dod â Lewys gyda hi ond, rywsut, gwyddai nad oedd ganddi obaith dod o hyd i le i'r ddau ohonynt. Gallai fynd i chwilio amdano rywbryd eto. Dwrdiodd ei hun am fod yn feddal. Doedd dim angen poeni amdano. Roedd Lewys yn llanc erbyn hyn, yn ddigon tebol i ofalu amdano'i hun. Roedd yn bryd iddi hi roi hi ei hun yn gyntaf am unwaith.

Clywodd sŵn draw tua'r traeth – lleisiau dynion a sŵn y ceffylau a'u harnais yn gwichian. Roedden nhw wrthi'n llusgo llwyth i fyny o gyfeiriad y twyni. Gwaeddodd rhywun arni ond cipiwyd y geiriau gan y gwynt a'r dafnau swnd bach miniog.

Rhuthrodd y Stiward allan a gwthio heibio iddi heb ddweud dim, ac aeth yn ei flaen at y dynion. Symudai'n gyflym rhwng y gweision, yn gweiddi ac yn chwifio ei freichiau, ei osgo'n hyderus a herfeiddiol. Yn yr ychydig funudau rheiny gwyddai Begw y byddai'r Stiward yn dân ar ei chroen. Gwyddai'n iawn am ddynion fel hwn – roedd hi wedi gweld digon ohonyn nhw yn Nhy'n y Rhos. Pryfaid o ddynion wedi codi oddi ar domen byd oedden nhw, eu trwynau yn yr awyr rhag ofn iddyn nhw ddigwydd arogli chwa o'r cachu oedd yn dal i fynnu aros o dan eu gwadnau.

Mynd oddi yma fyddai orau iddi, ond er iddi ystumio ei meddwl i bob cyfeiriad methodd ei meddwl chwim â dangos y ffordd iddi'r tro hwn. Roedd hi'n ddwy ar hugain, heb deulu na gŵr i'w chynnal, na tho uwch ei phen, ac roedd yr haf yn hir yn cyrraedd Llanfrothen.

Teimlodd gyffyrddiad llaw ar ei braich.

'Ty'd i mewn am funud,' meddai Gwerful. 'Ddaw hwnna ddim yn ei ôl am sbel,' meddai wedyn gan nodio tuag at y Stiward.

'Ond...'

'Paid â chymryd dim gan y cythral.' Teimlodd y ferch law esgyrnog Gwerful yn ei gwthio i mewn i'r neuadd dywyll.

'Hwda,' meddai wedyn, a rhoi cwpan fechan arian yn ei llaw. 'Dos â'r gwpan yna i fyny iddi hi. Mae hi'n bryd i rywun weld sut hwyliau sydd arni bore 'ma.'

2

Y feistres newydd

EISTEDDAI MARGARET WYNNE yn y gadair isel wrth y ffenestr. Oddi yno gallai weld i lawr tua'r twyni. Gwyliodd y dynion yn llusgo llwyth i fyny tua'r tŷ; mae'n rhaid fod llong wedi angori tua'r Traeth Mawr. Efallai mai llong o Iwerddon oedd hi. Daeth pwl o hiraeth drosti, hiraeth am ei thad a'i brawd. Roedd ei brawd yn Iwerddon yn rhywle. Fe hoffai hi ei weld, ond fe hoffai weld ei thad yn fwy na hynny hyd yn oed. Byddai o'n ei hamddiffyn, yn cadw ei chefn. Fyddai o ddim wedi ei gadael i bydru yn fan hyn. Ond gan fod ei iechyd yn rhy fregus fedrai ei thad, Syr Thomas Cave, ddim dod i'w gweld. Dim ond ei mam, Eleanor Cave, ddeuai draw ar ei hynt weithiau. Ond doedd Margaret byth yn edrych ymlaen at yr ymweliadau rheiny.

'Margaret Wynne,' sibrydodd. 'Margaret Wynne ydi dy enw di, wyt ti'n clywed?' Rhoddodd chwerthiniad bach, a chodi'n sydyn i nôl y drych o'r gist. Edrychodd ar ei hadlewyrchiad am funud, a thwtio ei gwallt cringoch; roedd y cudynnau'n mynnu llithro oddi tan ei phenwisg. Gwthiodd y cudynnau yn eu holau a gwthio'r benwisg i fyny fel bod ei thalcen uchel i'w weld yn fwy amlwg. Syllai'r llygaid llwydion yn ôl arni yn y drych. Trodd ei phen a chiledrych arni hi ei hun unwaith eto fel y gallai weld amlinell ochr ei hwyneb. Roedd hyn wedi mynd yn ddefod ganddi. Oedd y mymryn bach yna o dro ym mlaen ei thrwyn yn rhy amlwg? Oedd ei thalcen yn ddigon uchel? Cododd ei gên – na, roedd ei hwyneb yn dangos nodweddion merch fonheddig, wrth gwrs. Pam ei bod byth a hefyd yn mynnu gadael i'r amheuon bach gwirion yma redeg trwy ei meddyliau, fel morgrug bach yn gwasgaru gwenwyn?

Byth ers iddi gyrraedd Gwydir yn ferch, fawr hŷn na phlentyn, i gyd-fyw â Siôn Wynne, roedd hi wedi ceisio perswadio ei hun ei bod yn perthyn yno. Ond doedd hi erioed wedi llwyddo rywsut.

'Na, mae trwyn y teulu Cave yn dal gen i, beth bynnag,' meddai'n uchel a rhoddodd y drych ar sil y ffenestr. Roedd hi'n fodlon – doedden nhw ddim wedi ennill eto. Merch ei thad oedd hi.

Roedd yn bryd iddi fynd i lawr i'r neuadd i wynebu ei dyletswyddau fel gwraig y Wern; fedrai hi ddim aros yn ei siambr trwy'r dydd. Ond doedd hi ddim wedi gwisgo eto ac roedd yr haul gwanllyd i'w weld yn taflu ei belydrau dros y twyni.

Oedd rhywun am ddod i fyny i'w gwisgo, tybed? Doedden nhw ddim fel petaen nhw wedi gweld gwraig fonheddig o'r blaen. Fe ddylai hi fod wedi mynnu dod â rhai o forynion Gwydir yma efo hi. Byddai'n rhaid iddi gael gair gyda'i gŵr, Siôn Wynne, ond doedd dim golwg ohono byth, er iddi dderbyn llythyr ganddo wythnos yn ôl yn addo y byddai wedi cyrraedd y Wern erbyn y Sul. Roedd ei ddyletswyddau yntau'n ei gadw oddi wrthi, ymhell yn Llundain, mae'n debyg, neu efallai iddo gyrraedd cartref ei dad yng Ngwydir bellach.

Ysgydwodd ei phen yn ddiamynedd – beth petai ei thad yn dod i wybod am hyn? Doedd y giwed i lawr yn y gegin ddim fel petaen nhw'n deall ei bod hi'n hanu o deulu o dras. Pan gyrhaeddodd Gwydir am y tro cyntaf, roedd ei thad yng nghyfraith wedi gwirioni.

'Croeso, croeso i Wydir, foneddiges fach!' Roedd o wedi ymgrymu o'i blaen a chwerthin dros y neuadd fawr. Cofiai iddo alw ar y teulu i gyd i ddod i weld ei drysor diweddaraf.

'Dyma hi, edrychwch – Margaret Cave, merch Syr Thomas Cave o Stanford...' cyhoeddodd, 'a neb llai na Seisyllt ei hun, ie,

William Cecil, prif gynghorwr yr hen frenhines, yn ddewyrth iddi!'

'*Come, my child, come sit by my side…*' Roedd y Foneddiges Sydney Wynne wedi ei chyfarch yn ei hiaith ei hun hyd yn oed, wedi gwneud lle iddi eistedd, yn hytrach na'i gadael ar ganol llawr y neuadd fel dodrefnyn newydd, drud.

Roedd ganddi hi gysylltiadau – dyna pam y bu'r holl fargeinio cyn i'w rhieni gytuno iddi ddod yn wraig i etifedd Gwydir flynyddoedd yn ôl. Doedd hi ddim wedi dod yma ar hap; roedd teulu Gwydir eisiau gwraig o bwys i Siôn Wynne, etifedd Gwydir, a dyma hi. Fe gawson nhw wraig o dras, a dyma sut roedden nhw'n ei thrin. Ei danfon yma i berfedd nunlle – i'r Wern yn Llanfrothen. Doedd ei thras yn golygu dim yma yn y Wern.

'Syr Thomas Cave, ie?' Roedd y Stiward wedi cymryd un cip arni a sibrwd rhywbeth dan ei wynt, cyn chwerthin a throi ei gefn arni a mynd yn ei ôl at ei waith.

Pam na fyddai hi wedi cael aros gyda'i morynion ei hun yng Ngwydir? Er y pellter rhwng Dyffryn Conwy a'i chartref yn Stanford, doedd o'n ddim i'w gymharu â'r lle anghysbell, diwareiddiad hwn. Pe byddai'n ysgrifennu at Syr John Wynne, ei thad yng nghyfraith, ac yn ymbilio, tybed a gâi ddychwelyd i Wydir? Ond doedd hi ddim yn siŵr. Dim ond unwaith y gwnaeth hi ymbil am unrhyw beth yn ei bywyd, ond gwthiodd y bore hwnnw ymhell o'i meddwl.

Eisteddodd Margaret yn ei hôl ar y gadair isel, a'r dagrau'n bygwth eto. Eisteddodd yno'n bwdlyd. Fe ddylai fod wedi mynnu dod â'i morwyn hi ei hun yma, er fyddai hynny ddim yn gweddu. Roedd gwell siawns iddi ddod i arfer â'r wlad ryfedd hon wrth ddod yma ar ei phen ei hun, medden nhw. Wyddai hi ddim sut y gallen nhw fod mor greulon.

Syllodd eto trwy wydr aneglur y ffenestr, draw tua'r tir corsiog a'r môr yn y pellter. Waeth iddyn nhw fod wedi ei thaflu i ganol y tonnau llwydion – byddai un ai'n boddi, yr ewyn a'r tonnau'n ei mygu a'i llusgo i'r pyllau diwaelod, neu byddai'n cwffio am ei heiniocs.

Roedd hi wedi clywed Gwerful a'r gwas bach yn sgwrsio ddoe, yn ei thrafod, yn ceisio deall pam na ddeuai'r meistr ifanc adre at ei wraig yn amlach.

'Mae hi'n ddigon tlws yn tydi, Gwerful?' meddai'r gwas bach yn ddiniwed.

'Ydi, neno'r tad, ac yn wraig fonheddig, yn gwybod sut ma bihafio. Paid ti â gadael i mi glywed yr un ohonoch chi'n lladd arni rŵan...' Roedd Gwerful wedi troi ei llygaid craff ar y gwas, wrth ei herio.

'Na, faswn i ddim yn gneud dim byd i'w chroesi, Gwerful, wir i ti. Mae hi'n medru Lladin, ac yn medru brodio'n glws, a darllen...'

'Prysur ydi'r meistr ifanc, yn siŵr i ti,' meddai Gwerful wedyn. 'Mae o'n ddyn pwysig yn Llunden bell, cofia, yn ddyn cyfreithia a ballu.'

Wyddai Gwerful ddim beth oedd gwaith y meistr ifanc, ond roedd gwybod ei fod yn Llundain yn ddigon. Os oedd yn rhaid iddo fynd i Lundain, yna mae'n rhaid fod ei waith yn bwysig. Fyddai hi ddim yn ailadrodd straeon y Stiward mai yn y llysoedd roedd Siôn Wynne gan mwyaf, yn dwyn achos yn erbyn rhywun yn dragwyddol, rhywbeth ynghylch tiroedd fel arfer.

Cododd Margaret yn sydyn ac ymbalfalu yn y gist, a chwalu'r dillad i chwilio, yn gwybod ei fod yno gan mai hi ei hun oedd wedi ei guddio cyn iddi gael ei halltudio yma. Chwyrlïodd y dillad o'i hamgylch, yn beisiau a sanau sidan, yn hancesi les a sioliau gwlân meddal, ac yna daeth o hyd i'r pwrs bychan lledr. Agorodd y rhuban melfed oedd yn ei gau, tynnu'r papur tenau allan yn ofalus, ac agor y plygiadau. Yno roedd un cudyn bychan lliw aur. Un cudyn o wallt Leila fach.

3

Lewys

ROEDD YR HEN Gychwr wedi gwylltio'n gacwn pan geisiodd Lewys ei ddilyn ar hyd y Traeth Mawr.

'Dos!' rhuodd. 'Dos 'nôl, dim efo Cychwr, dos!' Dychrynwyd Lewys gan yr awgrym annifyr yn y llais. Doedd Lewys erioed wedi ei glywed yn gweiddi o'r blaen, dim ond ysgyrnygu dan ei wynt weithiau pan nad oedd pethau yn ei blesio, ond gwyddai pawb mai mudandod oedd un o nodweddion arferol y Cychwr.

'Ond dwi'n dod efo chdi…' ceisiodd wedyn. Gallai fod wedi ei ddilyn yn hawdd, gan iddo gael ei fagu yno ar ymyl y Traeth Mawr. Gwyddai Lewys am y cerrynt, a'r llanw – y mynd a'r dod. Doedd tywod sigledig y traeth ddim yn fygythiad i fachgen fel Lewys. Ond arhosodd yn ei unfan pan glywodd y llafn yn llais y Cychwr.

'Dos 'nôl, Cychwr dim pia Lewys, dos…'

Sylweddolodd Lewys mai sŵn ubain crio yn dianc o grombil y dyn mawr a glywsai. Sŵn ubain, fel petai ei lais yn cael ei rwygo allan ohono, ac yn cael ei gario yn gymysg â'r swnd a'r gwynt yn ôl at y fan lle safai Lewys. Roedd hynny'n ddigon o rybudd i'r bachgen. Arhosodd Lewys yn ei unfan. Arhosodd yno ar y traeth am hydoedd yn gwylio cefn y Cychwr yn pellhau draw am afon Glaslyn. Arhosodd nes iddo deimlo'r llanw'n dechrau llepian dros ei draed. Neidiodd yn sydyn. Byddai'n rhaid iddo fynd i ddweud wrth Begw, meddyliodd, a rhuthrodd yn wyllt yn ei ôl tuag at dafarn Ty'n y Rhos.

Doedd Lewys ddim wedi gweld Begw'r bore hwnnw gan iddo

godi'n gynnar i fynd i chwilio am nythod. Mi fyddai hi'n flin, gwyddai hynny – doedd o ddim wedi nôl coed nac estyn dŵr. Roedd o wedi dianc o'r tŷ cyn i Begw a'r Cychwr ddod i'r golwg. Fu yna ddim hwyliau ar yr un o'r ddau ers dyddiau, felly roedd yn well iddo beidio â bod dan draed. Wyddai Lewys ddim beth oedd achos yr hwyliau drwg ond roedd y Cychwr yn fwy tawel na'r arfer, a Begw wedi suddo'n ddwfn i'w meddyliau ei hun, gan na chawsai ddim ateb i'r un cwestiwn ganddi.

Begw oedd wedi gofalu amdano ers y bore hwnnw amser maith yn ôl, pan aeth gyda'r Cychwr i roi corff ei fam yn y ddaear ym mynwent Llanfihangel y Traethau. Doedd o'n cofio fawr ddim am y diwrnod, dim ond dagrau Begw'n hallt ar ei foch. Merch ifanc oedd hithau bryd hynny, fawr hŷn na phlentyn ei hun, ond roedd hi wedi ei godi, a'i dynnu'n glòs i'w gysuro. Cofiodd yr olwg syfrdan ar wyneb y Cychwr. Ond roedd o hefyd yn cofio, neu roedd o'n credu ei fod yn cofio, fod rhywun arall yno. Dyn tal, a'i wyneb yn dywyll fel taran, a'i fod wedi galw ar Lewys, wedi estyn ci law, fel petai am ei gymryd.

Roedd Lewys wedi holi Begw sawl gwaith ai ei ddychymyg oedd wedi creu'r dyn, ond fedrai o gael fawr o synnwyr ganddi. 'Efo'r Cychwr oeddet ti i fod, roedd dy dad yn rhy hwyr yn dod i chwilio amdanat ti a dy fam.' Ac er i Lewys holi, fedrai Begw ddim cynnig mwy o wybodaeth iddo am y dyn. Efallai na wyddai Begw ddim mwy, dim ond dod i Dy'n y Rhos yn forwyn wnaethai wedi'r cyfan.

Ond heddiw, roedd y Cychwr wedi troi ei gefn ar Lewys, wedi mynnu ei adael ar ôl. Sgrialodd i fyny dros y cerrig llithrig at Dy'n y Rhos, ond wrth iddo gyrraedd y llwybr a arweiniai at y tŷ daeth teimlad o ofn rhyfedd drosto. Roedd y drws ar gau, a dim mwg yn codi. Arno yntau roedd y bai am hynny wrth gwrs, meddyliodd, doedd o ddim wedi nôl coed. Ond pam fod y drws ar gau? Fyddai'r drws fyth ar gau. Lle prysur oedd tafarn Ty'n y Rhos – teithwyr yn mynd a dod o hyd, rhai am groesi o

Feirion am Eifionydd, ac eraill am gymryd y ffordd tuag Arfon, neu draw am Fôn. Roedd yn rhaid dod heibio Ty'n y Rhos, neu un o'r bythynnod eraill ar lan y dŵr os am groesi'r Traeth Mawr; un ai hynny neu gerdded filltiroedd draw am Aberglaslyn.

Rhuthrodd Lewys i agor y drws.

'Beg, Begw…' Roedd y stafell fawr yn wag, a'r aelwyd yn oer a thywyll. 'Beg, dwi'n ôl!' galwodd eto gan ruthro draw at waelod yr ysgol a arweiniai at y siambr uwchben.

'Begw, dwi'n ôl. Lle mae'r Cychwr yn mynd?' Ond doedd neb yno i ateb ei gwestiynau. Yna sylwodd ar siapiau tywyll ym mhen pella'r siambr. Dwy gist drom, a thair sach; doedd dim sôn am neb felly mentrodd godi caead un o'r cistiau. Dim ond dilladach oedd ynddi. Cododd gaead y llall – ambell gawg, a chwpanau pren wedi eu lapio mewn llieiniau. Agorodd y sachau wedyn, ac eto ambell ddilledyn a sachaid o geirch. Dim byd o bwys, ond pam roedden nhw yn y siambr?

Eisteddodd Lewys ar y stelin garreg y tu allan i'r tŷ i bendroni. Ble'r oedd Begw? Roedd o wedi dringo i'r groglofft lle cysgai hi, ond doedd dim golwg ohoni, ac yn fwy rhyfedd, roedd ei siôl orau, yr un goch a'r mymryn les ar ei hymyl, wedi diflannu hefyd. Dyna'r unig drysor oedd ganddi. Fyddai Begw byth yn mynd â hi i unman rhag ofn i rywbeth ddigwydd iddi, felly os oedd y siôl wedi mynd, yna… Cododd yr ofn eto yng nghrombil Lewys. Os oedd y siôl wedi mynd, roedd Begw wedi mynd hefyd.

Gwyliodd griw o deithwyr yn dod i'r golwg, a'u gwylio'n anelu heibio i Dy'n y Rhos ac i lawr i gyfeiriad y cariwr arall. Byddai hwnnw'n eu hebrwng ar hyd y traeth, neu'n eu cario yn ei gwch. Fe fyddai'r Cychwr wedi ysgyrnygu – roedden nhw wedi colli arian yn y fan yna.

Eisteddodd yno'n meddwl beth y dylai ei wneud nesaf. Yn llanc ifanc roedd o wedi arfer meddwl drosto ei hun. Doedd y Cychwr ddim wedi cymryd fawr o ran yn ei fagwraeth ond ni chafodd gam ganddo chwaith. Roedd bwyd ar ei gyfer a tho cysurus uwch ei ben, a Begw'n gwneud ei gorau i ofalu amdano.

Ond roedd yna fwlch ym mhob peth a wnâi ac a deimlai rywsut. Byddai grym y bwlch hwnnw, fel y tyllau o dan y tywod sigledig ar y traeth, yn bygwth ei dynnu i lawr tua'r tywyllwch. Gwyddai mai'r bwlch lle'r arferai ei fam fod oedd hwnnw ond fedrai o ddim esbonio hynny wrth neb. Roedd ei hwyneb yn dal yn lled eglur yn ei feddwl, er bod yr ymylon yn niwlog, ond gallai deimlo ei phresenoldeb yn ei amgylchynu, yn enwedig pan fyddai ar y traeth, a'r gwynt yn chwipio. Caeodd ei lygaid a cheisio ailffurfio ei hwyneb yn ei feddwl, a chlywed ei llais eto. Beth ddylai ei wneud? Beth fyddai ei chyngor hi iddo?

Yma roedd ei fam wedi aros, hyd yn oed pan gawsai'r cyfle i ddianc oddi yma, dianc oddi wrth y Cychwr. Dewisodd aros. Doedd Lewys ddim yn siŵr iawn o'r stori, ond roedd a wnelo'r dyn tal â'i wyneb fel taran rywbeth â'r cynnig i adael. Arhosodd ei fam efo'r Cychwr am mai dyna oedd yn iawn, medden nhw. Ond gwyddai Lewys mai perthyn i'r traeth roedd ei fam, un o bobl y traeth oedd hi, a dyna pam yr oedd hi wedi aros yn Nhy'n y Rhos. Dyna felly y dylai yntau ei wneud.

Byddai'n medru aros yn agos i'r traeth, a chuddio yn yr helm neu yn un o'r ogofâu ar Hirynys neu'r Ynys Gron. Roedd yn gyfarwydd â phob cilfach o amgylch y penrhyn – fyddai neb ddim callach ei fod yno. Yma, fe fyddai ei fam efo fo, ar y traeth yn ei wylio, ei hanadl mor sicr â'r awel a ddeuai i mewn o'r môr. Byddai yma'n ei lywio, yn sibrwd geiriau i'w gysuro, yn dangos y llwybrau ar hyd y tywod twyllodrus iddo, yn ei arwain. Wyddai neb arall mo hynny, a theimlai neb arall ei phresenoldeb, ond roedd hi yno.

Cododd Lewys yn wyllt. Byddai'n rhaid nôl ambell beth o'r tŷ felly. Aeth yn ôl i mewn a dringo i'r siambr. Cododd y garthen drwchus, casglu'r ychydig ddillad oedd ganddo, yna disgyn yn ei ôl i lawr i'r stafell fawr. Casglodd ychydig o gelfi, cwpan a dysgl, ei gyllell. Edrychodd ar y sach o geirch ond fedrai o ddim gweld sut y medrai gario honno. Cipiodd weddillion y dorth, yna lapio popeth yn y garthen a'i thaflu dros ei ysgwydd.

4

Y drych

SAFAI BEGW Y tu allan i'r drws yn gwrando. Yn ei dwylo daliai hambwrdd bach piwtar, gan ei ddal mor wastad ag y gallai. Gan fod gwaelod y gwpan arian yn gul, dim ond un cam blêr a byddai cynnwys y gwpan yn llanast dros bob man. Cododd y gwpan at ei thrwyn. Fedrai hi ddim meddwl beth oedd yr hylif tywyll, cochlyd oedd ynddi. Rhyw drwyth rhyfeddol, mae'n debyg, ar gyfer y feistres a neb arall. Cydiodd yn yr hambwrdd ag un llaw, ac yn ofalus rhoddodd flaen ei bys yn y trwyth a'i flasu. Crychodd ei thrwyn – roedd o'n gynnes ac yn chwerw. Byddai mêl yn gwella'r blas. Arhosodd am funud i ystyried. A ddylai fynd yn ei hôl i'r gegin at Gwerful i nôl mêl? Roedd ar fin troi am y grisiau pan glywodd sŵn rhywbeth yn torri'n deilchion, sŵn anghyfarwydd gwydr yn malu.

Rhoddodd Begw'r hambwrdd ar lawr ac agor y drws. Camodd i'r stafell yn gyflym, heb ystyried yr hyn fyddai'n ei hwynebu. Arhosodd yn ei hunfan, a gweld y corff yn dywyll yn erbyn golau'r ffenestr. Ai plentyn oedd yno? Neu ferch ifanc yn ei chwman o flaen y ffenestr, ei hysgwyddau wedi plygu, fel petai'n gwarchod rhywbeth yn ei chôl? Eisteddai yno'n siglo, yn magu rhywbeth yn ei mynwes. Wrth glywed y drws yn agor trodd y ferch. Syllodd Begw ar yr wyneb gwelw, y llygaid llwydion yn ei dal, llygaid ac ynddynt y fath dristwch na welsai erioed o'r blaen yn llygaid yr un adyn byw. Tristwch a thywyllwch y fall – cofiodd Begw am ddisgrifiad yr hen reithor o uffern. Ai dyna a welai yn llygaid y ferch hon? Aeth cryndod trwyddi. Pwy oedd hi? Doedd hi ddim yn edrych fel meistres. Cofiodd Begw am storïau ei mam pan oedd yn blentyn. Storïau am y bobl fach oedd yn gallu dod â chysur neu felltith i'r aelwyd. Roedd rhywbeth yn yr wyneb gwelw a'r ên fain yn ei hatgoffa o dylwyth teg.

Cododd y ferch ar ei thraed i wynebu Begw, ac wrth godi sythodd ei hysgwyddau ac estyn ei breichiau fel petai hi am gydio ynddi. Wrth wneud, disgynnodd llewys y gŵn yn ôl i ddangos y gwaed dros ei dwylo. Gallai Begw weld y gwrid yn diflannu o'i hwyneb, felly rhuthrodd i gydio ynddi cyn i'w choesau sigo oddi tani.

'Tyrd i eistedd.' Daliodd Begw ei gafael ym mraich y ferch a'i llywio i eistedd ar ymyl y gwely. Roedd ei bysedd yn dal i gydio'n dynn yn rhywbeth, a'r gwaed yn diferu dros ei gŵn nos a'r llawr gan greu patrymau cywrain coch. Syllodd y ddwy ar y diferion, wedi eu hudo gan liw llachar y gleiniau coch yn lledu ar draws y pren tywyll.

'Be sy gen ti yn fan'na?' Camodd Begw yn ei hôl oddi wrth y swp gwaedlyd. Wyddai hi ddim beth i'w wneud efo hi. Roedd dwrn y ferch wedi ei gau'n dynn, dynn am rywbeth, a'i migyrnau'n felynwyn.

'Agor dy law.' Camodd yn nes ati. 'Mae o'n dal i waedu gen ti. Fedri di agor dy ddwrn i mi gael gweld?'

Trodd y ferch oddi wrthi a thynnodd ei dwylo yn ôl i'w chôl. Syrthiodd y cudynnau gwallt i guddio'r llygaid llwydion.

'Be sy gen ti yn dy law?'

'Dydi o ddim yn dweud y gwir,' sibrydodd y ferch. 'Nid Margaret Wynne sydd yna.'

'Yn lle?'

Edrychodd Begw o'i chwmpas. Doedd geiriau hon ddim yn gwneud synnwyr. Doedd neb arall yno, dim ond hi a'r ferch ryfedd yma. Roedd rhaid iddi wneud rhywbeth, wrth weld y diferion gwaed yn dal i lifo, un ar ôl y llall, i gôl y ferch, gan wasgaru a chwyddo'n batrymau llachar fel petalau rhosod gwlyb, trwy gotwm y gŵn nos.

'Ga i edrych ar dy law di?' gofynnodd Begw, ond chymerodd y ferch ddim sylw.

'Agor dy law,' meddai wedyn, gan synnu ei hun o glywed y fath awdurdod yn ei llais. Mae'n rhaid bod y ferch wedi ei glywed hefyd, oherwydd cododd ei phen i syllu ar Begw ac yna'n araf agorodd ei dwrn i ddangos y darn drych miniog yn ei llaw.

'Dweud celwydd mae o…' mwmiodd y ferch. 'Mae'r drych yn dweud celwydd amdana i. Margaret Wynne *ydw* i, yndê?'

'Ie, feistres.'

Hon oedd y feistres newydd felly? Doedd hi ddim yn ymddwyn fel meistres. Wyddai Begw ddim pwy oedd hi ond gwyddai mai cytuno oedd orau. Di ysiodd i dynnu'r darn gwydr o'i llaw. Cipiodd ddilledyn oddi ar y gwely a lapio'r llaw i geisio arafu llif y gwaed. Gwyliodd y feistres hi, ei llygaid yn dilyn pob symudiad, ei gwefus yn mwmian rhywbeth. Lapiodd Begw bais arall am y llaw; roedd y gwaed yn dal i dreiddio trwy'r cotwm gwyn. Roedd y ferch yn simsanu, ei phen yn disgyn yn erbyn ochr y gwely, ei breichiau'n llipa. Brysiodd i godi ei choesau, i'w chael i orwedd. Eisteddodd wrth ei hymyl ar y gwely a rhoi ei dwylo amdani. Cododd y feistres ei phen a phwyso'i boch yn erbyn ysgwydd Begw. Arhosodd y ddwy felly am sbel, yn dawel. Arhosodd Begw'n llonydd fel delw, nes i'w breichiau gyffio. Doedd hi dim am feiddio symud. Gallai weld bod y rhwymyn am law'r feistres wedi tywyllu, a'r gwaed wedi'i atal o'r diwedd. Yna, cododd Margaret ei phen yn sydyn, fel petai wedi deffro o ryw drwmgwsg rhyfedd. Edrychodd ar Begw.

'Pwy wyt ti?' holodd.

'Begw ydw i, feistres.' Beth arall ddylai hi ddweud? Meddyliodd am y Stiward, a'i eiriau annifyr, yna mentrodd, 'Begw Prys ydw i, a dwi wedi dod yma i ofalu amdanat ti, feistres.'

Llithrodd oddi ar y gwely, gan gofio'n sydyn am y gwpan arian. Aeth allan i nôl yr hambwrdd ac estyn y gwpan i Margaret.

'Fedri di yfed hwn rŵan, tra bydda i'n mynd i nôl basn o ddŵr?' meddai'n ansicr. Doedd hi erioed wedi bod mor hyf gyda meistres o'r blaen. Ond, rywsut, doedd hon ddim fel yr un feistres arall y gwyddai Begw amdani. Fyddai'r rheiny oedd yn croesi'r traeth weithiau gyda'u gwŷr – y merched cefnog, sicr eu camau – fyth wedi gadael iddi hi, morwyn fach ddi-sylw, gyffwrdd pen ei bys ynddyn nhw

Cymerodd Margaret y gwpan.

'Diolch,' sibrydodd. Rhuthrodd Begw yn ei hôl i lawr y grisiau, ei chlocsiau'n clecian trwy'r neuadd. Rhuthrodd Gwerful ati.

'Ydi popeth yn iawn? Ydi'r feistres wedi codi?'

'Ydi, mae hi'n gwisgo rŵan.' Cadwodd Begw ei llais mor dawel ag y gallai. 'Oes yna fasn yma? Dwi angen dŵr oer.'

'Mi gei ddŵr cynnes rŵan, iddi gael molchi. Mae o wrthi'n cynhesu.' Rhoddodd yr hen wraig y dŵr cynnes mewn stên a chychwyn am y grisiau.

'Aros, mi a' i â fo i fyny.' Cipiodd y stên yn llawn dŵr cynnes oddi ar Gwerful a rhuthro am y grisiau. 'Oes yna rywun eith i nôl dŵr oer i mi hefyd, a chadachau?'

Trodd i ddringo'r grisiau.

'Rhaid i mi gael dŵr oer. Fedri di ddod â fo i fyny, a'i adael tu allan i'r drws?' galwodd, cyn cau drws siambr y feistres yn glep y tu ôl iddi, a'i gloi. Wyddai hi ddim pam, ond doedd hi ddim yn meddwl y byddai gweld y feistres ryfedd yma yn waed drosti yn gwneud lles i neb. Syllodd Gwerful ar ei hôl o waelod y grisiau gan bendroni sut roedd y forwyn newydd wedi dod o hyd i'w thraed mor gyflym.

Roedd Margaret yn dal i eistedd lle gadawyd hi, ei thalcen yn pwyso yn erbyn y llenni trwchus a amgylchynai'r gwely.

'Tyrd, gad i mi lanhau dy ddwylo di, ond mi adawn ni'r

cadach o gwmpas y briw i drio atal y gwaed rhag llifo. Wyt ti wedi gorffen efo'r gwpan? Fedri di godi dy freichiau i mi dynnu'r goban yma? Lle gaf i ddillad glân i ti?' Clywai Begw ei llais yn llifo o un gorchymyn i'r llall, a'r ferch yn gwrando ac yn ufuddhau yn araf bach i bob cais.

Yn ofalus, golchodd Begw'r dwylo main, gwynion yn y dŵr cynnes, a phan glywodd sŵn Gwerful yn gadael y dŵr oer y tu allan, agorodd y drws yn dawel a'i nôl. Tynnodd y feistres ei dillad budron a throchodd Begw hwy yn y dŵr oer a'u rhwbio nes roedd y gwaed yn llifo ohonynt, gan adael lliw rhosyn gwan yn y dŵr.

'Dos o dan y gwrthban am funud nes y medra i ddod o hyd i rywbeth cynnes i ti i'w wisgo,' gorchmynnodd wedyn, a chodi'r gwrthban trwm yn ôl er mwyn i'w meistres gael gorwedd oddi tano. Syllodd Begw ar gorff eiddil y feistres. Sylwodd ar ei hesgyrn yn amlwg o dan freuder y croen claerwyn, a'r gwythiennau'n las. Sylwodd ar y pantiau lle dylai cnawd fod, ac ar y cleisiau yma ac acw ar hyd ei chluniau. Syllodd am eiliad yn rhy hir.

'Dos rŵan,' meddai'r ferch, gan dynnu'r gwrthban trwm drosti, a throi ei chefn.

Cododd Begw'r cafnau dŵr a'r dillad ac aeth â nhw i lawr y grisiau. Aeth â'r cafnau dŵr gwaedlyd allan o'r golwg at y pistyll. Doedd hi ddim am i neb arall wybod am y ddamwain gafodd y feistres gyda'r drych. Roedd yr haul wedi dianc o'i guddfan ac wedi codi uwchben y gefnen. Byddai'n rhaid cael y dillad allan ar y llwyni, i wneud yn fawr o'r golau dydd.

5

Cyrraedd Ty'n y Rhos

ROEDD HI'N NOSI'N gyflym, a'r niwl wedi cau am y traeth. Cododd Lewys o'i guddfan yn y llwyni uwchben y ffordd a arweiniai at Dy'n y Rhos. Yno roedd wedi bod am y rhan orau o'r diwrnod. Roedd wedi mynd â'i becyn i'r ogof ar Hirynys, cyn rhedeg yn ei ôl ar draws y mymryn traeth i gyrraedd trwyn y penrhyn eto. Yna swatiodd i wylio'r mynd a'r dod o'i guddfan.

Gwyliodd y teulu newydd yn cyrraedd yn y cert, y cychwr newydd yn arwain y ceffyl, a'r plant yn rhedeg wrth ei ochr. Gwelodd fod pentwr o ddillad blêr ym mhen blaen y cert, ond o edrych yn fanylach gallai Lewys weld mai gwraig oedd yno, yn cydio'n dynn yn rhywbeth wedi ei lapio mewn siôl. Cododd y wraig ei phen i edrych ar ei chartref newydd, a sylwodd Lewys ar yr wyneb mawr llydan. Roedd y cert wedi aros yn union gyferbyn â'i guddfan, a gallai Lewys weld y chwys yn sgleinio ar dalcen y wraig. Gwyliodd hi'n ceisio codi, yn drwm a thrwsgwl.

'Mari, tyrd i nôl dy frawd gen i!' gwaeddodd ar un o'r plant eraill i'w helpu. 'Fedra i ddim dod o'r drol yma efo hwn yn fy mreichiau,' mynnodd.

Rhedodd merch ifanc tuag ati a chymryd y siôl o'i breichiau. Siglodd hithau wedyn at gefn y cert, a chodi ei sgert drom fel y gallai gamu i lawr. Roedd ganddi goesau preiffion, a fferau chwyddedig.

'Tyrd â dy fraich i mi!' gwaeddodd ar un o'r merched eraill. Cyfrodd Lewys. Pedair merch – a'r bwndel yn y siôl. Doedd yna'r un bachgen i'w weld yn dilyn. Tybed, felly, a fydden nhw angen rhywun i helpu? Gallai o hebrwng pobl ar draws y traeth; roedd ganddo oes o brofiad. Roedd o'n rhwyfwr cryf hefyd ac yn adnabod y cerrynt. Cododd ei galon am funud – a ddylai fynd yno rŵan, i gynnig ei wasanaeth?

'Fedri di ddim aros yn llonydd, i mi gael dod i lawr o'r cert yma?' arthiodd y fam, ond fedrai'r ferch ddim cynnal pwysau'r bladres, a siglodd y ddwy am funud cyn i draed y fam lanio ynghanol y llaid yn y ffos ar ochr y ffordd, nes roedd ei fferau'n chwdrel o faw a llysnafedd.

'Dewch â'ch dwylo i mi!' sgrechiodd, a cheisiodd dwy o'r merched fynd ati i'w helpu i godi o'r dŵr drewllyd. 'Fedri di ddim aros yn llonydd am eiliad, y sguthan fach wirion!' sgrechiodd wedyn, a saethodd ei braich allan i gyfeiriad y ferch fu'n ceisio ei helpu. Camodd honno'n ôl yn ddigon sydyn i osgoi'r gelpan. Swatiodd Lewys yn ei ôl yn ei guddfan. Efallai nad heddiw oedd y diwrnod i gynnig ei wasanaeth i hon, wedi'r cyfan.

Gwyliodd Lewys helynt y mynd a'r dod o'r cert i'r tŷ. Gallai ddychmygu'r merched yn dringo a disgyn ar hyd yr ysgol, a bob hyn a hyn clywai floedd yn taranu o'r tu mewn i'r gegin. Gwenodd; fyddai'r un teithiwr yn meiddio croesi hon! Gallai ddychmygu wynebau rhai o'r teithwyr arferol pan fydden nhw'n dod ar ei thraws. Y rhai meddw yr oedd ar Begw cymaint o'u hofn ar y dechrau, nes iddi ddod i ddeall pwy oedd y rhai oedd *wir* angen eu gwylio. Gwenodd wrth gofio'r rhai oedd yn gyndyn o dalu, er iddyn nhw gael y gwely gorau, a'r oiâr fwyaf o'i bara a chaws. Fydden nhw'n meiddio cecru am y pris efo hon? Beth fyddai'r rhai oedd yn mynnu cornelu Begw, a'i chyffwrdd, yn ei wneud o hon, tybed? Chwarddodd Lewys. Doedd o ddim yn meddwl y byddai'r bladres, a'i choesau derw, yn cael ei thrafferthu gan y rheiny rywsut.

Roedd ar fin codi i ddilyn y llwybr yn ôl am Hirynys pan ddaeth y cychwr newydd allan, a throi i'w wynebu. Gŵr heb fod yn hen, ond a'i gefn yn dechrau crymanu, a'i gam yn araf a gofalus. Fyddai hwn ddim yn gallu cyflymu pan fyddai'r llanw'n bygwth, meddyliodd Lewys. Wyddai o unrhyw beth am y traeth? Doedd Lewys ddim yn ei nabod, felly doedd o ddim yn un o bobl y Traeth Bach chwaith. Sut fyddai gobaith iddo wneud gwaith cychwr felly? Mae'n rhaid ei fod wedi dod o gyfeiriad Ardudwy; un o gyffiniau Harlech neu Bermo oedd o efallai, gan mai ar draws y Traeth Bach y daethon nhw, a heibio Ynys Gifftan. Ond doedd hynny ddim yn ddigon i fedru deall tymer y Traeth Mawr. Cysurodd Lewys ei hun. Byddai'n mynd heibio fory i holi am waith.

Yna daeth gwaedd arall o grombil ei hen gartref a gwyliodd Lewys y cychwr newydd yn cymryd un cip pryderus draw tua'r môr, cyn brysio i wynebu ei wraig. Trodd Lewys i gydio mewn cangen er mwyn tynnu ei hun i fyny o'i guddfan; byddai'n mynd yn ei ôl rŵan i Hirynys. Gwyddai am bwll bach lle byddai'n siŵr o ddod o hyd i bysgod cregyn iddo gael llenwi peth ar ei fol cyn cysgu. Plygodd i rwbio'r rhedyn oddi ar ei goesau.

'Pwy w't ti?'

Neidiodd Lewys. Sut nad oedd o wedi clywed sŵn y ferch yn agosáu?

'Ers pryd ti'n swatio'n fan'na?' holodd y ferch wedyn. Edrychodd Lewys arni. Yr un wyneb llydan, a'r un llygaid ffyrnig â'i mam. Hon oedd wedi cymryd y bachgen o freichiau ei mam.

'Rw't ti'n fan'na ers meityn yn ôl dy olwg di, a drycha, mae'r rhedyn wedi cymryd dy siâp di. Be w't ti'n neud yna, beth bynnag?' holodd wedyn, gan wthio ei hwyneb tuag ato'n herfeiddiol.

Fedrai Lewys ddim meddwl beth y dylai ddweud. Doedd o ddim am gyfaddef ei fod wedi bod yn gwylio helynt y cert ers iddo gyrraedd.

'Dim byd… chwilio am nythod adar ydw i.' Ond gwyddai nad oedd y ferch am gymryd dim o'i esgusodion.

'Chwilio am nythod, o ddiawl! I be fasat ti'n chwilio am nythod yn y rhedyn yn fan'na? Fasa 'run aderyn yn nythu yn fan'na, a ph'run bynnag, mae hi'n rhy gynnar i ddod o hyd i wya.'

'Nach'di!' Doedd Lewys ddim wedi arfer â chael neb yn ei herio fel hyn, yn arbennig merch fach dew fel hon, a'i hwyneb yn llydan fel lleuad lawn.

'Yndi.'

Gwthiodd y ferch ei hwyneb yn nes eto, nes y gallai Lewys weld y darnau bach o wyrdd yn ei llygaid. Roedden nhw'n ei atgoffa o'r marciau bychan ar yr wyau y byddai'n eu casglu a hithau'n wanwyn. Doedd o erioed wedi gweld llygaid o'r lliw yna o'r blaen, llygaid oedd yn ei atgoffa o wyau'r gylfinir.

'Fi sy'n iawn,' mentrodd Lewys wedyn. 'Dwi wedi gweld nythod yn barod.' Trodd i symud ac i geisio cael ei draed ar dir solat, ond cyn iddo sythu'n iawn teimlodd fraich yn ei wthio yn ei ôl i ganol y rhedyn.

'Wedi dengyd w't ti, yndê?' Safodd y ferch uwch ei ben, ei breichiau wedi eu plethu o'i blaen. Doedd dim gobaith mynd heibio iddi.

'Na,' meddai. Doedd o erioed wedi dod ar draws neb fel hon o'r blaen, merch heb ddim ofn yn perthyn iddi. 'Na, dydw i ddim wedi dengyd o nunlle, achos does gen i nunlle na neb i ddengyd oddi wrtho.'

'O lle w't ti wedi dod felly?'

Doedd hi ddim wedi symud cam, dim ond syllu arno'n ddiwên a'i breichiau ymhleth. Fedrai Lewys ddim darllen ei hwyneb o gwbl, doedd dim i'w weld ynddo. Roedd ei ffordd hi o siarad ac ymddwyn yn ei atgoffa o'r Cychwr. Dim ond dweud rhywbeth yn blwmp ac yn blaen.

'O fan'na,' ac amneidiodd Lewys i gyfeiriad y tŷ.

Trodd y ferch a syllu i'r cyfeiriad hwnnw. Gwelodd Lewys ei gyfle i godi cyn iddi droi ei sylw yn ôl ato. Neidiodd ar ei draed a gwthio heibio iddi. Doedd o ddim am aros i gael hergwd arall.

'Aros!' gwaeddodd. 'Lle w't ti'n mynd rŵan 'ta?'

Roedd rhywbeth yn y ffordd eofn roedd hon yn ei holi yn benbleth iddo. Doedd hi ddim fel petai hi'n bihafio fel merched eraill. Bron na allai weld dealltwriaeth yn dod i'w llygaid yn araf, araf bach.

'O fan'na?' holodd y ferch wedyn, gan droi i edrych ar y tŷ. 'O fan'na w't ti'n dod? Ond ein cartra *ni* ydi fan'na...' meddai.

'Ia, rŵan, yndê...'

'Wedi gorfod gadael am ein bod *ni* wedi dod yma w't ti, felly?' meddai wedyn, heb arlliw o gydymdeimlad. Dim ond dweud y ffaith yn foel.

'Ia.'

'Wel, dyna fo, gwell i ti fynd felly. Pam na fasat ti wedi mynd efo'r hen Gychwr bore 'ma?'

Cododd Lewys ei ysgwyddau; sut y medrai esbonio i hon nad dyn i'w ddilyn oedd y Cychwr.

'Wel, fedri di ddim aros yn y rhedyn yn fan'na drwy'r nos, yn na fedri?' meddai wedyn. 'Gwell i ti fynd adra, tydi.'

Trodd ar ei sawdl a gwyliodd Lewys ei chefn yn pellhau i lawr y llwybr. Gwyliodd hi nes iddi ddiflannu i grombil y tŷ, ac yna dechreuodd redeg. Roedd y llanw'n dod i mewn yn sydyn a byddai'n cael trafferth i groesi'r rhimyn traeth er mwyn cael cyrraedd yr ogof ar Hirynys.

6

Paratoadau

ROEDD PAWB AR frys heddiw. Roedd y meistr ifanc ar ei ffordd yn ôl o Lundain ac roedd yn rhaid gwneud yn siŵr fod popeth yn ei le ar gyfer Siôn Wynne, gŵr y gyfraith.

Roedd Begw i fyny yn siambr y feistres ers hydoedd. Fedrai Gwerful ddim meddwl beth oedd yn cadw'r ddwy. Pam na ddeuai'r feistres i lawr a chadarnhau'r trefniadau, a Begw i roi help llaw iddi hi? Teimlai'r gwynegon yn ei chluniau'n dechrau cwyno'n barod a doedd hi ddim yn ganol bore eto.

'Dyma bedair cwningen i ti, Gwerful.' Roedd tymer eithaf ar y Stiward am unwaith. Tarodd y cwningod i lawr ar ganol y bwrdd mawr, gan wasgaru'r llysiau a'r perlysiau i bob man. Roedd eisiau amynedd sant efo hwn, meddyliodd Gwerful, a hithau wedi rhoi'r burum yn wlych, a'r blawd wedi ei fesur yn barod. Doedd hi ddim eisiau'r cwningod, a'r rheiny heb eu blingo, ar ganol y bwrdd.

Symudodd y cwningod a'u rhoi ar y llawr, yna cymerodd yr ysgub at y daeargi oedd wedi dod draw i snwyrian o'u cwmpas.

'Dos o fan'na!' sgyrnygodd a sgrialodd y daeargi am y drws.

'Oes gen ti beth o'r gwin melys yna ar ôl?' holodd y Stiward. 'Mi ddylet ti roi'r gwningen fawr yna i ferwi efo peth o hwnnw os nad wyt ti wedi ei wastraffu ar rywun, na fyddai ddim callach beth oedden nhw'n ei yfed…' meddai wedyn. 'A gwell i ti ei rhoi ar y tân rŵan achos mi fydd angen amser ar honna i'w thyneru hi.'

Daliai Gwerful ei gafael ar yr ysgub; roedd hwn yn haeddu'r

un driniaeth â'r daeargi. Roedd hi'n gwybod bellach sut i drin cwningen, siawns. Ond roedd hi hefyd yn gwybod bod ei thawelwch yn cythruddo'r Stiward yn fwy na phe byddai'n ei herio. Gorfododd ei hun i gau ei cheg. Châi'r diawl mo'r pleser o'i gweld yn colli ei thymer.

'Mae'r tair cwningen arall â gwell graen arnyn nhw. Mi fedri roi'r rheiny ar yr haearn,' meddai.

'Oes gen ti siwgwr ar ôl?' holodd wedyn. 'Neu ydi hwnnw hefyd wedi ei wastraffu ar y feistres fach?'

'Mae gen i ddigon o bob dim fydd ei angen,' meddai Gwerful, ac aeth i ben y drws i chwilio am un o'r hogiau a fedrai flingo'r cwningod iddi.

Trodd y Stiward yn sydyn a phlygu ei ben y mymryn lleiaf, wrth i'r feistres ddod i mewn. Dim ond y mymryn lleiaf, wrth gwrs, wedi'r cyfan *hi* oedd y feistres. Gwgodd. Oedd yn rhaid i hon ddilyn ei meistres i bob man? Y ferch Begw yma oedd wedi ymddangos brin wythnos yn ôl, a bellach fedrai'r feistres fynd i unman heb i hon fod wrth ei chwt, fel cysgod. Fe ddylai fod wedi ei hel oddi yma ar y diwrnod cyntaf hwnnw. Cardota oedd hi, un o'r tlodion, heb deulu na chartref i fynd iddo. Doedd y Wern ddim yn lle i gardotwyr, roedd o wedi gwneud yn sicr o hynny erioed. Ond roedd wedi bod yn rhy brysur i ddeall ei bod hi'n dal yno, ac yntau wedi cael ei gadw i lawr ar y traeth yn goruchwylio'r llwyth diweddaraf oedd wedi cyrraedd – llwyth o risgl yn barod i fynd i'r barcdy at y crwyn.

Erbyn iddo gyrraedd yn ei ôl i'r Wern roedd hon wedi llwyddo i sleifio i mewn fel rhyw neidr wair, a rywsut doedd dim gobaith cael gwared ohoni bellach. Roedd y feistres fel petai wedi ei hudo ganddi. Merch dlws, meddyliodd y Stiward wrth syllu ar Begw. Pam nad oedd hi'n briod? Roedd yna rywbeth am y ffordd yr edrychai arno yn ei anesmwytho. Byddai'n dal ei lygaid, yn ei herio. Fyddai hon ddim yn gostwng ei llygaid i ddangos gwyleidd-dra fel oedd yn weddus i ferch ifanc o'i statws.

Byddai'n edrych yn syth i'w lygaid ac yn ei ateb yn wastad, heb ostwng ei llais. Dim ond ei ateb, heb arlliw o ofn nac amheuaeth. Doedd y peth ddim yn iawn, meddyliodd y Stiward, a gallai deimlo ei dymer yn codi wrth edrych arni. Byddai'n rhaid iddo ei gwylio'n ofalus, penderfynodd.

'Cwningod!' chwarddodd Margaret yn ysgafn. 'Ydan ni am gael cwningod?'

'Ydan, feistres, mi ddanfonodd Syr John y rhain o Wydir bore 'ma,' meddai'r Stiward.

'Pwy ddaeth o Wydir?' Trodd Margaret yn wyllt i edrych arno. 'Ydi o'n dal yma?'

'Ydyn, dau ohonyn nhw, wedi dod i gyfarfod â Siôn Wynne pan ddaw. Mae ganddyn nhw bethau i'w trafod. Neges gan Syr John i'r meistr, mae'n debyg.'

'Wnei di ddanfon y ddau ata i?' holodd Margaret wedyn. Gallai'r Stiward weld y dwylo gwynion yn dechrau plycio yn les y llewys, a gwyddai fod unrhyw sôn am Wydir yn ddigon i darfu arni.

'Mi af i chwilio amdanyn nhw rŵan, os nad ydyn nhw wedi mynd draw am Dyddyn Du.'

Aeth yn ei ôl allan i'r golau. Doedd o ddim am aros yng nghwmni'r merched, a doedd o ddim am fynd i chwilio am ddynion Gwydir chwaith. Fyddai hi ddim callach o'u holi nhw am Wydir. Beth wydden nhw pwy oedd wedi bod yn ymweld, a beth oedd yn digwydd yno? Cwestiynau dibwys, meistres ifanc, penderfynodd y Stiward. Roedd rhywbeth wedi digwydd yng Ngwydir, rhywbeth oedd wedi peri i'r feistres gael ei danfon i'r Wern ar ei phen ei hun, fel petai wedi ei halltudio. Roedd o wedi ceisio procio, a holi dynion Gwydir yn gynnil, ond ni chawsai unrhyw ateb i'w fodloni. A heddiw, roedd y meistr ifanc ar ei ffordd adref i'r Wern. Hy, meddyliodd wedyn, ar ei ffordd *adref*. Prin y medrai Siôn Wynne honni mai'r Wern oedd ei gartref, ac yntau yno mor anaml. Clywodd sŵn chwerthin yn dianc o'r gegin. Sŵn anghyfarwydd, meddyliodd, ac aeth yn ei flaen i gyfeiriad y stablau i wneud yn siŵr fod popeth mewn trefn yno. Am ba hyd y byddai Siôn Wynne yn aros y tro hwn tybed? Oedd ganddo waith i'w wneud fel siryf Meirionnydd efallai? Os felly, byddai yma am sbel. Doedd y Stiward ddim am i hynny ddigwydd – roedd yn well ganddo gael y lle iddo fo'i hun. Fe wyddai yntau'n iawn sut i reoli'r tiroedd, heb ymyrraeth y meistr.

Roedd y gwas bach wedi mynd â'r cwningod i'w blingo. Bu Margaret yn rhythu arnynt a gweld eu llygaid llonydd yn syllu'n ôl arni. Roedd wedi dotio ar y marciau gwynion tlws ar eu crwyn; fe fydden nhw'n gwneud ffwr deniadol.

'Fedri di eu blingo nhw'n daclus i mi, a chadw'r crwyn?' holodd. 'Fedri di drin y crwyn i mi?' gofynnodd wedyn a dal ei llaw allan i gyffwrdd llawes y bachgen. Nodiodd hwnnw'n swil a sgrialu allan oddi wrth y llygaid llwydion. Roedd y feistres yn ei atgoffa o'r gwningen leiaf, meddyliodd – rhywbeth meddal a diniwed.

Edrychodd Begw ar y bwrdd llawn. Roedd gwaith i'w wneud, a gwelodd fod Gwerful yn brysio i glirio lle i Margaret wrth y bwrdd, ac yn nodio'n fodlon wrth weld bod y feistres yn cychwyn ar y pasteiod.

'Fyddet ti'n hoffi i mi wneud y crystyn?' holodd y feistres, a symudodd Gwerful at ei hymyl, gan ffysian a chlwcian fel iâr gyda'i chyw. Gwenodd Begw; roedd hi wedi medru newid meddwl y feistres ar y funud olaf rhag mynd draw at eglwys Brothen Sant, trwy ddweud y byddai Siôn Wynne wrth ei fodd petai hi, ei wraig, wedi bod wrthi'n hwylio'r wledd ar ei gyfer. Safodd am funud i wylio'r ddwy ynghanol y blawd, yn fodlon. Am unwaith roedd meddwl Margaret yn dawel, heb ddim byd mwy cymhleth na gwneud pasteiod yn ei lenwi.

Aeth Begw ati i drin y cwningod, a gadawodd Gwerful yng ngofal y feistres a'r pasteiod melys. Ochneidiodd. Roedd hi wedi bod yma ers dyddiau, a doedd hi prin wedi gadael ymyl y feistres ers iddi gyrraedd. Torrodd y nionod a'r moron, a thorri'r cig, ei ddarnio – roedd y cig yn lân ac yn oer. Gallai deimlo esgyrn cain y corff o dan ei dwylo. Gosododd y darnau yn y crochan efo'r llysiau a'r perlysiau, yna tywalltodd beth o'r gwin a'r dŵr dros y cig a rhoi'r crochan ar y tân. Doedd hi ddim wedi gwneud dim byd tebyg i waith corfforol caled ers iddi gyrraedd. Dim ond dandwn a cheisio perswadio'r feistres i godi a gwisgo, ei chymell i fwyta ac yfed, yn union fel dandwn plentyn anodd ei drin. Fe fyddai ei dwylo'n meddalu fel dwylo boneddiges.

Cofiodd am Lewys, a sut y bu'n rhaid iddi ofalu am hwnnw pan oedd yn blentyn bach ac yn galw am ei fam ddydd a nos. Wyddai hi ddim beth i'w wneud efo fo a'i ddagrau ar y dechrau, nes iddi ei gymryd yn ei breichiau a'i siglo nes iddo gysgu'n swp, yn dal i igian crio wrth weld ellyllon y fall yn ei gwsg. Wyddai hi ddim lle'r oedd Lewys erbyn hyn. Gwthiodd ei wyneb o'i meddwl – nid ei chyfrifoldeb hi oedd y llanc bellach.

Roedd hi wedi gwneud yr un fath efo hon, wedi'r bore hwnnw, pan aeth â'r dillad i lawr at y pistyll a'u sgwrio'n lân. Y noson honno, roedd wedi cydio ynddi i dawelu'r cryndod, ei siglo a mwytho ei gwallt, a sibrwd geiriau cysurlon nes iddi gysgu yn y diwedd. Roedd wedi rhwbio eli dail crynion i'r briw dwfn ar ei llaw ac, yn raddol, asiodd y croen. Doedd neb ond Gwerful wedi deall bod dim wedi digwydd, ac roedd honno'n ddigon doeth i gau ei cheg.

Roedd y pasteiod yn y popty, a'r drws haearn wedi ei gau arnyn nhw, ond roedd yr arogl yn treiddio i'r stafell. Chwarddodd Margaret wedyn.

'Ydyn nhw'n barod eto, Gwerful?' holodd. 'Gwell i mi edrych?'

'Na!' galwodd Gwerful. Roedd y feistres yn rhy agos at y tân, a phlygiadau ei gwisg yn dawnsio'n beryglus o agos at y fflamau. 'Na, tyrd ti i eistedd am funud ac mi edrycha i.'

'Beth am i ni fynd i fyny i'r siambr i ti gael newid?' meddai Begw. Roedd hi mor hawdd newid meddwl hon heddiw – yn wahanol i'r arfer. Roedd hi fel toes yn ei dwylo, yn fodlon cael ei siapio ffordd hyn, ffordd acw.

'Ia, ddoi di i fy ngwisgo, Begw?'

'Dof, mi awn ni rŵan, feistres. Pa wisg roi di? Beth am yr un werdd?'

'Ia'r un werdd, feistres,' ategodd Gwerful, gan roi gweddi sydyn o ddiolch o weld Margaret yn symud o afael y fflamau.

Yna daeth sŵn symud cyflym o gyfeiriad y porth, sŵn carnau ceffylau a lleisiau'n gweiddi. Safodd Margaret ar ganol y llawr – wedi ei rhewi.

'Mae o yma,' sibrydodd, a symud yn ei hôl i gysgod y simdde fawr.

'Tyrd, feistres, fe awn ni i newid. Mae ganddon ni amser.' Symudodd Begw i gydio yn ei braich, a'i thynnu tua'r grisiau.

Ond roedd y drws wedi agor, a gwyliodd Begw ŵr ifanc yn symud yn gyflym heibio i'r gweision, gan daflu gorchmynion. Gwyliodd y gweision yn gosod y gist ar y llawr yn ofalus, a'r gŵr ifanc yn ei gwthio yn erbyn y palis, i bwysleisio nad oedd y gweision wedi gwneud eu gwaith yn iawn. Hwn felly oedd Siôn Wynne, meddyliodd Begw, a theimlodd bresenoldeb y feistres yn symud y tu ôl iddi, fel awel fach ysgafn. Rhoddodd ei llaw y tu ôl i'w chefn, a theimlo blaen bysedd y feistres yn cyffwrdd â chledr ei llaw yn ysgafn, mor ysgafn â phluen cyw bach.

Chwiliodd Siôn y stafell, ei lygaid yn cynefino â'r tywyllwch. Arhosodd ei lygaid ar Begw, yn sefyll yno'n dalsyth. Doedd o ddim yn adnabod hon. Welodd o mohoni o'r blaen yng nghegin y Wern. Ond yna sylwodd ar odre gwisg arall y tu ôl i'r ferch dalsyth, dywyll.

'Margaret?' meddai. Gwelodd y cysgod yn symud. 'Margaret Wynne, ti sydd yna?'

Symudodd Margaret i sefyll wrth ymyl Begw. Sylwodd Siôn

Wynne ar ei gwisg yn flawd drosti, a'i gwallt coch wedi dianc o'r benwisg. Sylwodd ar y dwylo aflonydd a'r corff eiddil. Llithrodd y cysgod tuag ato ac estyn ei llaw iddo. Cymerodd yntau'r llaw fach a'i chodi at ei wefus, fel roedd yn weddus i ŵr gyfarch ei wraig. Sylwodd Begw ar yr ystum chwithig a daeth tosturi rhyfedd drosti. Druan o'r feistres, meddyliodd. Fe ddylai gwraig o'i statws hi gyfarch ei gŵr yn dalsyth, nid ymgrymu fel cwningen fechan ofnus.

'Foneddiges,' meddai gan wyro ei ben.

'Syr!' meddai hithau a phlygu un glin. 'Croeso adref.'

7

'Nôl ar y traeth

'FEDRI DI NEIDIO o fan yna i fan hyn 'ta?'
Roedd Mari wedi rhedeg o'i flaen, ac yn dal i redeg, dim
ond yn aros am funud i weiddi arno dros ei hysgwydd. Doedd
Lewys ddim yn gallu ei dal, roedd ei thraed yn dyrnu'r tywod
wrth iddi hedfan ar draws y traeth. Arhosodd Lewys; doedd o
ddim am neidio'r ffrwd o ddŵr. Doedd ganddo ddim nerth ar ôl
yn ei goesau ac yntau'n treulio'r nosweithiau wedi cyrlio o dan
y garthen yn ceisio cadw awel y môr rhag ei gyrraedd. Doedd
ogof Hirynys ddim yn cynnig fawr o gysur. Ac roedd ei fol yn
cnoi. Roedd o wedi bod yn tyrchu am bysgod cregyn, ond doedd
y rheiny'n llenwi fawr ddim arno. Roedd o angen bara. Bara a
chaws.

'Ty'd, neidia!' chwarddodd Mari.

Edrychodd Lewys arni. Roedd hi'n gryf, yn iach, ac yn eofn, ac
am unwaith roedd arno ofn. Nid ofn methu neidio o flaen hon,
ond ofn mwy na hynny. Roedd y boen yn ei gylla'n gwaethygu, ei
galon fel morthwyl yn curo, nes iddo deimlo popeth y tu mewn
iddo'n curo'n orffwyll, fel petai'r gwaed yn symud yn rhy gyflym
o amgylch ei gorff, yn ei ddrysu'n lân.

'Na,' arhosodd Lewys, a disgyn ar ei liniau i'r tywod meddal.

'Ofn gwlychu dy draed sydd arnat ti?'

Roedd Mari wedi neidio yn ei hôl ac yn sefyll uwch ei ben.
Roedd ei hwyneb yn llenwi'r gofod o'i flaen. Ond roedd ei llais
fel llais aderyn pell, pell. Wyddai o ddim yn iawn ai ei llais hi
ynteu sgrech gwylan oedd yn ei glustiau.

'Na!' gwaeddodd. Doedd hon ddim yn cael gwneud hwyl am ei ben fel hyn. Oedd hi'n gwatwar? Fedrai Lewys ddim dirnad beth roedd hi'n ei ddweud. Daeth yr wyneb yn nes a gwelodd Lewys y llygaid yn syllu, llygaid dryslyd. Ond doedden nhw ddim yn chwerthin, dim ond craffu arno. Na, doedd hi ddim yn gwatwar, dim ond pobl gyfrwys oedd yn gwatwar, a doedd meddwl Mari ddim yn gweithio'n ddigon cyflym i wneud drygioni. Rhoddodd Lewys ei ddwylo ar y tywod a gwthio ei gorff yn ôl ar ei draed.

'Ty'd,' meddai. 'Rhaid i ni fynd yn ôl cyn i'r llanw ddechrau troi.'

'Does arna i ddim ofn, sti,' meddai Mari wedyn, gan drotian mynd o'i flaen. 'Mi fedra i redeg, yli.'

'Fedri di ddim rhedeg yn gynt na'r llanw, Mari.' Roedd Lewys yn dechrau colli amynedd. Codai ei hyder ei wrychyn, ei sicrwydd yn ei gallu ei hun, os mai dyna oedd o. Na, nid dyna oedd o, wrth gwrs – doedd hi ddim yn deall. Doedd hi'n deall dim, a daeth pryder drosto. Doedd y traeth ddim yn lle i bobl nad oedden nhw'n ei ddeall. Byddai'n rhaid iddo ei dysgu sut i barchu'r traeth felly. Roedd ei fam wedi gofalu ei fod yn trin y môr fel meistr anwadal, yn plygu iddo, yn dod i adnabod ei dymer oriog, yn ei wylio o bell, yn ofalus, ond yn ei gadw hyd braich bob amser. Hyd yn oed wedyn, roedd y môr wedi ei hawlio hi.

'Fedri di ddim symud yn gynt na'r llanw,' meddai wedyn yn benderfynol, ond ysgydwodd ei ben. Roedd Mari wedi hyrddio yn ei blaen eto. Gwyliodd hi'n neidio a dawnsio ar draws ehangder y traeth. Yna roedd hi wedi aros o flaen rhywbeth ar y tywod. Wrth nesu gwelodd Lewys hi'n codi darn o froc ac yn procio'r siâp du. Llamhidydd oedd yno, un marw. Gwyddai Lewys eu bod weithiau'n dod i fyny'n rhy bell ac yn methu dod o hyd i'r llwybr yn eu holau i'r cefnfor. Daeth i sefyll at Mari, a sylwi bod y dagrau'n llifo.

'Neith o ddim symud, Lewys, a drycha mawr a chry' ydi o.'
Daliai i igian crio.

Edrychodd Lewys ar y talp solat tywyll, a synnu. Roedd y ferch yn un ryfedd, yn crio oherwydd llamhidydd fel hyn. Ond, roedd o'n deall hefyd. Sut medrai creadur iach, cryf fel hwn fynd i'r fath drafferth?

'Mi fydd yn iawn rŵan sti, Mari. Mi ddaw'r llanw a'i gario fo'n ôl i'r môr, lle mae o i fod,' meddai, a throdd Mari ato gan sychu ei hwyneb yn ei llawes a gwenu.

'Mi fydd o'n iawn wedyn yn bydd, Lewys?' meddai'n syml.

'Wel, mi fydd ei ysbryd o'n rhydd wedyn.' Wyddai Lewys ddim yn iawn beth i'w ddweud. Oedd gan anifeiliaid ysbryd ac enaid? Ond wrth edrych ar y gobaith yn dychwelyd i wyneb Mari, ychwanegodd, 'Duwcs, bydd, sti, mi fydd o'n iawn wedyn.'

Trodd y ferch a symud yn ei blaen yn gyflym am y lan. Gwyliodd Lewys hi'n arafu i godi'r twmpath broc roedd hi wedi ei gasglu ynghynt a mynd i eistedd ar un o'r cerrig crynion i aros amdano, a'r llwyth coed yn ei chôl. Gwyliodd hi'n aros, ei hwyneb mawr wedi ei godi at yr haul, ei llygaid ar gau. Roedd rhywbeth am y ferch fawr drwsgwl yma'n ei atgoffa eto o'r hen Gychwr a'i ffyrdd rhyfedd. Cerddodd yn araf tuag ati, y curo yn ei ben yn llonyddu.

Doedd o ddim wedi mentro heibio'r tŷ, ei hen gartref eto, er y gwyddai fod yn rhaid iddo wneud rhywbeth yn fuan. Fedrai o ddim aros yn yr ogof yn Hirynys am byth, a fedrai o ddim chwaith ddal ati i fegera o gwmpas y tyddynnod. Byddai rhywun yn siŵr o gael gafael arno, ei ddanfon at sylw'r cwnstabl yn y castell efallai, neu ei ddanfon at y milisia – roedd gan y rheiny bob amser waith i fechgyn ifanc fel fo. Ond doedd o ddim am gael ei ddal ganddyn nhw. Roedd o wedi clywed digon gan y teithwyr yn Nhy'n y Rhos am ddiwedd bechgyn ifanc yn y corsydd yn Iwerddon. Dyna dynged tlodion, neu droseddwyr – eu dal a'u gyrru i frwydro yn Iwerddon, i ganol y lleithder a'r niwl diddiwedd.

'Mari?' Agorodd y ferch ei llygaid. 'Ydi dy dad di'n brysur? Oes yna lawer o deithwyr yn dod atoch chi i Dy'n y Rhos?' mentrodd Lewys.

'Mae o'n brysur, achos mae o'n mynd o'r tŷ ben bore a dwi'm yn ei weld o wedyn, ond mae Mam yn deud nad oes yna ddigon chwaith.' Cododd Mari i gychwyn eto. 'Rhaid i fi fynd 'nôl rŵan neu bydd Mam yn dwrdio.'

'Be – dim digon o deithwyr? I ble maen nhw'n mynd felly?'

'Y dyn gwargam sydd ar fai, medda Mam, yn arwain y teithwyr o ben y Groes i lawr i'w dyddyn o, ac yn mynd heibio i Dy'n y Rhos. Cythral ydi o, medda Mam, ac mae'r diafol ar ei war o.' Arhosodd Mari am funud cyn edrych yn ddwys ar Lewys. 'W't ti'n meddwl mai'r diafol sydd ar ei war o'n pwyso, Lewys? Y diafol yn swatio dan ei siyrcyn o?'

Gwyliodd Lewys y cryndod yn mynd trwyddi. Pobl ddwl, yn ôl Begw, oedd y bobl rheiny oedd yn credu mai gwaith y diafol oedd yn achosi i bobl wargamu, neu fod yn wan eu meddwl. Anlwc oedd o a dim arall, meddai hi.

'Na, dydi'r diafol ddim dan ei ddillad o, Mari, dim ond ei gefn o sydd wedi crymu. Mae o felly ers pan ganwyd o, meddan nhw, ond mae o'n hen gythral beth bynnag.'

Yna gwenodd Lewys; gwyddai am Pryce Gam. Roedd o'n llawn castiau pan oedd y Cychwr wrth ei waith, yn ceisio ei orau i ddwyn y teithwyr fel ei fod o'n cael eu harian. Ond byddai croeso Begw'n ddigon i sicrhau mai i Dy'n y Rhos y byddai'r rhan fwyaf o'r teithwyr yn tyrru er mwyn croesi. Roedd ffyrdd o ddod dros gastiau Pryce Gam. Dim ond croesi drosodd i gyfarfod y teithwyr fel y bydden nhw'n nesáu at Abergafran oedd eisiau. Roedd Abergafran ar fin y Traeth Bach, a byddai'n rhaid i'r teithwyr groesi'r Traeth Bach i ddechrau, codi i fyny heibio Abergafran ac i'r Groes, cyn disgyn i lawr wedyn at y Traeth Mawr. Dim ond wrth groesi'r ddau draeth fel hyn y gallai'r teithwyr gyrraedd Eifionydd, neu gerdded taith diwrnod arall i fyny at Aberglaslyn. Edrychodd Lewys i fyny at yr haul. Roedd ganddo ddigon o olau dydd, a byddai'n hwyr cyn i'r llanw ddychwelyd. Gallai fynd drosodd i Abergafran rŵan i weld a oedd teithwyr ar y Traeth Bach. Yna gallai eu cyfarfod cyn i Pryce Gam gael gafael arnynt a'u harwain, fel y gwnaeth lawer gwaith, dros y Traeth Mawr yn ddiogel, ond byddai'n rhaid iddynt aros yn Nhy'n y Rhos yn gyntaf, wrth gwrs, i gael gorffwys a phryd o fwyd, am bris.

'Ydi dy fam wedi pobi bore 'ma?' Fyddai wiw iddo fynd â theithwyr i unman os nad oedd yno fara newydd ei bobi, a byddai angen gwin a gwirod os oedd yno deithwyr bonheddig. Arferai Begw wneud yn siŵr fod yno ddigon o bopeth ar gael yn Nhy'n y Rhos. Mae'n debyg y byddai'r storfa'n dal yn weddol lawn.

Cerddodd y ddau i fyny o'r traeth tuag at y tŷ, a gallai Lewys glywed y ddynes yn gweiddi a dwrdio ymhell cyn iddyn nhw gyrraedd y llwybr. Cododd ambell damaid o froc ar ei ffordd a'u gosod ar ben y twmpath ym mreichiau Mari. Yna daeth un o'r merched eraill allan i ben y drws i alw arni.

'Ty'd Mari, mae Mam am i ti ddod i ddal y bachgen. Mae'n gwrthod mynd i'w grud.' Yna gwyliodd Lewys y ferch yn cymryd cip dros ei hysgwydd ac yn dod i lawr i'w cwfwr ar hyd y llwybr.

'Ble buest ti, Mari?' holodd y ferch yn dawel. Gallai Lewys weld nad oedd hon o'r un anian â'i chwaer. Roedd hi'n atgoffa Lewys o aderyn bach, ei hwyneb yn fain a'i llygaid gwyrddion yn swil ac yn ansicr. Sylwodd Lewys ar y gwallt melyngoch yn blethen daclus, a'r ffedog fras wedi ei chlymu'n dynn i ddangos y corff ysgafn. Hon oedd wedi gorfod neidio o gyffyrddiad dwrn y fam y diwrnod cyntaf hwnnw, pan geisiodd gymryd pwysau'r wraig fawr wrth ddod oddi ar y drol. Fyddai hi fyth wedi medru cynnal y fath bwysau, meddyliodd Lewys. Daeth gwaedd wedyn o'r tŷ.

'Sabel, lle'r wyt ti? Ty'd yn dy flaen efo'r rhaw dân yna, mae'r popty'n barod, a dwed wrth Mari am hel ei thraed.'

Cymerodd Sabel gip dros ei hysgwydd.

'Well i ti ddod i'r tŷ rŵan Mari,' a gwenodd yn swil ar Lewys. 'Mae'r bachgen yn anniddig a Mam yn methu mynd at ei gwaith.'

Arhosodd Lewys i wylio'r merched yn diflannu i grombil y tŷ tywyll, yna cychwynnodd i fyny am y Groes. Byddai i lawr yn Abergafran mewn dau funud. Ond yna cofiodd am y boen yn ei gylla, a'r pwl penysgafn ddaeth drosto. Roedd yn rhaid iddo gael rhywbeth yn ei fol. Os oedd Pryce Gam allan yn hela teithwyr ben bore, efallai nad oedd o wedi cael cyfle i odro eto.

8

Gwledd

SAFODD BEGW I'R naill ochr er mwyn i Margaret gael mynd heibio. Roedden nhw wedi bod yn y siambr ers oriau, neu teimlai felly i Begw. Ar ôl dewis y wisg, ei gwisgo, yna'r feistres yn newid ei meddwl, ei hailwisgo, gosod y llewys, y goler, gwisgo'r gwallt a cheisio tawelu meddyliau gwibiog y feistres, roedd Begw wedi ymlâdd. Roedd yn rhaid ei thawelu, a theimlodd Begw'r trueni yn cyffwrdd ynddi. Ond pam ei bod yn pryderu cymaint am hon? Yn doedd ganddi bopeth oedd ei angen arni? Trodd Margaret wedyn yn y drws, ei bysedd yn plycio ar y les aur ar waelod y llawes.

'Wyt ti'n meddwl fod y gwyrdd yn gwelwi gormod arna i?'

Roedd ei hwyneb yn gynfas o bryderon, ei haeliau'n grych a'i dannedd blaen yn cnoi ar ei gwefus isaf.

'Na, feistres.' Cipiodd Begw'r gwpan arian oddi ar y gwely, a'i rhwbio fel y gallai Margaret weld ei hadlewyrchiad ynddo. Rhoddodd ei llaw arall ar foch ei meistres a'i rwbio. 'Na, edrych, mae dy fochau di'n wridog, yn iach fel cneuen!' chwarddodd. Chwerthiniad digon gwag oedd o ond roedd yn rhaid rhoi'r argraff orau bob amser.

Gwenodd Margaret yn wantan. Fedrai hi byth gyrraedd y safon a ddisgwylid ohoni gan ei gŵr; oedd hynny'n bosibl i unrhyw ferch? Fu'r misoedd du diwethaf ddim yn help i'w hachos. Safodd yn y drws am funud yn rhy hir.

Tynhaodd rhywbeth y tu mewn i Begw. Roedd yn rhaid iddi gael hon i lawr i'r neuadd rŵan. Roedd pawb yn disgwyl amdanynt ers meityn, a gwyddai y byddai angen ei help ar Gwerful, a llond y lle o bobl yno i'w bwydo.

'Awn ni rŵan. Cwyd dy ên a bydd yn falch, feistres,' sibrydodd.

'Ond...'

Gwelodd Begw'r dychryn yn y llygaid eto. Roedd yn rhaid iddi gael hon i lawr i'r neuadd. Petai'r feistres yn methu â bod yn bresennol heno yn y wledd groeso, byddai yna hen siarad a holi. Fyddai'r meistr ifanc ddim yn aros yn y Wern ddiwrnod yn hwy ac yntau wedi cael ei fychanu gan ei wraig am iddi fethu estyn y croeso priodol i'w wahoddedigion. O leiaf roedd y wledd – y danteithion a'r diodydd, y pasteiod, a'r dewis o'r cigoedd gorau, y seigiau wedi eu melysu â siwgr a sbeisys – yn adlewyrchu statws a chyfoeth Gwydir. Ond fyddai hynny'n ddim heb bresenoldeb meistres y tŷ.

'Rwyt ti'n wych, feistres, yn dlysach na'r un ferch fonheddig yng nghylch eglwys Brothen Sant na Nanmor, na Gwydir, na Mostyn...' ceisiodd Begw ei darbwyllo.

'Ond merched bonheddig Llundain sydd yn llenwi meddwl fy meistr,' meddai Margaret wedyn. Fedrai Begw ddim dirnad sut ferched oedd y rheiny, felly waeth iddi fod yn dawel ddim.

'Ti mae o wedi ei ddewis yn wraig, felly tyrd, a chwyd dy ben. Tyrd rŵan.' Ond dal i betruso wnaeth Margaret. 'Cofia dy dras – meddwl am dy dad. Rwyt ti'n ferch i Syr Thomas Cave, cofia!" mentrodd. Cydiodd Begw yn ei phenelin a'i harwain at y grisiau. Yna gosododd ei llaw yn ysgafn ar ei hysgwydd a rhoi gwthiad fach iddi. Gafaelodd Margaret yn y canllaw a chamu i lawr y grisiau. Tynnodd Begw anadl ddofn a dilyn ei meistres.

Tawelodd pawb i wylio'r feistres fach yn camu'n ofalus o un ris i'r nesaf, pob cam wedi ei bwyso'n ofalus rhag llithro yn ei gwisg felfed werdd. Roedden nhw wedi clywed ei bod yn cadw i'w siambr ac nad oedd yn bwyta fel y dylai, ei bod yn cael ffitiau o lewyg, yn anodd ei dandwn. Oedd newyddion i'w adrodd ar ei chyflwr tybed? Sylwodd Begw ar y rhai oedd yn craffu, yn chwilio am yr arwyddion. A ddylai hi fod wedi cau'r bodis mor dynn am wasg y feistres? Ond doedd dim byd i'w adrodd, felly waeth i'r criw yma gael gwybod y gwir ddim, meddyliodd. Pa ryfedd, a'r meistr ifanc mor gyndyn o ddod adre o Lundain, os nad oedd o'n meddwl bod cenhedliad gwyrthiol yn bosibl.

Ond *hi* oedd meistres y Wern wedi'r cwbl. Cofiodd y gwahoddedigion eu lle a chododd pawb i aros i Margaret Wynne groesi'r neuadd a chymryd ei safle ar ben y bwrdd gyda'i gŵr. Cododd odre'i gwisg fel nad oedd yn sgubo'r gwellt ar y llawr, yn weddus, fel y dylai gwraig fonheddig ei wneud. Llithrodd fel cysgod y tu ôl i'r bwrdd a gwyro ei phen yn fonheddig i gydnabod ei gwesteion cyn eistedd. Eisteddodd pawb, a thorrwyd ar y tawelwch wrth i'r meinciau grafu'r llawr ac i'r gwesteion barhau â'u sgwrsio. Estynnodd am y bara gwyn a'i dorri, cyn ei gymell i'w gŵr. Cymerodd hwnnw'r bara ganddi a gwenodd hithau arno. Cododd Siôn Wynne ei lygaid yn sydyn a dal llygaid Begw – oedd o wedi ei chydnabod? Fedrai Begw ddim bod yn siŵr, ond roedd rhywbeth yn yr ystum cynnil, fel petai o'n ceisio dweud rhywbeth wrthi. Eisteddodd pawb a brysiodd Begw at Gwerful a'r ddau was bach i helpu gyda'r gweini.

Roedd y sŵn yn codi wrth i'r bwyd a'r cwrw a'r gwin brinhau. Gallai Begw glywed llais y Stiward yn eglur, ac ambell un arall o wŷr y Wern yn sgwrsio am y gwartheg, yn trafod y llwyth a ddaethai i'r barcdy, a chwblhau'r trefniadau ar gyfer symud yr anifeiliaid i'r ffriddoedd at ddiwedd y gwanwyn, a'r borfa'n gwella bob dydd. Dim byd o bwys.

Ym mhen arall y bwrdd roedd Ffowc Prys, Tyddyn Du, yn sgwrsio gyda'r rheithor ifanc, Elise Lloyd, ond roedd sgwrs Ffowc Prys yn fwy diflas na honno am yr anifeiliaid hyd yn oed. Trafodai bethau'r eglwys, a rhyw waith eglwysig roedd ei dad, Edmwnd Prys, yn gweithio arno. Byddai clywed y salmau yn ddigon difyr am a wyddai Begw. Fedrai hi ddim dweud ei bod yn deall fawr ddim o'r darlleniadau fyddai Elise Lloyd, y rheithor ifanc, yn pydru arnyn nhw bob Sul yn eglwys Brothen Sant. Roedd o'n mynnu symud o'r Gymraeg i'r Lladin mor undonog fel bod ei meddwl wedi hen grwydro cyn iddi ddeall ei fod yn ei ôl yn darllen o'r Beibl Cymraeg eto. Ond doedd y rheidrwydd arni i fynd i'r gwasanaeth yn yr eglwys ar y Sul ddim yn ei blino. Câi gyfle i fod yn llonydd am sbel, a chyfle i adael i'w meddwl grwydro. Roedd rhywbeth sicr a chysurlon yn llais y rheithor, llais meddal yn llifo, weithiau'n codi ac yna'n gostwng mor sicr â chyffyrddiad y llanw'n mwytho'r traeth.

Symudodd llygaid Begw dros y rhai oedd yn gwledda. O'i chornel dywyll o dan y simdde gallai wylio heb gael ei gweld. Roedd Gwerful wedi mynd i'w gwely, y paratoi a'r gweini wedi bod yn ormod i'r hen wraig. Teimlai Begw'n flinedig hefyd ond allai hi ddim dianc eto; roedd ganddi ddyletswydd tuag at y feistres. Byddai angen ei dadwisgo a'i pharatoi am y nos. Roedd ei meistres wedi gwneud ei dyletswydd yn ddi fai heno, wedi cyfrannu at y sgwrs gyda'r boneddigion oedd agosaf ati ar y bwrdd. Gwrandawodd a rhyfeddu at ddisgrifiadau ei gŵr o wisgoedd merched y Sieb yn Llundain, ac edmygu ei gyfrwystra wrth iddo ddisgrifio'r ysgarmesoedd geiriol y bu iddo orfod eu cymryd gyda gwŷr y gyfraith – pob un yn gorfod plygu yn y diwedd, wrth gwrs, i ddadleuon meistrolgar meistr ifanc Gwydir. Roedd Margaret wedi clapio gyda'r lleill wrth glywed am ei orchestion, wedi chwerthin ar dwpdra gelynion Gwydir, ac wedi gwyro ei phen yn wylaidd wrth dderbyn diolchiadau'r gwahoddedigion wrth iddynt adael o un i un. Fedrai hi wneud dim mwy, meddyliodd Begw, ac eto roedd rhywbeth yn osgo Siôn Wynne yn tystio na wnaeth Margaret ddigon.

Brysiodd Begw ar ei thraed i glirio'r byrddau wrth i Ffowc Prys ac Elise Lloyd, y rhai diwethaf i godi, chwilio am eu clogynnau a'u hetiau. Estynnodd Begw ei ffaling i'r rheithor; roedd hi'n drom, a ffwr meddal yn rhedeg ar hyd ei choler a'i godre. Edmygodd Begw'r brethyn am eiliad yn rhy hir cyn ei hestyn i Elise Lloyd. Cymerodd yntau hi.

'Wyt ti'n hoffi'r ffaling, Begw?' holodd, ei lais yn ysgafn, nid fel y byddai ar y Sul, yn syber. 'Mae hi'n gynnes, Begw. Mae arna i ei hangen hi yn yr eglwys, wsti, neu mi aiff yr oerfel i fêr fy esgyrn i a'm gneud i'n hen ŵr cyn f'amser.' Chwarddodd wedyn, yna nesodd ati a dweud yn dawel, 'Fasat ti ddim yn licio 'ngweld i'n heneiddio cyn pryd, yn na fasat, Begw?'

'Na f'aswn, syr, ac ydi mae hi'n drom – wedi ei gneud o'r brethyn gora, mae'n siŵr.'

Chwarddodd y rheithor wedyn; un ryfedd oedd y ferch yma. Roedd o wedi sylwi arni yn yr eglwys lawer gwaith, yn gwrando'n fwy astud na'r lleill, nid yn hepian fel y rhan fwyaf ohonyn nhw. Er, fedrai o ddim beirniadu neb am hepian chwaith. Roedd yr amser yn yr eglwys yn gwrando arno fo'n pregethu'n gyfnod o hoe iddyn nhw – ond fedrai o ddim deall sut y gallen nhw gysgu ar eu traed wrth bwyso eu cefnau ar garreg oer muriau'r eglwys chwaith. Roedd Begw'n ferch drawiadol, ei llygaid tywyll yn loyw, ei hwyneb yn ddeallus.

'Mi fyddi di'n yr eglwys bore fory, Begw?' holodd.

Trodd hi ato. 'Na, mae'r meistr adre,' meddai a brysio i ddilyn y feistres tua'r siambr.

9

Ymyl miniog

'PAM NA CHAF i ei nôl hi ataf i i'r Wern?' Roedd Margaret wedi troi tuag ato, ei hwyneb yn ymestyn i ymbilio arno. 'Neu gad i mi fynd yn fy ôl i Wydir. Fedri di ofyn i dy dad? Erfyn arno i'm cymryd i'n ôl yno? Mi fyddwn i gymaint nes at Leila fach yno nag yn fan hyn. Fydda i ddim trafferth, edrych arna i – dwi'n iach rŵan.'

Fedrai o ddim edrych arni, ddim i fyw ei llygaid beth bynnag. Roedd yr olwg wyllt yna yn ei llygaid hi'n ei anesmwytho, yr un olwg bob tro y soniai am Leila. Doedd Siôn Wynne ddim mor sicr ohono'i hun pan fyddai hi'n edrych arno fel yna.

'Na, chei di ddim dod yn ôl i Wydir, Margaret. Fydda i ddim yn blino fy nhad â dy gais di, ac fe wyddost ti nad ydi Eleanor fach yn ddigon cryf i wneud y siwrne i Lanfrothen.'

'Ond os felly, gad i mi fynd i Fostyn at Mary dy chwaer i'w gweld. Dim ond i'w gweld. Fedri di roi hynny i mi siawns?'

'Margaret,' trodd ati a chymryd ei llaw, 'dwyt ti chwaith ddim digon cryf i deithio i Fostyn, ac mae Eleanor yn cael y gofal gorau gan fy chwaer a'i theulu yno. Maen nhw'n gallu cael y ffisigwyr ati i Fostyn. Fedrwn ni gael neb yma at y fechan.'

Trodd oddi wrthi. Roedd yn bryd iddo godi. Yna meddai, 'Aros nes bydd yr haf wedi cyrraedd ac wedyn fe gawn weld.' Symudodd oddi wrth y gwely a'r llenni Arras trwm, draw at y ffenestr. Roedd ganddo bethau i'w gwneud, meddyliodd, doedd o ddim am drafod ymhellach gyda'i wraig.

'Ond erbyn yr haf, efallai... os bydd Duw'n drugarog wrtha

i… wel…' Fedrai hithau ddim meiddio dweud y geiriau, dim ond gweddïo y rhoddai Duw gyfle arall iddi i roi etifedd i Wydir. Trodd Siôn yn ei ôl at erchwyn y gwely. Oedd hi'n bosibl, meddyliodd, iddo gael mab? Roedd hi mor eiddil a gwantan yn ei freichiau neithiwr, bron nad oedd arno ofn ei chyffwrdd. Roedd hi'n crynu fel aderyn bach, yn gorwedd yno'n bryder i gyd. Ond roedd hi wedi troi ato, yn wahanol i'r troeon cynt. O leiaf roedd hi wedi ymateb i'w gyffyrddiad neithiwr. Eisteddodd, a chymryd ei dwylo eto. Byddai'n rhaid iddo geisio aros yma am ychydig y tro yma. Roedd ganddo fusnes siryf i'w wneud, tiroedd i'w lesio ac anifeiliaid i'w trefnu. Roedd y tywydd yn gwella, a'r amser bron â chyrraedd pan fyddai'n rhaid symud y gwartheg i fyny i'r ffriddoedd uwch. Byddai'n rhaid iddo anghofio am Lundain a gwaith y gyfraith, ond byddai'n fwy anodd gadael atyniadau eraill y ddinas wrth gwrs.

'Wyt ti wedi gweld Leila ers i mi ddod yma, Siôn?' Cododd Margaret i bwyso ei phen yn erbyn y llenni trwm ar gefn y gwely. 'Ydi hi'n iach?'

'Ydi, mae hi'n iach, Margaret, ond does dim golwg y bydd hi'n cerdded eto chwaith.'

Tawelodd Margaret a daeth y dagrau yn ôl. Pwysodd ei hwyneb i'r llenni. Doedd hi ddim am iddo weld ei hwyneb fel hyn. Doedd Siôn ddim yn un o'r gwŷr rheiny fyddai'n toddi wrth weld dagrau merch. Fyddai ei dagrau hi'n ddim ond prawf arall o'i gwendid meddwl. Fyddai tystiolaeth iddi gael ail bwl o'r gwendid hwnnw'n ddim help iddi. Ei chyflwr meddyliol hi oedd yn gyfrifol am i Leila gael ei geni'n gynnar, hithau'n wan a'i choesau bach yn gam.

Roedd pawb wedi sicrhau Siôn Wynne o hynny, meddygon gorau Llundain, y Foneddiges Sydney Wynne ei fam, Mary Mostyn ei chwaer, ei dad wrth gwrs – doedd dim gwendid wedi deillio o linach Syr John Wynne erioed. Roedd pob dyn hysbys y bu'n talu am eu cyngor parod wedi ei sicrhau nad oedd bai arno ef am gyflwr truenus y ferch fach a aned i Margaret Wynne bron i bum mlynedd yn ôl. Roedd hyd yn oed y Foneddiges Eleanor Cave, ei fam yng nghyfraith wedi cadarnhau mai ar ei merch hi ei hun yr oedd y gwendid. Doedd honno ddim wedi gwerthfawrogi'r ffaith fod ei merch wedi enwi'r babi bach truenus ar ei hôl hi chwaith – Eleanor Wynne, neu Leila fel byddai Margaret yn mynnu ei galw.

'Mae hi'n iach, Margaret, ac mae hi'n hapus gyda Mary fy chwaer. Mae ganddi gwmni plant Mostyn yno. Rwyt ti'n gwybod bod yn well iddi fod yno, nag yma efo chdi.'

Cododd a gwisgo'n sydyn. Gallai glywed sŵn y ceffylau y tu allan a'r cŵn yn cyffroi. Roedd angen iddo fynd i fyny am Groesor i weld cyflwr y ffriddoedd yno. Trodd at Margaret,

'Dos dithau tua'r eglwys pan gei gyfle, i weddïo y daw yna blentyn iach cyn gwelwn ni wanwyn arall.'

Wrth iddo droi i adael y stafell daeth pelydryn o haul trwy'r ffenestr, a tharo rhywbeth yng nghornel y mur nes peri iddo sgleinio. Plygodd Siôn i godi darn o wydr o'r llawr. Trodd y drych drosodd i weld y siapiau cywrain wedi eu cerfio i'w gefn. Anrheg ganddo fo unwaith i'w wraig, pan oedd pethau'n dda, cyn geni Leila. Roedd ei ymyl yn finiog a lapiodd y darn gwydr yn ei hances.

'Beth ddigwyddodd i'r drych?' holodd.

Mynnodd Margaret i'w chalon arafu. Doedd hi ddim am gyfaddef iddi daflu'r drych at y silff garreg, fel bod y darnau wedi'u gwasgaru i bob man, ac wedyn ei bod wedi gwasgu un o'r darnau miniog i'w llaw yn ei thymer.

'Disgyn wnaeth o... blerwch... y forwyn newydd. Roeddwn i'n meddwl i mi ofyn iddi sgubo'r darnau i gyd.'

'Y ferch bryd tywyll? O ble daeth hi?' Roedd y ferch wedi bod yn gaffaeliad i'r gegin neithiwr, ac roedd o wedi nodi'r sylw gafodd hi gan y rheithor hefyd.

'Begw ydi hi, mi ddaeth o Dŷ'n y Rhos, ar y Traeth Mawr.

Dydi Gwerful ddim yn gallu gwneud fel y dylai, mae hi'n mynd i oed, ac mae gormod o waith iddi p'run bynnag.' Clywodd ei llais yn codi. Roedd hi'n difaru dweud celwydd mai Begw dorrodd y drych. Beth petai Siôn yn ei gyrru oddi yma? Fedrai hi ddim gwneud heb Begw.

'Mi gaf i air efo hi ynglŷn â'r drych.' Yna agorodd y drws a'i gau, cyn i Margaret fedru meddwl beth arall y medrai ei ddweud.

Roedd Begw wedi dod â bara iddo i'r bwrdd mawr, a chostrel o gwrw bach. Trodd yn ei hôl am y gegin ond arhosodd yn ei hunfan pan alwodd Siôn Wynne arni.

'Begw wyt ti'n 'te?'

'Ie, syr.' Trodd i'w wynebu.

'Beth ddaeth â thi i'r Wern?' holodd.

Pendronodd Begw – beth oedd y cythral Stiward yna wedi ei ddweud wrth hwn? Roedd o wedi bygwth ei thaflu oddi yma lawer gwaith. Roedd yn gas ganddo'r ffaith nad ar ei gais o y daethai i'r Wern.

'Clywed wnes i nad oedd Gwerful yn gallu dod i ben efo popeth. Mae hi'n mynd i oed.'

'Rwyt ti'n ymddangos ar delerau da gyda'r feistres?'

'Ydw, syr.'

'Mae hi wedi cymryd atat ti.' Beth oedd dan gap hwn eto? Doedd dim ffordd o ddeall meddwl y byddigion. Beth ddylai hi ddweud rŵan?

'Wn i ddim, syr,' mentrodd.

Roedd rhywbeth am y ferch yma oedd yn dal ei sylw. Ei ffordd wastad o ateb, nid rhyw sibrwd fel petai arni ofn ei chysgod. Roedd hi bron yn eofn, yn bowld. Gwenodd. Dyna pam nad oedd y Stiward yn ei hoffi felly, mae'n debyg. Roedd hwnnw am i bawb neidio, dim ond wrth glywed sŵn ei droed yn nesu. Ond dyna fo – pobl felly oedd eu hangen i wneud yn siŵr fod popeth yn rhedeg fel y dylai, mae'n debyg.

'Beth ddigwyddodd i'r drych?' Daeth y cwestiwn fel saeth, ond gwyliodd y ferch yn ofalus. Wnaeth hi ddim symud modfedd, dim ond dal ei hun yn llonydd, ei llygaid tywyll yn ei herio.

'Disgyn wnaeth o, syr,' meddai.

'Disgyn ar y silff garreg, ie?' Wyddai hi ddim beth i'w ddweud – beth fyddai'r feistres wedi ei ddweud? Tawodd, roedd hi'n gwybod am ddynion fel hwn. Doedd dim rhaid iddo fod yn ŵr y gyfraith i drio ei dal hi fel hyn.

'Disgyn wnaeth o. Mae'n rhaid fod yna wendid ynddo wnaeth beri iddo dorri.'

'Na, faswn i ddim wedi prynu dim â chrac ynddo i'r feistres. Doedd dim crac ynddo. Mi fuest ti'n flêr.'

Fedrai Begw ddim penderfynu sut y bu hi'n flêr. Ai blêr am iddi feiddio honni iddo brynu rhywbeth diffygiol? Ynteu oedd y feistres wedi dweud mai hi dorrodd y drych, ac mai dyna'r rheswm dros ei galw hi'n flêr? Roedd llygaid y meistr arni, yn craffu arni, a hanner gwên yn bygwth.

'Do, syr,' meddai. Câi'r meistr benderfynu drosto ei hun i ba flerwch yn union y bu iddi gyfaddef

Gwyliodd y meistr yn troi at ei fara. Roedd o wedi cael digon ar yr hwyl, mae'n debyg.

'Gwell i ti fynd i fyny at dy feistres felly. Mae hi angen mynd i'r eglwys bore 'ma i weddïo,' meddai, cyn troi ei sylw at y bara. 'Mi fydd Elise Lloyd, y rheithor, yn falch o dy weld di yno, Begw.'

10

Cyfarfod eto

G WYLIODD LEWYS Y ddau siâp yn croesi'r twyni. Roedden nhw bellter oddi wrtho ond roedd o'n adnabod un ohonynt. Gallai weld yr amlinell yn eglur – y ferch dal yn herio'r traeth a'r awel gref. Begw oedd hi, roedd o'n sicr o hynny. Rhoddodd ei galon lam. Wyddai o ddim beth oedd wedi digwydd iddi ers y bore hwnnw pan adawson nhw dafarn Ty'n y Rhos. Yn ôl Pryce Gam roedd rhywun wedi ei gweld yn croesi'r Traeth Bach i gyfeiriad Harlech, ac yn dweud ei bod wedi cael gwaith yn un o dafarndai'r dref, yn gweini ar y milisia. Ond doedd fawr o goel ar storïau pobl, fe wyddai Lewys hynny. Craffodd eto. Ie, Begw oedd hi, roedd o'n siŵr. Ailgydiodd yn y rhwyfau a llywio'r cwch bach trwy ddŵr y Morfa i fyny i gyfeiriad eglwys Brothen Sant. Teimlai reidrwydd i'w gweld, rywsut, am mai hi oedd y cyswllt olaf rhyngddo a'i fam efallai. Ei geiriau hi a gadwai wyneb ei fam yn glir, a'i gofal hi oedd wedi ei gynnal ar hyd yr oriau duon cynnar. Ac yntau'n llanc bellach, fedrai o ddim disgwyl i Begw gymryd gofal ohono, a doedd o'n dal dim dig am iddi fynd hebddo o Dy'n y Rhos. Wedi cyrraedd y traeth, neidiodd o'r cwch a'i lusgo i fyny o'r golwg yn y twyni.

Roedd cynllun Lewys i arwain y teithwyr o Abergafran wedi gweithio. Roedd o wedi cael y gorau o'r hen grintach Pryce Gam, a hwnnw'n ei ddiawlio gan daflu tywyrch a cherrig ar ei ôl. Doedd o ddim wedi bod yn rhy eofn chwaith, a gofalai beidio â dangos ei wyneb yn rhy aml yn Nhy'n y Rhos, rhag codi gwrychyn dynes y tŷ. Byddai'r merched, yn arbennig Sabel, yn gwneud yn siŵr fod pryd o fara a chaws ar gael iddo – dim ond iddo aros yng nghysgod y llwyni y tu allan i'r drws. Roedd wedi dod i arfer bellach ag aros i Sabel sleifio allan gyda'r mymryn bwyd, ac yn araf ond yn sicr, daeth i ddeall nad y bara'n unig oedd yn ei gynnal trwy'r nos yn yr ogof, ond yr addewid y byddai'n cael gweld Sabel eto. Ond heddiw, roedd Richard Llwyd, y cychwr newydd, wedi aros amdano ac wedi gofyn iddo gymryd y cwch bach drosodd i Lanfrothen i nôl sachau iddo. Roedd calon Lewys wedi llamu. Fe allai sicrhau na allai Richard Llwyd wneud hebddo, a byddai'n gwneud unrhyw beth i gael ei ddogn dyddiol o fara gan y ferch dlos yng nghysgod y llwyni.

Arhosodd Lewys o'r golwg nes iddo weld Begw a'r ferch fonheddig yn croesi tuag at adwy'r eglwys fach. Pendronodd am funud a chraffu ar y ferch fonheddig. Pwy oedd hi tybed? Gallai fod yn un o deulu'r Parc efallai, neu'n fwy tebygol yn un o deulu Wynneiaid y Wern. Roedd ei gwisg hi'n foethus, nododd Lewys – y clogyn trwm a'r cwfl dros ei phen, a ffwr o amgylch ei ymyl. O gyfeiriad y Wern y daethon nhw, a doedd hon ddim i'w gweld yn ddigon tebol i fod wedi cerdded yn bell, felly mae'n rhaid mai hon oedd merch yng nghyfraith Syr John Wynne o Wydir.

Roedd Lewys wedi clywed digon am hwnnw – tirfeddiannwr mawr oedd yn ennyn y fath deimladau o gasineb a ffyddlondeb fel ci gilydd. Dyna un gwendid fu ganddo criocd, meddai Begw wrtho'n aml, sef ei arferiad o glustfeinio ar sgyrsiau'r teithwyr. Ond roedd Lewys yn gwybod y byddai'r sypiau bach hynny o wybodaeth yn ddefnyddiol iddo ryw ddydd. Ceisiodd gofio beth yr oedd wedi ei glywed am hon. Fedrai o ddim cofio'n iawn ond roedd rhywbeth amdani'n gwneud iddo deimlo rhyw dosturi tuag ati, er na allai ddeall pam.

'Aha, fe ddaethoch i 'ngweld i wedi'r cwbwl.' Gwyliodd Lewys y rheithor ifanc yn dod allan i gymryd llaw'r foneddiges ond sylwodd Lewys mai aros ar Begw wnaeth ei lygaid, er mai at y foneddiges y cyfeiriai ei eiriau.

Arweiniodd y rheithor y ferch fonheddig i mewn trwy'r porth. Roedd Begw ar fin eu dilyn pan roddodd Lewys besychiad bach, dim ond digon i Begw glywed. Trodd honno a chraffu draw tua'r llwyni. Gwenodd Lewys, pesychu eto ac aros yn ei gwrcwd. Fyddai Begw ddim yn aros yn hir, doedd ganddi ddim amynedd efo rhyw wiriondeb, felly cododd o'i guddfan.

'Lewys!' chwarddodd Begw. 'Lewys, o ble doist ti?'

Cymerodd un cip ar ôl y feistres a'r rheithor. Mi fyddai hi'n iawn rŵan siawns, gallai'r rheithor ei helpu i weddïo yn well nag y gallai hi.

'Lewys, ble wyt ti wedi bod?' holodd wedyn. Ddylai o fod yn flin efo hi? Wedi'r cwbl fe allai hi fod wedi ei rybuddio ei bod yn gorfod gadael Ty'n y Rhos. Ond dim gair, dim ond diflannu a gadael iddo forol drosto'i hun. Fe ddylai edliw iddi, ei bod wedi bod yn greulon, yn ddiofal ohono. Ond fedrai o ddim. Edrychodd arni, yn swanc i gyd yn ei siôl goch.

'Hidia befo lle bues i! Ble wyt ti wedi bod, Beg?' holodd.

'Yn y Wern,' meddai, a gwenu arno eto.

Roedd hi wedi meddwl tipyn amdano, ond roedd o'n fachgen ifanc iach ac abl. Fyddai o ddim wedi cael trafferth dod o hyd i rywun i gynnig gwaith iddo, a fedrai hi ddim bod wedi mynd ag o gyda hi – roedd cael lle i un yn hen ddigon o drafferth. Nodiodd. Roedd hi'n iawn wrth gwrs, roedd golwg iach arno, ychydig teneuach efallai, ond doedd dim golwg llwgu arno.

'Ble'r wyt ti rŵan?' gofynnodd Begw. 'Wyt ti wedi cael lle?'

'Dwi'n cael gwaith gan y cychwr newydd sti,' meddai'n falch, ond doedd o ddim am ddweud wrthi mai yn yr ogof ar Hirynys y cysgai bob nos. Roedd ganddo gynllun, beth bynnag. Teimlai'n siŵr y byddai'n medru symud i'r helm yn Nhy'n y Rhos yn fuan iawn.

Cofiodd Begw am y polion ac aeth ias oer trwyddi – y polion oedd yn dangos ceg y llwybr ac yn marcio'r mannau peryglus ar ddechrau'r traeth. Doedd hi ddim ond wedi symud dau ond gallasai gwneud hynny fod wedi arwain teithwyr di-glem yn syth at y swnd sigledig.

'Lewys, paid â dilyn y polion,' meddai'n frysiog.

'Be? Dilyn pa bolion?' Doedd Lewys ddim yn ei ddeall.

'Mi symudes i'r polion cyn gadael!' meddai wedyn.

'Dwi'n gwybod, Beg.' Chwarddodd Lewys. Doedd hi erioed yn meddwl y byddai unrhyw un yn ei iawn bwyll wedi dilyn y polion roedd hi wedi eu gwthio mor frysiog i'r swnd? Dim ond un trai ac roedd y ddau bolyn wedi eu tynnu i gyfeiriad y môr, ac yn hongian yn gam fel cyrff meirw.

'Foddodd neb felly?' Chwarddodd, yna difrifoli. Oedd y bachgen yn iawn? Roedd hi wedi addo y byddai'n gofalu amdano, neu o leiaf yn gwylio drosto o bell. Fe wnaeth yr addewid i'w fam flynyddoedd yn ôl. Ochneidiodd; roedd ganddi ofal arall bellach. Trodd i fynd am y porth.

'Gwylia di'r Morfa Gwyllt yna, Lewys, a gwylia'r cerrynt rhwng y ddwy ynys. Mi weli di o'n troi. Paid â rhwyfo'n rhy agos rhag ofn i'r lli dy gymryd di.'

'Dwi'n gwybod Beg, dwi'n iawn.' Gwenodd y bachgen.

'A tyrd draw i'r Wern os byddi di fy angen i,' meddai wedyn. Cymerodd gam tuag at Lewys a chraffu arno. Roedd o mor debyg i'w fam, yr un ysbryd gwyllt, annisgwyl yna oedd ynddi hi. Sylwodd arno. Roedd o'n newid, wedi gadael ei blentyndod ar ôl, a'r bore 'ma, a'r haul yn gwthio i'r golwg o dan y llen o niwl, gwelodd Begw amlinell o'r dyn ifanc yn ymddangos. Dyn ifanc a'r byd o'i flaen, yn llawn antur a her. Daeth rhyw boen ryfedd i'w tharo, gwyddai am ei natur fyrbwyll – gwneud gyntaf, difaru wedyn.

'Ty'd draw i'r Wern i 'ngweld i, Lewys, i mi gael gneud yn siŵr dy fod di'n bihafio!' Ceisiodd roi tinc ysgafn yn ei llais. 'Cymer ofal, Lewys,' meddai wedyn, a chydio yn ei lawes. 'Cymer ofal.'

Roedd yn rhaid iddi fynd i mewn at y feistres. Trodd ei chefn arno, a brysiodd Lewys ar hyd y llwybr at y clwstwr o dai bychan

ar fin y dŵr. Diolchodd nad oedd Begw wedi gorfod mynd i
Harlech i weini'r milisia. Moch o ddynion oedden nhw, gwyddai
Lewys hynny'n iawn. Chwarddodd wrth gofio'r hen filwr bach
powld hwnnw'n gwichian mewn dychryn pan gornelodd y
Cychwr fo un noson am iddo gydio yn Begw. Fyddai'r Cychwr
ddim yn cymryd fawr o sylw o'r teithwyr, ond roedd ganddo
feddwl y byd o Begw, ac er na ddywedodd o ddim erioed,
byddai'n barod i'w hamddiffyn hi a Lewys pe bai raid.

Daeth cysgod dros Lewys, a chrynodd. Roedd o'n gobeithio
bod yr hen Gychwr yn iach. Byddai'n mynd draw am Eifionydd
i chwilio amdano ryw ddiwrnod. Ond roedd ganddo waith
heddiw. Cofiodd am y sachau a brysiodd i gyflawni ei neges,
rhag ofn fod brys. Roedd yn rhaid iddo blesio Richard Llwyd os
oedd o am gael chwaneg o waith ganddo.

Llithrodd Begw mor dawel â'r golau trwy ddrws yr eglwys.
Gallai glywed llais undonog y rheithor yn gweddïo, a llais
Margaret Wynne yn ymuno yn y siantio bob yn dipyn. Arhosodd
wrth y drws; doedd hi ddim am darfu. Safodd yno am hydoedd,
y ddau'n dal ar eu gliniau ym mlaen yr eglwys. Roedd ei chefn
yn brifo, a'r oerfel wedi treiddio trwy frethyn tenau'r siôl goch.
Fedrai hi ddim teimlo ei thraed, er iddi gael hen esgidiau lledr
ar ôl y feistres, a sanau gwlân. Feiddiai hi ddim symud ei thraed
rhag tarfu ar y weddi daer oedd yn codi fel ysbryd trwy ddistiau'r
eglwys ac yn glynu yn y gwyngalch ar gerrig y muriau.

Yna, o'r diwedd, cododd y rheithor ac estyn ei law i helpu
Margaret i godi. Sylwodd Begw mor welw oedd wyneb y feistres.
Fedrai penlinio ar garreg oer am hydoedd ddim bod yn llesol,
nac yn fodd o sicrhau plentyn iach, meddyliodd. Brysiodd
tua'r blaen i gydio ynddi gan fod golwg arni fel petai'n barod i
lewygu.

'Gwell i chi ddod i'r tŷ i gael rhywbeth i'ch cynhesu, ac fe aiff
rhywun â chi adre yn y drol.'

Roedd golwg digon pryderus ar y rheithor, meddyliodd

Begw. Fyddai cael Margaret Wynne yn llewygu oherwydd ei fod wedi gweddïo'n rhy daer yn ddim lles i'w achos.

Dilynodd Begw'r rheithor trwy'r porth ac i fyny at y tŷ, a Margaret yn pwyso'n drwm yn ei herbyn. Disgynnodd Margaret i'r gadair a phwyso ar y bwrdd o'i blaen, ac aeth y rheithor ati i brocio'r tân i geisio cynhesu rhywfaint ar y stafell ddigysur. Doedd dim golwg o foethusrwydd yno, ac roedd hynny'n rhoi boddhad i Begw rywsut. Doedd dim carthenni gwlân trymion, na thapestrïau, dim ond yr un gadair dderw a'r bwrdd ac ambell stôl wedi eu gwthio yn erbyn y parwydydd. Tynnodd y rheithor un o'r stolion at y bwrdd a'i chymell i eistedd wrth ymyl y feistres.

Tywalltodd rywbeth i ddwy gwpan fach gain a'u gwthio at y ddwy ferch. Edrychodd Begw'n syn – oedd o wir am iddi hi yfed o'r gwpan biwtar? Nodiodd y rheithor arni a'i gwylio'n codi'r gwpan at ei gwefus. Gwenodd. Roedd o'n ei gwylio, gan ddisgwyl iddi dynnu wyneb mae'n debyg, ond roedd hi'n gwybod yn iawn am y gwirod oedd yn cynhesu'r llwnc ac yn gadael teimlad cynnes braf trwyddi. Roedd hi wedi arfer bod yn feistres ar ei thŷ ei hun, fwy neu lai, yn Nhy'n y Rhos.

'Brandi da,' meddai, a chwarddodd y rheithor yn uchel. Roedd o'n hoffi'r ferch yma, yn hoffi ei hysbryd hi. 'Gwell i ni gychwyn yn ein holau am y Wern rŵan,' meddai Begw.

Roedd gwell lliw ar y feistres erbyn hyn; fyddai ddim angen trol arnyn nhw, penderfynodd. Byddai cymryd y llwybr trwy'r coed yn fwy cysgodol i'r ddwy na cherdded ar hyd y traeth agored, ac efallai y deuen nhw ar draws llysiau ysgawen y gors. Medrai eu casglu a'u rhoi'n wlych mewn dŵr a gwin, a rhoi'r ddiod i'r feistres i'w hyfed. Dylai gadw'r plentyn yn ddiogel rhag ei erthylu. Ond byddai'n rhaid i'r feistres feichiogi yn gyntaf.

11

Llysiau chwerw

'OES RAID I ti fynd?'

Gofynnodd yr un cwestiwn am y canfed tro. Roedd hi wedi ymbil arno i aros. Pa arwydd arall oedd ei angen ar Siôn Wynne i ddangos bod ei wraig yn ei garu? Fyddai Begw fyth yn iselhau ei hun, meddyliodd, ond fyddai hi byth yn y sefyllfa o fod yn briod efo un o ddynion cyfoethocaf gogledd Cymru, a dylanwad ei dad yn ymestyn ymhell dros y gororau. Pa hawl oedd ganddi hi felly i ddweud na fyddai hithau hefyd yn ymbil? Ymbil ar ei gliniau efallai, ar i'w gŵr aros gyda hi am noson arall.

'Rwyt ti'n gwybod bod yn rhaid i mi fynd, Margaret.'

Cododd Siôn Wynne. Roedd o'n barod i gychwyn, yn ysu am adael a bod ar y ffordd, ymhell oddi yma. Anesmwythodd Begw a chodi er mwyn gadael y stafell. Roedd yn gas ganddi'r taerineb yn llais Margaret ond gwnaeth Siôn Wynne arwydd arni i aros. Eisteddodd Begw yn ei hôl a throi ei phen i ffwrdd, fel petai am iddyn nhw anghofio am ei phresenoldeb yno. Cododd ei gwnïo.

'Rwyt ti'n gwybod bod yn rhaid i mi fynd. Mae gen i faterion angen sylw,' meddai Siôn Wynne wedyn. Doedd o ddim am ddweud gormod a fyddai ei wraig ddim yn deall p'run bynnag. Doedd dim byd o bwys yn digwydd yn ei phen chwit-chwat. Doedd hi ddim fel petai'n cofio pa ddiwrnod oedd hi hyd yn oed. Dim ond grwnian parhaus am 'Leila fach' fel yr oedd hi'n ei galw. Byddai'n rheitiach iddi anghofio am y ferch fach wantan a chanolbwyntio ar genhedlu mab iach yn etifedd iddo.

Doedd hi ddim fel petai'n gallu cymryd cyfrifoldeb, dim ond cwyno a rhincian. Roedd Siôn Wynne wedi cael cwyn gan y Stiward nad oedd y feistres yn talu unrhyw sylw i gyfrifon y gegin, nac yn cadw llygad ar y nwyddau oedd yn cyrraedd y pantri. Ac yn sicr doedd ganddi ddim syniad beth oedd yn gadael ei phantri, nac i ble'r oedd y pethau'n mynd. Roedd y Stiward yn taflu amheuon dros y ferch yma, Begw, a eisteddai wrth y ffenestr yn gwnïo. Wyddai Siôn Wynne ddim am hynny, ond roedd llygaid cyhuddgar y Stiward yn codi ei wrychyn, fel petai'n amau gallu Siôn Wynne, etifedd Gwydir, i gadw rheolaeth ar ei dŷ a'i dir yn Llanfrothen. Oedd o'n cario negeseuon at Syr John Wynne, tybed? Roedd hwnnw'n gwybod popeth am y Wern, yn gwybod faint o wartheg oedd wedi eu symud, ac yn cadw llygad barcud ar y costau. Roedd gallu ei dad i gadw golwg ar ei holl fuddiannau yng Ngogledd Cymru, a thu hwnt, wedi bod yn ddirgelwch i Siôn Wynne erioed. Doedd dim diwedd ar wybodaeth ei dad am yr holl fynd a dod, y digwyddiadau o bwys, a'r rhai dibwys. Ond roedd popeth yn y diwedd yn siŵr o effeithio ar Wydir, wrth gwrs.

Cymylodd wyneb Siôn Wynne. Sut felly y bu mor anlwcus yn ei wraig, a'i dad wedi bod mor ofalus wrth ddewis cymar iddo? Fe ddylai fod wedi mynnu cymryd mwy o ran yn y dewis ei hun. Cofiodd gynhesrwydd y croeso y byddai'n ei gael gan ferch Mr Hicks, y Sieb, yr un fach benfelen. Fe ddylai fod wedi mynnu gofyn am ei llaw, a'i thad yn werth dros ugain mil o bunnoedd. Fe fyddai wedi bod yn fwy o werth iddo na hon, ac yn fwy o hwyl. Neu ferch Myddelton, Castell y Waun. Crychodd ei wyneb wrth gofio'r anfri, a'r tolc i'w enw da. Doedd Myddelton ddim wedi edrych yn ffafriol arno. Brathodd ei wefus; roedd o'n ddigon parod i daro bargen efo

Gwydir ynghylch rhyw fusnes am y gwaith mwyn ar Ynys Môn, ond doedd llaw ei ferch ddim yn dod yn rhan o'r fargen. Edrychodd ar gefn ei wraig. Roedd hi'n crymu yn ei chwman wrth y bwrdd. Daeth eiliad o dosturi drosto. Wedi'r cyfan, roedd hi o deulu da, y teulu Cave o Stanford, yn foneddiges. Roedd pawb yn dweud nad oedd rheswm iddi beidio â rhoi mab iddo.

'Dydw i ddim yn mynd i Lundain y tro yma, dim ond i Wydir.'

Gwyliodd ei wraig yn troi i'w wynebu, y llygaid yn ymbil arno.

'Dim ond i Wydir. Mi fyddaf yn fy ôl cyn diwedd y mis.'

Nodiodd hithau'n bwdlyd; doedd dim arall i'w ddweud.

'Mi af heibio'r eglwys ar fy ffordd, Margaret, i roi cyfarwyddiadau i'r rheithor. Fe ddylai ddod yma os na fedri di fynd i'r eglwys, iddo gael gweddïo drostat ti. Bydd dithau'n dawel dy feddwl, yn dawel dy natur, fel sy'n weddus i wraig fonheddig.'

Cododd Begw ei llygaid am eiliad o'i gwaith trwsio. Sylwodd Siôn Wynne fod y nodwydd wedi llonyddu.

'Cadw dy feistres yn llonydd, Begw. Mae'r ffisigwyr i gyd yn deud mai tawelwch sydd angen arni.'

'Syr.' Amneidiodd Begw ei bod yn cytuno, ac aeth yn ôl at ei gwnïo.

'Mae'r ceffylau'n barod.'

Roedd y Stiward yn y drws, a'i lygaid yn sylwi ar bob dim – Begw'n gwnïo, y brys yn osgo'r meistr, a'r feistres wedi codi ac yn sefyll ynghanol y stafell yn troi ei dwylo.

'Iawn, dos â'r pynnau yna allan felly,' meddai Siôn Wynne gan gyfeirio at y llwyth o sachau wrth y drws. Cydiodd y Stiward ynddyn nhw a'u cario at y ceffylau. Yn yr ychydig amser a gafodd i edrych, roedd y ffaith fod Begw'n eistedd wedi ei gythruddo. Fyddai'r un forwyn yn cael eistedd yn ei gartref ef, meddyliodd, roedd yna bethau amgenach i'w gwneud. Gwaith y *feistres* oedd gwnïo.

Croesodd Margaret at ei gŵr ac estyn ei llaw iddo. Cydiodd

yntau yn y llaw fechan a'i rhoi'n ysgafn wrth ei wefus. Sylwodd y Stiward mai digon cwta fu'r cyffyrddiad. Trodd Siôn Wynne, a chymryd cam cyflym tua'r drws wrth deimlo bysedd ei wraig yn cyffwrdd â'i lawes. Aeth yn ei flaen, allan i'r haul, heb edrych yn ei ôl. Cododd Begw a dod i sefyll gyda Margaret wrth y drws i'w wylio'n gadael gyda dau o weision Gwydir. Arhosodd y ddwy yno nes i sŵn carnau'r ceffylau ddiflannu draw i gyfeiriad eglwys Brothen Sant. Mi fydden nhw'n ôl yng Ngwydir ymhell cyn nos, a'r dydd yn ymestyn yn braf.

'Rho'r gwaith trwsio yna i'r feistres...'

Doedd Begw ddim wedi sylwi bod y Stiward yn aros yng nghysgod y gelynnen, a rhoddodd naid. Camodd y Stiward tuag atynt.

'Mi fedr y feistres wneud y gwaith gwnïo. Mae yna ddigon o waith arall i ti ei wneud, Begw,' meddai. Sylwodd Begw ar yr edrychiad gafodd y feistres ganddo a gwylio'r feistres yn crymu fel deilen wyw. Fedrai hi wneud dim yn wyneb storm o ddyn fel hwn. Cydiodd ym mraich Margaret.

'Mae fy meistres angen gorffwys,' meddai'n swta.

'Angen gorffwys, ydi hi?' Camodd tuag at Begw, a gwthio'i wyneb o fewn modfedd i'w hwyneb hi. Gallai arogli'r atgasedd ar ei wynt, ei lygaid yn galed, yn ei herio, yn dal ei llygaid hi. Gallai deimlo cynddaredd yn codi ynddo. Roedd o'n tyfu'n gawr yno o'i blaen, a holl rym ei statws fel Stiward yn mynnu ei bod yn edrych i fyw ei lygaid. Daeth cryndod drosti, a theimlodd Begw ofn yn gafael ynddi, yn cipio ei hanadl ac yn ei gadael yn wan.

'Paid!' meddai rhywun.

Camodd y Stiward yn ôl a gallai Begw weld y dryswch yn cydio ynddo. Trodd ei ben i chwilio am y llais. Llais cyfarwydd, ond ag ymyl dieithr iddo.

'Paid â siarad fel yna o fy mlaen i – fi yw'r feistres yma,' meddai Margaret, 'ac fe benderfyna i a ydw i am godi'r nodwydd ai peidio. Nid dy le di ydi dweud wrth Margaret Wynne beth ddylai hi neu na ddylai hi ei wneud.'

Gwyliodd Begw'r ansicrwydd yn cydio yn y Stiward, edrychodd hwnnw ar y feistres ac yna'n ôl ati hithau, a phlygodd ei ben y mymryn lleiaf un, dim ond digon i gydnabod ei fod yn gwybod ei le.

'Tyrd,' meddai Margaret a chydio ym mraich Begw a'i thynnu i mewn i'r tŷ ar ei hôl. 'Gofyn i'r gwas bach ddod i mewn, wnei di?' meddai wedyn o'r drws. Edrychodd y Stiward yn syn. 'Mae gen i angen ei weld, i holi am y crwyn cwningod rheiny.'

Daeth Gwerful i mewn o'r ardd; roedd hi wedi bod yn chwilio am berlysiau i'w gwnïo yn nillad y feistres. Llysiau i gadw'r ysbryd drwg oddi wrthi, dyna oedd eu hangen, meddai Gwerful. Ond gwyliodd Begw'r hen wraig yn eistedd ar y stôl fach wrth y tân. Roedd ei synnwyr arogl wedi ei thwyllo a dim ond deiliach di-werth oedd yn ei dwylo, a'i llygaid yn rhy niwlog i weld y gwahaniaeth.

'Tyrd â'r rheina i mi gael eu golchi,' meddai Begw a chymryd y dail oddi ar yr hen wraig. Byddai'n mynd i nôl rosmari yn eu lle. Brysiodd i nôl y perlysiau, oedd yn tyfu'n gryf allan o afael y gwynt yng nghysgod y clawdd.

'Ti a dy feistres!'

Neidiodd Begw; doedd hi ddim wedi sylwi bod y Stiward yn dal yno.

'Wyt ti'n meddwl y cadwith hi dy gefn di, wyt ti?' meddai wedyn. 'Gwylia di, rwyt ti'n meddwl na fedrith hi wneud hebddot ti? Hy! Mi droith hi arnat titha hefyd un o'r dyddiau yma. Tydi'r diafol ddim yn cadw ei was yn hir, ac mae marc y diafol ar honna, reit siŵr, neu pam arall na fedr hi gadw ei phlant yn fyw? Mi fyddi di angen mwy na rosmari i gadw ysbrydion drwg rhagddi, Begw, ac wedyn be ddaw ohonot ti?'

Trodd y Stiward a'i gadael yno'n rhythu ar ei ôl. Brysiodd i'r gegin a gollwng y deiliach yng nghôl Gwerful. Roedd Margaret yn dal wrth y ffenestr ac mae'n rhaid ei bod wedi gweld y Stiward.

'Wnaeth o dy fygwth di, Beg?'

Trodd yn sydyn a gafael am freichiau Begw.

'Naddo, feistres, paid â phoeni amdano. Rydw i'n ddigon tebol.' Ond rywsut doedd yr ysgafnder y ceisiai ei roi yn ei llais ddim yno.

Aeth Margaret i eistedd a brysiodd Begw i nôl y garthen i roi dros ei glin. Gallai weld ei bod yn crynu ac aeth ati i roi coed mân ar y tân i geisio cael ychydig mwy o wres i mewn i'r stafell dywyll. Teimlodd law Margaret yn cydio yn ei llaw hi wrth iddi estyn y gwpan a'r trwyth cynnes iddi.

'Gwylia fo, Beg. Dwi'n gweld sut mae o'n edrych arnat ti weithiau,' meddai wedyn.

'Mi wn i, feistres. Dydi o ddim yn hapus fy mod i yma, dyna i gyd. Mae o'n meddwl mai fo'n unig sydd â'r hawl i gyflogi a dewis gweision a morynion.'

'Wel, yma byddi di efo fi rŵan, Beg. Fedra i ddim gwneud hebddot ti.'

Gwenodd Begw. Roedd hi'n falch fod ei meistres wedi dangos ychydig o asgwrn cefn o'r diwedd.

'Rwyt ti'n cryfhau, Margaret,' meddai wedyn, 'yn dechrau dangos dy dras.'

Edrychodd arni, y ferch eiddil yn ei ffrog felfed werdd. Gwyliodd hi'n cicio'r garthen oddi ar ei chocsau ac yn codi ei phengliniau i fyny at ei gên, fel merch fach. Diolchodd mai dim ond hi a Gwerful oedd yno.

'Mi fydda i'n iawn rŵan, Beg. Dwi'n teimlo'n gryf, wyddost ti, ac mae gen i deimlad ym mêr fy esgyrn y bydd popeth yn dda.'

Daeth cysgod i'r drws. Y rheithor oedd yno.

'Ddaethoch chi ddim i'r eglwys bore 'ma,' meddai, a brysiodd Begw i nôl y stôl iddo gael eistedd efo'r feistres.

12

Dyn dieithr

Neidiodd Lewys o'r cwch bach a'i dynnu i fyny ar hyd y graean o dan Ty'n y Rhos. Gwingodd; roedd dŵr yr aber yn rhewllyd ar ei draed noeth, ond saethodd yr oerfel sydyn deimlad braf trwyddo. Roedd o'n fyw, y cwyno yn ei fol wedi peidio, a diwrnod o waith o'i flaen. Gallai glywed chwerthiniad ysgafn ei fam ar yr awel yn ei annog, yn ei ddandwn, yn ei siarsio. Gallai deimlo ei fysedd yn tynnu ei wallt oddi ar ei dalcen, cynhesrwydd yr haul ar ei war yn un â'i chyffyrddiad. Brysiodd i dynnu'r cwch bach i fyny at y lanfa a'i glymu, yna cydiodd yn y sachau a brysio tua'r tŷ. Roedd o wrth ei fodd â'r traeth yn dod yn fyw eto, a'r coed yn glasu.

Gallai glywed lleisiau'n codi o'r tu mewn i'r stafell dywyll, a daeth ambell un allan i eistedd ar y stelin lechen y tu allan i'r drws. Roedd criw o deithwyr yno. Criw wedi cyrraedd heb ei anogaeth o, felly mae'n rhaid fod y neges wedi lledaenu i'r byd a'r betws fod popeth yn dda yn Nhy'n y Rhos eto, a bod croeso i deithwyr yno.

'Allan, y sguthan! Allan â thi, a phaid â dod yn dy ôl.' Trodd ei ben yn sydyn i wylio un o'r plant ieuengaf yn sgrialu trwy'r drws a'r ysgub yn ei dilyn. Cododd y teithwyr oedd ar y stelin eu pennau i edrych, a gwenu.

'Mae mistras y tŷ mewn hwyliau da heddiw!' meddai un, yna sylwodd ar Lewys a galwodd arno. 'Hei, fachgen, ble'r aeth yr hen Gychwr?'

Chwarddodd ei gydymaith.

'Nid lle mae'r hen Gychwr wedi mynd sy'n dy boeni di, Harri.' A throdd at Lewys. 'Isio gwybod lle'r aeth dy chwaer di mae o. Beth oedd ei henw hi? Begw? Yr eneth bryd tywyll? Un glên oedd honno.' Daeth gwaedd arall o du mewn y tŷ. Roedd yr holl ddwrdio wedi deffro'r babi a dechreuodd hwnnw nadu. 'Ie, Begw. Fasan ni ddim yn eistedd allan yn fan hyn ar y stelin oer yma tasa Begw'n dal i gadw'r tŷ, yn na fasan, Harri?'

Chwarddodd y ddau wedyn.

'Nid fy chwaer i ydi Beg. Hi oedd yn gofalu amdanon ni… yr hen Gychwr a finna.'

Arhosodd Lewys, ond waeth iddo heb â cheisio esbonio.

'Wel, pwy bynnag oedd hi, roedd hi'n gwybod sut i estyn croeso, yn doedd Harri?' Roedd yn gas gan Lewys ensyniadau'r ddau deithiwr, a'u chwerthin. Fyddai Begw ddim wedi estyn mwy o groeso i hwn nag i neb arall. Welodd Lewys erioed mo Begw'n rhoi gormod o sylw i'r un dyn.

'O ble uffarn ddaeth y fleiddast yma?' holodd y dyn wedyn gan bwyntio at y drws a'r storm o sŵn oedd yn dod o grombil y tŷ. 'Mi fedrwn wneud efo chwaneg o gwrw a bara, ond wn i ddim os fentra i i mewn i'w ffau hi chwaith. Beryg am fy enaid i tasa hi'n cael gafael arna i!'

'Mi fedra i fynd i nôl cwrw i chi,' meddai Lewys yn ansicr. Gafaelodd yn y gostrel a gweddïo y byddai Sabel neu Mari yno. Mentrodd ei ben rownd ffrâm y drws. Cynefinodd ei lygaid â'r tywyllwch a gwelodd gip ar Sabel wrth y bwrdd cyfarwydd. Pesychodd. Cododd hithau ei phen a'i weld. Daeth fflach o wên dros ei hwyneb wrth iddi frysio draw ato i nôl y gostrel.

'Fedri di nôl cwrw bach i'r ddau yma?' Doedd dim golwg o'r ddynes, felly mentrodd, 'A thafell neu ddwy o fara, a thipyn o gaws ella?'

Cymerodd Sabel gip ansicr i fyny tua'r siambr uwchben, a brysio trwodd i'r pantri cyn i'w mam ddod yn ei hôl i ben yr ysgol.

'Dyma ti, Lewys,' meddai'n swil. 'Mae yna ddarn i ti yn fan'na hefyd, ond dos yn ddigon pell i'w fwyta, rhag ofn...' A thaflodd gip arall i fyny tua'r ysgol.

Gwenodd Lewys arni. Roedd Sabel mor wahanol i'w chwaer, Mari. Roedd hi'n dawel a thaer, ac eto, yr un llygaid oedd gan y ddwy, llygaid gwyrdd a'r marciau bach rhyfedd yna, fel plisgyn wy'r gylfinir. Cymerodd y bwyd oddi arni a chyffyrddodd eu dwylo am eiliad. Rhuthrodd teimlad cynnes trwyddo. Sylwodd ar ei hosgo, yn ansicr, ond eto roedd hi eisiau aros yno i siarad efo fo, ei phen ar dro. Edrychodd ar ei gwallt yn donnau melyngoch gwyllt. Roedd hi'n ei atgoffa o'r darlun yna o'r angel yn yr eglwys yn Llanfihangel – yr unig ddarlun oedd ar ôl heb ei wyngalchu, meddai Begw. Roedd Lewys bob amser yn meddwl am yr angel hwnnw fel petai o'n sefyll â'i gefn at yr haul, a dyna pam roedd ei wyneb yn dywyll a'r cylch o olau yn amgylchynu ei ben fel penwisg ddisglair. Safai Sabel yno a'r haul y tu ôl iddi a'i gwallt yn gylch o olau o'i hamgylch, heb ei ddofi dan gapan gwyn heddiw.

'Lle mae'r hogan yna? Sabel, ty'd i gymryd gofal o dy frawd yn lle sefyll yn fan'na fel slebog ddiog!'

Heb feddwl, gafaelodd Lewys yn ei llaw, ac yna ei gollwng yn sydyn. Trodd hithau i ffwrdd yn ddryslyd ac aeth Lewys draw at y teithwyr efo'r bwyd.

'Dyma chi, mi ddaw gwraig y tŷ atoch chi rŵan,' meddai cyn troi oddi wrth ei hen gartref. Doedd o ddim am aros i brofi tafod y ddynes, er mae'n debyg y byddai yna dipyn o hwyl pan fyddai hi'n ceisio gweld lliw arian y ddau deithiwr. Dim ond gobeithio y byddai Sabel wedi medru mynd o'r golwg hefyd. Fe ddylai fod wedi dweud wrthi am ddod i lawr at y cwch. Neidiodd i mewn iddo, a swatio ar ei waelod a dim ond brig ei ben yn y golwg. Byddai'n cael llonydd yno i fwyta. Stwffiodd y bwyd i'w geg. Teimlodd ei hun yn pendwmpian ond deffrodd pan deimlodd rhywun yn taro ei gorun. Clywodd biffian chwerthin.

'Deffra, Lewys, deffra!'

Mari oedd yno, yn dawnsio o gwmpas y cwch fel merch fach wedi cynhyrfu. Roedd Lewys yn falch o'i gweld, roedd hi'n amlwg mewn hwyliau da.

'Be w't ti'n neud yn fan'na, Lewys? Chwara cuddio wyt ti?' Roedd golwg wedi ei phlesio arni, fel petai hi wedi medru dod o hyd iddo o flaen neb arall. Roedd ei llawenydd fel llawenydd plentyn bach diniwed.

'Be sy, Mari?' holodd, gan godi o'i guddfan.

'Ma rhywun isio dy weld di, ty'd...' a dechreuodd redeg yn ei hôl i fyny am y tŷ.

'Pwy, Mari?' gwaeddodd ar ei hôl. 'Pwy sydd isio 'ngweld i?'

Ond roedd hi'n rhy gyflym a gwyliodd hi'n diflannu heibio i'r tŷ ac i fyny am y Groes, ei thraed mawr trwsgwl yn dyrnu'r ddaear.

'Lle wyt ti'n mynd?' galwodd, ond roedd hi wedi hen fynd o glyw.

'Mynd i chwilio am 'Nhad mae hi, mwn.' Neidiodd Lewys wedyn; rhaid iddo beidio bod mor bryderus, meddyliodd, yn neidio ar bob symudiad neu sŵn annisgwyl. Trodd i weld Sabel yno'n ei wylio.

'Mynd i weld welith hi 'Nhad yn dod yn ei ôl y mae hi. Mae hi'n gwybod y bydd hi'n ddiogel rhag Mam os bydd 'Nhad o gwmpas. Fedr Mam ddim diodde edrych ar Mari weithiau, mae'n ei chythruddo hi. Dydi Mari... tydd Mari fyth fel merched eraill sti. Plentyn fydd hi am byth, medda 'Nhad.' Edrychodd Sabel arno, ei hwyneb yn archwilio wyneb Lewys am ddealltwriaeth.

'Na fydd, ond mi fydd hi'n iawn sti, Sabel, mi ofalwn ni amdani.' Gwenodd Lewys arni. Edrychodd Sabel ar ei dwylo'n ansicr, yna ychwanegodd,

'Dydi Mam ddim yn ei hwyliau heddiw...'

'Ydi hi'n ei hwyliau weithiau?'

Difarodd ofyn y cwestiwn yn syth wrth weld llygaid Sabel yn

cymylu. Doedd ganddo mo'r hawl i'w herio hi. Meddyliodd am ei ymlyniad ef ei hun wrth yr atgofion oedd ganddo am ei fam. Oedd o wedi creu delwedd yn ei feddwl, creu darlun o'r fam berffaith, neu oedd hithau weithiau fel dynes Ty'n y Rhos yn flin a checrus? Ai'r darlun perffaith hwnnw oedd ei fam go iawn? Yr un â'r llais meddal, yr un oedd yno o hyd efo bara gwenith y byddai wedi ei gadw yn arbennig iddo fo. Gallai deimlo ei llaw ar ei foch, yn ei suo i gysgu, yn ei amddiffyn rhag pob gwynt croes. Ond allai o go iawn gofio ei llaw ar ei foch, ynteu cofio Begw roedd o? Tybed a groesodd ei fam ei lwybr rywdro â geiriau croes? Fedrai o ddim cofio cael cerydd ganddi, ac eto fe wyddai nad oedd popeth yn ei blentyndod wedi bod yn fêl i gyd.

Cododd Sabel ei phen yn sydyn.

'Well i ti ddod, Lewys, mae rhywun yn holi amdanat yn y tŷ,' meddai, gan aros amdano fel y byddai'n cydgerdded â hi.

'Pwy?'

'Dwn i ddim pwy ydi o, ond mae o isio dy weld di.' Arhosodd am funud, yna trodd yn wyllt, y llygaid gwyrdd yn syllu arno'n llawn pryder.

'Oes yna rywun yn chwilio amdanat ti, Lewys? Wyt ti mewn helynt?' Oedd hi'n ei arwain i mewn i helynt efallai?

Ceisiodd Lewys feddwl pwy allai fod yn chwilio amdano. Fedrai o ddim ond meddwl am yr hen Gychwr, ond diystyriodd hwnnw. Fyddai o ddim yn dod yn ei ôl ar chwarae bach, fe wyddai gymaint â hynny. Doedd o ddim wedi gwneud dim o'i le. Yna cofiodd am y diwrnod y bu wrthi'n godro gafr Pryce Gam, pan oedd o'n llwgu. Oedd rhywun wedi ei weld? Wedi dweud amdano wrth y cwnstabl?

'Ydi o mewn lifrai?' holodd wedyn.

'Na. Dwi ddim yn meddwl mai dyn y gyfraith ydi o, Lewys.' Roedd ei phryder hi amdano yn ei blesio.

'Paid â phoeni amdana i, Sabel,' aeth yn ei flaen, ac aros iddi ei ddilyn, 'does gen i ddim gelynion, sti,' meddai'n ysgafn. Roedd o'n gobeithio bod hynny'n wir. Cyffyrddodd ei llaw yn ysgafn gyda blaen ei fysedd a gwenu arni.

'Mi fyddi di'n ofalus, Lewys?'

'Byddaf, Sabel, mi fydda i yma, sti, efo chdi.' Wyddai o ddim pam y dywedodd hynny wrthi, ond dyna roedd o'n dyheu amdano. Roedd pawb yn dyheu am rywbeth mae'n debyg, yn doedden? Edrychodd ar y ferch yma eto. Sabel a'r traeth, dyna oedd yn llenwi ei feddwl y dyddiau yma. Ers i Sabel gyrraedd roedd llais ei fam trwy'r helyg wedi pylu. Roedd hi'n dal yno, ond wyneb Sabel ddeuai i'w feddwl yn gyntaf rŵan.

'Mi fydda i'n iawn, sti, Sabel, dwi'n gallu rhedeg, yli.' Chwarddodd. Roedd rhyw gryfder newydd wedi cydio ynddo o fod yn ei chwmni.

'Gwell i mi fynd, Lewys,' meddai hithau a gwyliodd Lewys hi'n rhedeg o'i flaen, i fyny at y tŷ.

Cyrhaeddodd Lewys y glwyd a gweld y dyn dieithr, pryd tywyll yn aros ar y stelin garreg. Roedd ganddo gi coch wrth ei draed. Dyn gwartheg, felly, meddyliodd Lewys, porthmon efallai. Ond fedrai o ddim meddwl pam fyddai porthmon angen ei weld o chwaith. Cododd y ci a dechrau sgyrnygu wrth weld Lewys yn nesu.

'Sa'!' arthiodd y dyn, a sleifiodd y ci'n ei ôl o dan y stelin i wylio.

'Ai ti oedd yn holi amdana i?'

Arhosodd Lewys yn ddigon pell. Doedd o ddim yn hoffi golwg y ci.

'Lewys ap Rhys wyt ti?'

'Lewys ydw i, ia,' meddai wedyn.

'Wyt ti ddim yn fy nghofio fi, Lewys? Dydw i ddim wedi dy weld ers... i dy fam... wel, ers sawl blwyddyn.'

'Dydw i ddim yn cofio.'

'Na, fasat ti ddim, a thitha ond yn blentyn bach. Rhys ap Gruffydd ydw i, cowmon y Nannau yn Llanfachreth,' meddai'r dyn wedyn. 'Weles i mohonot ti ers diwrnod angladd dy fam yn Llanfihangel.'

'O?'

Roedd rhywbeth yn gyfarwydd am y dyn. Ceisiodd orfodi ei gof yn ôl i'r diwrnod hwnnw yn eglwys Llanfihangel. Gallai gofio darnau o luniau yn gwibio i mewn ac allan o'i feddwl – y corff wedi ei lapio mewn amdo purwyn, wyneb dagreuol Begw, a'i breichiau'n gafael amdano, a llais y Cychwr yn datgan yn y ffordd garbwl honno oedd ganddo: 'Cychwr pia Lewys. Yma mae o'n aros!'

Deuai un llun arall hefyd i nofio i mewn ac allan o'i gof – dyn dieithr yn penlinio o'i flaen ac yn estyn ei ddwylo amdano. Ond aeth Lewys ddim yn ddigon agos ato iddo fedru ei gyrraedd. Cofiodd wyneb y dyn, ei lygaid yn ei gymell i groesi'r nant fechan ato, ei freichiau yn estyn amdano. Ond cofiai iddo aros yn llonydd fel delw, cyn dilyn Begw a'r Cychwr yn ôl ar hyd y traeth.

'Dwi wedi dod i dy nôl di, Lewys,' meddai'r dyn. 'Mae yna le i ti efo fi yn y Nannau, os leici di.'

'Be?' Pam fyddai dyn dieithr fel hwn yn cynnig gwaith iddo ym mhen pella'r sir? 'Pam?'

Gwyliodd Lewys y dyn yn symud tuag ato, yn ceisio gwneud iddo ddeall rhywbeth.

'Rwyt ti'n fab i mi, Lewys. Fy mab i a Mallt wyt ti.'

13

Taenu'r dillad

FEDRAI'R STIWARD DDIM teimlo'r ysgafnder oedd yn amlwg yng ngherddediad gweddill y criw oedd ar eu ffordd yn eu holau o lethrau'r Cnicht y bore hwnnw. Roedd rhywbeth yn ei flino, fel gwybedyn yn mynnu suo yn ei glust o hyd. Wrth farchogaeth yn ei ôl ar hyd y ffordd gul i lawr o'r cwm tua'r Wern, teimlai ei ysbryd yn codi am funud wrth glywed sgwrs y dynion, y chwerthin a'r tynnu coes. Ond yna, mynnai'r gwybedyn ddod yn ei ôl, i darfu arno. Bron na fedrai godi ei law i'w hel oddi yno, ond gwyddai mai'r tu mewn i'w ben yr oedd y teimladau tywyll.

'Hys!' Roedd y cŵn yn un gybolfa, yn cyfarth a gwingo eu ffordd drwy goesau'r ceffylau, gormod ohonyn nhw o ddim rheswm, meddyliodd y Stiward. I be oedd angen yr holl gŵn dim ond i ddanfon y gwartheg i fyny i'r ffriddoedd? Roedd yr holl ffordd yn ddigon cysgodol, heb fawr o le i'r gwartheg ddianc.

'Hys!' gwaeddodd wedyn a rhoddodd ei geffyl dro hegar, nes y bu raid iddo ailosod ei bwysau'n gyflym cyn iddo lithro o'r cyfrwy. Sbardunodd y ceffyl yn ei flaen oddi wrth y criw a'u cŵn gwallgo. Roedd o angen llonydd – fo a'i feddyliau. Gwyddai'n iawn beth oedd achos y blinder oedd yn pwyso arno fel clogyn o blwm. Y ferch yna, Begw. Doedd o ddim wedi arfer â neb yn ei herio, neb yn anwybyddu ei orchmynion, ond doedd Begw ddim fel petai'n poeni dim amdano, yn malio dim am ei eiriau miniog na'i edrychiad bygythiol.

Merch eofn, yn beryglus o bowld, ac roedd hi'n ei gythruddo'n fwy nag y gallai ei ddeall. A doedd y ffaith ei bod hi'n amlwg yn gwneud lles i'r feistres fach yn ddim help. Roedd y ddwy fel corff a chysgod yn glynu wrth ei gilydd o hyd, yn sibrwd a chwerthin, yn cadw cyfrinachau ac yn tawelu'r eiliad y deuai yntau o fewn clyw.

Roedd lliw wedi dychwelyd i wedd y feistres, ac er y dylai deimlo balchder yn hynny, mae'n debyg, roedd y ffaith ei bod hi'n cryfhau yn rhoi llai o rym iddo yntau. Gyda help Begw, fe wyddai hi'n iawn beth oedd yn mynd i mewn i'r pantri, a faint o wirod ac ati a gâi eu defnyddio. Y diwrnod o'r blaen roedd hi hyd yn oed wedi ei gwestiynu ynglŷn â chostrel o frandi roedd wedi ei rhannu efo'r porthmon ddaeth i nôl y bustych blwydd. Hi yn ei gwestiynu o! Roedd hynny'n sarhad ar ei statws. Fedrai o ddim gadael i bethau ddirywio ymhellach, fe fyddai'n dangos i Begw pwy oedd y mistar. Ond yna cofiodd am y gwybedyn arall – y rheithor, Elise Lloyd. Roedd hwnnw wedi dod yn ymwelydd rhy gyson o lawer yn y Wern. Hwnnw â'i ymarweddiad syber cyhoeddus, ond fe wyddai'r Stiward yn well amdano. Fe wyddai mai esgus oedd dod i'r Wern i weddïo dros Margaret Wynne a'r etifedd roedd pawb yn gobeithio amdano, er, wrth gwrs, fod Siôn Wynne wedi gofyn iddo wneud hynny. Dyna esgus perffaith felly i fynd i synhwyro o gwmpas Begw, fel hen gi.

Erbyn iddo gyrraedd y Wern roedd y clogyn plwm yn bygwth llethu hwyliau'r Stiward yn llwyr. Arthiodd ei orchmynion hwnt ac yma a sylwodd fod y gweision yn ciledrych arno, fel petaent yn gwylio ci peryglus. Gadawodd ei geffyl i'r gwas bach, gyda gorchymyn ei fod i'w rwbio'n iawn a'i fwydo. Roedd hi wedi pasio amser cinio, yr haul ymhell uwchben. Aeth i gyfeiriad y gegin trwy'r ardd gefn. Sylwodd ar y fasged o ddillad ar y llwybr, heb eu taenu eto. Doedd dim golwg o'r merched ac fe ddylai'r dillad fod allan ymhell cyn hyn, meddyliodd. Roedd sŵn chwerthin yn dianc o'r gegin a sŵn lleisiau'n codi a gostwng; roedd yn amlwg fod yno rialtwch.

Rhuthrodd y Stiward dros y trothwy i'r gegin dywyll. Cymerodd ei lygaid ychydig o amser i gynefino ond gallai weld bod Begw yno. Gallai glywed chwerthiniad afreolus y feistres, ac ebychiad Gwerful, a Begw'n brysio 'nôl a blaen yn cario'r cwpanau gorau at y bwrdd. Mae'n rhaid fod y sgwrs yn ddifyr iawn oherwydd sylwodd neb ar y cysgod yn y drws. Ond roedd rhywun arall yno hefyd. Wyddai'r Stiward ddim pwy oedd y gŵr a eisteddai ar y gadair wrth y bwrdd ond gallai weld yn syth fod popeth gorau wedi eu cynnig iddo. Sylwodd fod y gŵr hwnnw'n edrych yn ddryslyd o un wyneb i'r llall, fel petai'n methu dilyn y sgwrs o gwbl. Sais felly, mae'n rhaid.

Trodd Begw'n sydyn i'w weld yn sefyll yn y drws.

'Mae'r dillad ar y llwybr yn llwch i gyd, Begw. Ble mae dy feddwl di? Fe ddylen nhw fod wedi eu taenu bellach,' meddai heb godi ei lais, ac eto sylwodd Begw fod yr ymyl hwnnw yno, er gwaethaf y tawelwch. Ond doedd o ddim am godi ei lais â chwmni bonheddig yno, mae'n debyg.

Sylwodd ar y dyn dieithr, ei esgidiau o ledr meddal a'r clogyn â'i odre ffwr. Sylwodd ar y talcen uchel, a'r gwallt wedi ei droi'n ffasiynol, y goler les uwch ei siyrcyn lledr, a'r het â'i chantel llydan yn gorwedd ar y bwrdd. Roedd arogl cyfoeth o amgylch hwn. Amneidiodd arno ond fentrodd o ddim ei gyfarch, rhag ofn iddo ddechrau sgwrs. Fyddai'r Stiward ddim yn gyffyrddus yn siarad Saesneg, yn arbennig o flaen boneddigion – na Begw. Doedd o ddim am ddangos unrhyw anallu o'i blaen hi. Trodd yn ôl i'r haul a gwnaeth arwydd ar Begw i'w ddilyn.

'Pwy ydi'r dieithryn?' holodd.

'Un o ddynion Thomas Cave, brawd y feistres. Wedi dod ar neges o Stanford mae o.'

'O, pa neges felly?'

'Be wn i?' Cododd Begw'r fasged a throi oddi wrth y Stiward. Roedd ganddi waith i'w wneud. Aeth yn ei blaen i lawr i waelod y berllan i daenu'r dillad, y Stiward wrth ei chwt, yn ddigon pell o olwg y tŷ.

Roedd Margaret a'r gŵr dieithr wedi bod yn sgwrsio'n brysur ers hydoedd – Margaret yn holi a'r ymwelydd yn ei hateb. Y cwbl fedrai Begw ei ddeall oedd fod brawd y feistres wedi priodi rhyw ferch fonheddig. Roedd Margaret wedi rhyfeddu oddi wrth ei hymateb, weithiau'n clapio'n frwd ac yna'n rhoi ei llaw dros ei cheg fel petai'n synnu at y fath rialtwch. Ond doedd Begw ddim wedi deall llawer yn fwy na hynny.

Teimlai'r Stiward ei waed yn berwi – pa hawl oedd gan hon i droi oddi wrtho fel yna?

'Pa neges?' arthiodd.

'Dwn i ddim, dydw i ddim yn deall Saesneg,' ond chafodd hi ddim gorffen ei brawddeg.

Synhwyrodd fod y Stiward wedi camu tuag ati a theimlodd ei law yn cau am ei gwar. Gollyngodd y fasged ddillad nes bod y peisiau, y bonedi, y ffedogau a'r dillad llin gwynion yn tasgu i ganol llwch y llwybr. Roedd ei law yn mynnu iddi droi ei phen, ei fysedd yn cau am ei gwddf, yn troi ei phen i ryw ystum chwithig, ei hwyneb ar dro, yn cael ei droi i edrych arno. Caeodd ei llygaid fel nad oedd yn rhaid iddi edrych i'r ddau bwll cynddeiriog oedd yn syllu arni. Ond teimlodd ei phen yn ysgafnhau. Roedd ei gwddf yn llosgi, roedd yn cael trafferth anadlu, teimlodd ei hanadl yn methu. Cofiodd am y glöyn byw hwnnw i fyny yn y siambr; yr adenydd yn hollol eglur yn erbyn chwarel y ffenestr, a'r golau'n duo ei adlewyrchiad. Gallai weld y patrwm browngoch ar ei adenydd wrth iddi geisio ei ddal, a'r dafnau bach o liw oren trwyddo. Gallai deimlo'r llwch ar ei bysedd wrth iddi fynd ag o allan i'r haul. Cofiodd iddi deimlo tristwch annisgwyl wrth weld y cryndod yn llonyddu, a'r glöyn yn diffodd fel fflam ar ddiwedd dydd.

Agorodd ei llygaid yn wyllt. Byddai'n rhaid iddi ddechrau anadlu eto. Gwelodd y poer yn hel yn wyn yng nghornel ceg y Stiward a chododd ei dwylo i geisio tynnu ei fysedd oddi ar ei gwddf, ond doedd ganddi ddim nerth. Dim. Roedd yr haul yn gwanhau, yn pylu, a düwch yn ei goresgyn, yr adenydd yn llonyddu. Roedd pobman yn nofio yn y gwyll rhyfedd oedd yn ei hamgylchynu. Gallai glywed sŵn yn dod o bell, bell, a llais yn galw arni. Yna, clywodd rywun arall yn galw, yn ei siarsio i ofalu amdano. Mallt oedd yno, mam y bachgen. Mallt yn edrych yn wyllt arni, yn estyn y bachgen bach ati hi, yn ei roi iddi hi i ofalu amdano, ac yn edrych arni efo'i llygaid duon, yn erfyn arni i'w gadw'n ddiogel nes deuai hi neu ei dad i'w nôl.

'Dwi'n dod, Lewys,' sibrydodd. 'Paid â mentro'r cwch…'

'Beg, Beg…'

Roedd y llais yn nesu, yn galw arni, yn dod tuag ati. Mae'n rhaid ei fod mewn perygl ac roedd hi wedi addo… Roedd hi'n trio gweiddi arno i beidio mynd i'r lli…

'Lewys.' Ond doedd dim llais ganddi.

'Aah! Y cythral bach!' Clywodd y Stiward yn rhoi gwaedd o boen a llaciodd y carchar am ei gwddf.

Teimlodd hithau ei hun yn disgyn, ei hwyneb yn y llwch, a'i hanadl yn dod yn hyrddiau. Teimlodd y cyfog yn codi. Ond roedd rhywbeth arall yn digwydd uwch ei phen. Roedd y Stiward yn ei blyg, a rhywun yn ei gicio yn ei gylla. Gallai glywed yr hyrddiadau. Roedd gan rywun bastwn. Mentrodd godi ar ei phengliniau, ei phen yn troi. Roedd y Stiward wedi ei ddal, heb iddo ddeall bod unrhyw un y tu ôl iddo.

Daliai Lewys y pastwn uwch ei ben, yn barod i roi un hyrddiad arall. Clywodd Begw ei lais yn dod o bell, yn rhoi un sgrech arno i beidio, i roi'r pastwn i lawr. Gwyliodd y Stiward yn sythu ac yn adfer ei safiad, ei ddyrnau'n barod ac yn taro'r awyr wrth i Lewys gamu'n gyflym o'r ffordd. Dawnsiai Lewys o'i flaen, y pastwn yn ei ddwylo, yn barod, ond gwelodd Begw fod llaw'r Stiward ar ei wregys yn barod, a gwelodd ymyl yr haearn yn cuddio dan ei siyrcyn.

'Lewys!' sgrechiodd. Roedd cyllell yn llaw'r Stiward.

'Ha! Dwyt ti'm yn gymaint o lanc rŵan, yn nag wyt, y cythral bach!'

'Lewys, dos!' gwaeddodd Begw wedyn.

'Ia, dos o 'ma... i edrych ar ôl yr hogan bach 'na ti'n ei mela tua'r traeth yna. Be 'di'i henw hi eto...? Sabel!'

Chwarddodd y Stiward, ei gorff wedi plygu ymlaen a'r gyllell yn dal yn ei law.

'Dos, Lewys!'

Rhuthrodd Begw tuag ato a'i wthio am y glwyd.

Gwyliodd y Stiward y bachgen yn aros, yn ansicr, yn edrych ar Begw am eiliad, cyn edrych yn hurt ar y gyllell yn llaw'r Stiward. Cymerodd Lewys gam yn ôl a gallai Begw weld yr hanner gwên yn lledu ar wyneb y Stiward.

'Dwyt ti ddim yn ddigon o ddyn, yn nag wyt?' meddai. 'Be wnei di rŵan 'ta? Mi fydd raid i mi ddod i ddangos i'r Sabel fach yna sut mae dyn go iawn yn medru ei thrin, felly'n bydd?'

'Gad iddo. Dos, Lewys!' gwaeddodd Begw.

Yna, heb aros i feddwl, llamodd Lewys tuag at y dyn a llwyddo i gicio'r gyllell o'i law. Disgynnodd y ddau i'r llwch ar y llwybr gan rowlio a gweiddi. Fedrai Begw wneud dim, dim ond syllu ar y ddau gorff yn gwingo yno ar y llwybr. Y ddau yn rhegi a bygwth. Llwyddodd y Stiward i gydio yn y bachgen a gwthio ei wyneb tua'r ddaear. Roedd o'n gryf a sylweddolodd Begw, er bod Lewys yn gyflym ac yn heini, nad oedd ganddo obaith yn erbyn cryfder y Stiward. Doedd dim golwg o'r gyllell, ac ofnai Begw ei bod o dan y Stiward yn rhywle, ac y gallai gael gafael arni. Os felly, byddai ar ben ar Lewys.

'Gollwng dy afael!' gwaeddodd Begw. 'Gollwng o, dim ond llanc ydi o.'

Petrusodd y Stiward am eiliad, ac fel fflach roedd y gyllell yn llaw Lewys. Gwyliodd Begw'r llafn yn taro ymyl wyneb y Stiward a'r croen yn agor yn archoll hyll. Daeth golwg syn dros wyneb y Stiward. Llaciodd ei afael yn y bachgen gan sylweddoli ei fod wedi cael ei drywanu, a hynny wedi ei lorio yn fwy na gwaith y llafn. Neidiodd Lewys ar ei draed a symud tuag at Begw. Gafaelodd hithau yn ei freichiau, i'w dynnu'n nes ati ac i'w atal rhag mynd yn ei ôl i ymosod eto. Roedd y gyllell yn dal ganddo. Edrychodd Lewys ar yr arf yn ei law, a'i ollwng, fel petai'n llosgi twll yn ei groen.

'Dos!' Gwthiodd Begw'r bachgen at y glwyd. 'Dos, Lewys!' gwaeddodd.

A gwyliodd y bachgen yn llamu heibio'r Stiward ac i lawr i gyfeiriad y traeth.

14
Storm

PRYSURODD BEGW I glirio. Roedd ei gwar yn boenus a'i gwddf yn dal i losgi. Er y gwres yn y gegin, roedd Begw wedi cadw'r siôl am ei gwar i geisio cuddio'r marciau lle'r oedd bysedd y Stiward wedi pwyso i mewn i'w gwddf. Ond roedd un o'r morynion wedi sylwi ac wedi ei holi o flaen y feistres ac Elise y rheithor. Roedd hi wedi ceisio diystyru'r peth. Wedi bod yn flêr oedd hi – wedi cael ei chrafu gan y llwyni wrth osod y dillad i sychu.

Roedd y feistres, wrth gwrs, wedi anghofio am y peth bron yn syth, gan fedru siarad am ddim ond y posibilrwydd y byddai ei brawd yn dod ar ymweliad. Dyna oedd neges y dyn dieithr, dim ond dod ar neges oedd o oddi wrth ei brawd, gan ei fod yn y cyffiniau – ond roedd y neges wedi llwyddo i godi hwyliau Margaret i'r entrychion. Ei hoff frawd, Thomas Cave, am ddod i ymweld! Fedrai Margaret feddwl am ddim arall, felly sylwodd hi ddim ar hwyliau tawedog Begw.

Ond doedd Begw ddim mor siŵr a oedd Elise wedi cael ei daflu oddi ar y trywydd mor rhwydd. Roedd yr edrychiad a gafodd ganddo yn ddigon – doedd o ddim yn ffŵl.

Aeth yn hwyr cyn i Begw fedru gadael y Wern. Roedd Margaret wedi cyffroi gydag ymweliad y gŵr o Stanford, a'i neges. Byddai Thomas a'i wraig newydd yn dod i ymweld ond, yn bwysicach na hynny, roedd Margaret wedi llwyddo i berswadio'r negesydd i fynd â llythyr yn ôl at ei brawd. Fedrai Begw ddim darllen ond fe wyddai beth oedd cynnwys y llythyr yn iawn. Roedd Margaret wedi ei ddarllen a'i gyfieithu iddi. Llythyr yn erfyn am gymorth ei brawd oedd o. Roedd ganddo bŵer i'w helpu, roedd o'n etifedd cefnog – mwy cefnog na Siôn Wynne hyd yn oed, a chysylltiadau pwerus ganddo yn y llysoedd.

Gallai ei brawd roi cymorth iddi ddianc o'r Wern fel y gallai fynd i ymweld â'i merch fach, neu efallai y medrai ei gysylltiadau ddwyn perswâd ar deulu Gwydir i adael i Leila ddod i'r Wern ati hi. Doedd neb cyn hyn wedi cytuno i gario unrhyw neges gan y feistres fach i unman – roedd pawb o'r farn mai prin yn ei iawn bwyll oedd hi. Doedd neb yn ddigon gwirion i fynd yn groes i orchmynion Syr John Wynne.

Doedd dim arall i'w gael gan y feistres. Roedd Begw wedi dweud wrthi fod yn rhaid iddi fynd ar ymweliad y prynhawn hwnnw, a gadael Margaret Wynne yng ngofal Gwerful, yn llawn cynlluniau. Cerddai ar hyd crawiau llawr y gegin nes i Gwerful ofyn iddi eistedd rhag iddi godi pendro ar yr hen wraig. Prin fod Margaret wedi sylwi nad oedd Begw yno.

Roedd Gwerful wedi tynnu Begw i un ochr.

'Bydd yn ofalus, Beg, mae'r Stiward am dy waed di. Mi ddylet aros, sti, paid â mynd. I be'r ei di ar ôl yr hogyn? Mi fedar o edrych ar ôl ei groen ei hun. Mi fydd wedi hen fynd o'r golwg... Begw, gwranda arna i.'

Ysgwyd ei phen wnaeth hi wrth wylio'r ferch yn brysio trwy'r glwyd. Roedd hi'n nabod pobl fel y Stiward. Fydden nhw ddim yn ildio nes iddyn nhw gael yr hyn roedden nhw'n ei chwennych.

Tawelodd y gweision wrth weld Begw'n pasio am y traeth. Fe wyddai hi'n iawn beth oedd y sgwrs. Edrychodd un o'r gweision bach arni a nodio. Tynnodd hithau ei siôl yn dynnach i guddio'i gwddf.

'Mae o fel tarw wedi ei gornelu, sti Beg,' meddai'r gwas. 'Mi fydd hi ar ben ar Lewys rŵan. Does neb yn tynnu cyllell ar y Stiward heb i rywbeth ddod o'r peth...'

Cytunodd un o'r lleill. Doedd neb wedi gweld y Stiward ers oriau. Daeth gwas arall o'r stabl.

'Wedi mynd am Harlach i nôl y cwnstabl mae o,' meddai hwnnw. 'Mi aeth â'r march du. Fedr hwnnw groesi tir mewn dim o amser, Beg.' Oedodd. Doedd o ddim am godi dychryn ar Begw ond doedd ganddo fawr o feddwl o'r Stiward chwaith. Mae'n debyg fod y llanc wedi ei daro am reswm digon da.

'Mi fasa'n syniad iddo fo fynd o'r golwg am dipyn, Beg, os medri di yrru negas ato fo.'

Nodiodd Begw. Roedd yn rhaid iddi gael gafael ar Lewys. Ei rybuddio.

Roedd Lewys wedi llwyddo i groesi'r morfa cyn i'r llanw droi. Erbyn i Begw gyrraedd y traeth roedd y môr wedi cau'r llwybrau eto a bu'n rhaid iddi erfyn ar i un o'r cariwrs ei danfon. Edrychodd draw i gyfeiriad y môr. Gallai weld y glaw yn nesu, yn dymer ddrwg o lwydni, a'r cymylau'n drymion. Gobeithio y bydden nhw wedi medru croesi cyn i'r cenlli gyrraedd. Gallai deimlo anesmwythyd yr anifeiliaid wrth iddyn nhw synhwyro bod y tywydd ar droi.

Ond roedd yn rhaid iddi weld Lewys. Gwyddai na fyddai'r Stiward yn fodlon gadael i bethau fod. Doedd trywanu Stiward y Wern, un o weision Gwydir, ddim am gael ei anghofio heb gosb; a Siôn Wynne ei hun yn siryf ar Feirionnydd, doedd wybod beth fyddai'r canlyniad. Ac i'r Stiward, wrth gwrs, byddai dial ar Lewys yn ddial arni hi.

Brysiodd am Dy'n y Rhos, a chroesi heibio Hirynys. Cyfarchodd sawl un hi ar ei ffordd – pawb yn brysio i hel eu hanifeiliaid i dir uwch neu wrthi'n clymu clwydi ac angori eu heiddo yn barod am y storm. Cymerodd Begw gip arall am y môr agored. Doedd hi ddim am gael ei dal yn y glaw ond roedd yn dda ganddi gael bod yn ôl yn ei chynefin. Daeth hiraeth sydyn drosti am gael bod yn feistres arni hi ei hun unwaith eto. Ysgydwodd ei phen yn ddiamynedd – doedd ganddi mo'r dewis, waeth iddi heb â meddwl felly. Morwyn yn y Wern oedd hi bellach, a morwyn *fu* hi yn Nhy'n y Rhos, nid meistres.

Sgrialodd yr ieir i bob cyfeiriad wrth iddi nesu'n wyllt at y tŷ, ei gwallt wedi dianc a'i siôl goch yn cael ei chipio gan y gwynt. Gwaeddodd ar un o'r plant a hithau ar ei ffordd yn ôl i'r tŷ yn cario bwcedi llawn dŵr.

'Ydi Lewys yma?' galwodd, ond brysiodd y ferch fach i mewn o'i blaen fel petai heb ei gweld. Yna daeth merch arall allan, merch fawr drwsgwl yr olwg.

'Ydi Lewys yma?' holodd Begw wedyn.

'Nadi ddim,' meddai'r ferch yn swta a rhuthro heibio iddi.

'Wyt ti'n gwybod lle mae o?' gwaeddodd ar ei ôl, ond dim ond rhuthro yn ei blaen wnaeth y ferch fel petai ganddi orchwyl bwysig i'w wneud a dim amser i ryw siarad gwag. Rhai rhyfedd oedd tenantiaid newydd Ty'n y Rhos.

'Pam dy fod angen gweld Lewys?'

Neidiodd Begw. Roedd y dyn wedi dod o gyfeiriad yr helm heb iddi hi sylwi. 'Ydi o mewn helynt?'

'Mae gen i neges iddo.' Ceisiodd guddio'r pryder yn ei llais.

'Mae o wedi gadael. Mi ddaeth yn ei ôl ar draws y morfa pnawn yma, ond wnaeth o ddim aros. Roedd golwg arno fel tasa cŵn y fall ar ei ôl o...' Arhosodd y dyn ac edrych yn graff arni. 'Begw wyt ti, ia? Ti oedd yma yn cadw'r tŷ i'r Cychwr?'

'Ia. Wyt ti'n gwybod i le'r aeth Lewys?' holodd Begw wedyn.

'Na, ddeudodd o ddim byd. Mi faswn inna'n licio gwybod lle'r aeth o hefyd – mae gen i ei angen o yma a'r gwynt yn codi. Mae gen i bethau i'w gneud,' gwgodd y dyn, a brysio yn ei flaen i glymu'r cychod. 'Os gweli di o, dwed wrtho 'mod i ei angen o yma, wnei di?' gwaeddodd wedyn.

Trodd Begw am y ffordd. Gwrandawodd am funud; doedd dim smic i'w glywed trwy ddrws y tŷ ond synhwyrodd fod rhywun yn ei gwylio. Cafodd gip ar wyneb main yn y drws. Roedd rhywbeth yn chwithig yn y tawelwch. Dylai'r lle fod yn llawn sŵn a stŵr, gyda'r teithwyr yn aros i'r tywydd basio. Roedd yno dwr o blant i fod hefyd, yn doedd? Ddylai tŷ llawn plant ddim bod mor dawel.

Roedd y cariwr a ddaeth â hi drosodd o'r Wern wedi addo aros amdani ond iddi frysio. Doedd hi ddim am i Gwerful fod yng ngofal y feistres yn rhy hir chwaith.

Sgrialodd y cerrig wrth iddi hanner rhedeg ar hyd creigiau Hirynys. Crymodd; roedd y gwynt yn ei herbyn ac roedd yn rhaid pwyso yn ei blaen er mwyn symud yn araf ar hyd y graig. Roedd hi'n difaru dod i chwilio am Lewys. Roedd o'n ddigon call i gadw ei bellter am sbel, siawns. Cododd ambell wylan yn swnllyd wrth ei gweld yn nesu at eu nythod ar hyd y clogwyn, cyn cael eu cipio gan y gwynt fel dillad gwynion ar y llwyni. Yna, wrth iddi droi ar y llwybr i lawr i gysgod y graig, clywodd sŵn sgrialu cerrig y tu ôl iddi. Arhosodd, a throi'n sydyn i weld siâp yn ei dilyn – yn cripian o gysgod craig i gysgod craig. Merch ifanc oedd yno, yn ystwyth fel ewig. Arhosodd Begw a phetrusodd y ferch am funud. Bron nad oedd Begw'n disgwyl ei gweld yn cael ei chodi fel darn o recsyn a'i hyrddio dros yr ochr. Galwodd arni i ddod yn ei blaen i'r cysgod.

Sgrialodd y ferch i lawr at ei hymyl.

'Pwy wyt ti?' holodd Begw. 'Pam wyt ti'n fy nilyn? Ti weles i yn y drws rŵan?'

Hon oedd wedi cuddio yn y tŷ yn ei gwylio. Ai un o'r morynion oedd hi tybed, yn gweithio i deulu'r cychwr, fel y bu hithau'n ei wneud? Ceisiai Begw roi oed iddi, pymtheg neu un ar bymtheg efallai, ond doedd hi ddim yn ferch gref, fyddai hi ddim yn gallu gwneud gwaith trwm. Roedd hi wedi lapio ei hwyneb mewn hen sach garpiog ond gallai weld ei llygaid. Roedd ei hosgo yn betrusgar, fel un o adar y glannau, yn crafangu ar ochr y graig. Gwibiai'r llygaid o un lle i'r llall, llygaid â lliw anghyffredin, llygaid gwyrdd tlws. Disgynnodd y sach oddi ar ei phen i ryddhau'r gwallt melyngoch, yn disgyn yn rhubanau blêr dros ei hysgwyddau. Doedd fawr o raen arni. Doedd hi ddim i'w gweld yn cael bywyd hawdd, felly mae'n rhaid mai un o forynion y tŷ oedd hi. Am funud difarodd Begw fod yn fyrbwyll, efallai y gallai fod wedi aros yn Nhy'n y Rhos wedi'r cwbl.

'Beg?' meddai'r ferch.

'Ia, pwy wyt ti?'

'Sabel, merch Richard Llwyd, Ty'n y Rhos,' meddai wedyn.

'O?'

'Chwilio am Lewys wyt ti?' Hoeliodd y ferch ei llygaid ar Begw. 'Mi ddeudodd Lewys y byddet ti'n dod i chwilio amdano.' Closiodd y ferch at hollt yn y graig a symudodd Begw at ei hymyl.

'Sut hynny? Ble mae o? Ydi o'n ddiogel?' holodd.

'Mi ddeudodd o fod yn rhaid iddo fynd o'r golwg am sbel.' Cadwai ei llais yn wastad ond gallai Begw weld nad oedd y dagrau ymhell.

'Mi aeth hi'n helynt. Trio fy amddiffyn i oedd o, ond mi aeth pethau'n rhy bell,' meddai Begw. Faint wyddai'r ferch yma? Oedd Lewys wedi dweud wrthi pam fod yn rhaid iddo gadw draw?

'Ydi o mewn helynt mawr, Beg?' holodd Sabel wedyn, ei dwylo'n gafael yn dynn yn ymyl y sach.

'Na, dim ond ffraeo efo'r Stiward yn y Wern wnaeth o.' Peth dwl fyddai dweud popeth, doedd wybod pwy fyddai'n dod i'w holi.

'Ydi'r briw yn ddwfn? Ydi'r Stiward wedi colli ei lygad?'

Roedd Lewys wedi dweud wrthi felly. Oedd o wedi gor-ddweud er mwyn creu argraff ar hon? Daeth rhyw flinder sydyn dros Begw. Roedd ei gwddf yn brifo a'i gwar wedi cyffio, ac roedd y gwynt yn mynnu cydio yn ei dillad ac yn bygwth hyrddio'r ddwy dros yr ochr i'r crochan gwyllt oddi tanynt, oni bai iddynt swatio yn yr hollt.

'Nachdi – mae'r Stiward yn iawn, mi ddaw drosto. Mwy o friw i'w falchder o na dim,' meddai Begw. Roedd hi'n flin efo

Lewys am ddweud wrth Sabel. 'Ond dydi codi cyllell ar was Gwydir ddim yn beth doeth i'w wneud.'

'Na,' sibrydodd Sabel. 'Roedd Lewys wedi dychryn am ei fywyd. Mi fues i'n hir yn deall beth oedd arno. Mae gen i ofn drosto fo, Beg, dydi o ddim yn ddrwg yn nac ydi? Fasa fo ddim yn brifo neb oni bai…'

'Na fasa, siŵr.' Ei bai hi oedd hyn, fyddai Lewys ddim wedi cael ei orfodi i ddod i'w hamddiffyn hi, tasa hi heb wylltio'r Stiward. Ond fedrai Begw ddim meddwl pam ei bod yn codi gwrychyn y dyn mor hawdd.

'Fydd o'n iawn yn bydd, Beg? Mae o wedi addo dod yn ei ôl i fy nôl i. Rydan ni am fod efo'n gilydd. Mi fedrwn redeg Ty'n y Rhos ryw ddiwrnod sti, mae o'n nabod y traeth yn tydi...' Roedd llais y ferch yn daer.

'I ble'r aeth o, Sabel? Ddeudodd o?'

'Mi groesodd y Traeth Bach. Mi oedd o am fynd draw i gyfeiriad y Rhinogydd medda fo, ond dydw i ddim yn cofio enw'r lle.' Arhosodd Sabel a gwyliodd Begw hi, roedd hi'n ceisio cofio geiriau Lewys. 'Roedd o am ddilyn y llwybrau draw i gyfeiriad y Fawddach a draw i'r de. Gobeithio ei fod o'n cysgodi yn rhywle rŵan, beth bynnag.'

'Ond i ble fydda fo'n mynd?'

'At ei dad,' meddai Sabel.

15

Yn y cysegr

FEDRAI BEGW DDIM cysgu. Roedd hi'n troi a throsi ers meityn. Gallai glywed anadlu anesmwyth Gwerful o gornel y siambr ac ambell chwyrniad egr. Daliai ei gwynt – oedd Gwerful am ailddechrau anadlu? Gwingodd a cheisio gwthio ei phen yn ddyfnach o dan y gwrthban nes ei bod yn mygu'n lân, a'r gwellt yn mynnu gwthio trwy orchudd y fatres a'i phigo. Gwrandawodd wedyn; roedd y storm wedi pasio, doedd dim sŵn glaw, ac roedd y gwynt mawr wedi gostegu, er bod cysgod y cymylau'n gwibio ar draws y palis fel y gwibiai digwyddiadau'r dydd trwy ei meddwl. Roedd ymosodiad y Stiward arni wedi ei hysgwyd a gwyddai fod y marciau wedi troi'n gleisiau duon ar ei gwddf erbyn hyn.

Cododd Begw o'i gwely, cymryd y flanced wlân a'i lapio amdani, gan ei bod wedi gadael ei dillad i stemio o flaen y tân. Roedd arni angen bod allan yn arogli'r heli eto. Pan ddaeth yn ei hôl i'r Wern yn wlyb at ei chroen yn hwyr y noson honno, doedd Margaret Wynne ddim fel petai hi wedi deall iddi fod oddi yno. Roedd hi wedi cyffroi cymaint wrth feddwl y gallai gael y cyfle i weld Leila eto fel nad oedd posib ei chael i fynd i'w gwely. Bu'n rhaid i Begw wneud trwyth o ddanadl poethion a gwin iddi, er mwyn ceisio ei thawelu, ac iddi fedru llonyddu. Roedd Begw'n difaru na fyddai hithau wedi yfed peth hefyd.

Agorodd Begw glicied y drws heb smic a sleifio trwyddo. Doedd neb o gwmpas ar fuarth y Wern, diolch i'r drefn. Roedd hi'n rhy fore i neb fod ar ei draed eto. Dilynodd y llwybr cysgodol

trwy'r goedlan a draw i gyfeiriad yr eglwys. Cododd ei gŵn fel
nad oedd ei waelod yn mynd i'r dŵr wrth groesi'r nant heibio'r
tŷ. Roedd y glaw wedi llenwi'r nentydd, a'r dŵr yn brysio'n wyn
i lawr dros y gefnen am y môr. Ond roedd yr awyr yn lân a
chlir, wedi ei lanhau gan ruthr y glaw. Sylwodd fod y lleuad
bron yn llawn a siapiau'r boncyffion a'r brigau yn ymestyn o'i
hamgylch, weithiau'n wynion fel sgerbydau, lle byddai llewyrch
y lleuad yn disgyn, a thro arall yn gysgodion duon. Teimlai'r
boncyffion yn cau'n gawell amdani, yn ei chadw'n ddiogel.
Llithrodd yn ei dillad gwynion fel rhith rhwng y bedw, ei thraed
noeth yn gadael dim arwydd ei bod wedi pasio ar hyd mwsog
llaith y goedwig. Disgynnodd yn gyflym i lawr trwy'r goedlan i
gyfeiriad y môr.

Gadawodd y coed y tu ôl iddi, a hithau bellach allan ar y traeth
agored, ar fin y morfa, a theimlodd y swnd yn esmwyth rhwng
bysedd ei thraed. Roedd y dafnau yn oer braf. Cerddodd yn araf
i lawr tua'r traeth, a gallai glywed sibrwd y trai ymhell draw tua'r
ynysoedd, yn gwthio heibio Hirynys a'r Ynys Gron. Gadawai'r
lleuad lwybr arian ar wyneb y swnd gwlyb. Dechreuodd Begw
gyflymu, a throdd ei chamau yn rhedeg. Rhedodd ar draws
ehangder y traeth, ei thraed yn suddo i'r swnd a phyllau bach
o ddŵr heli yn codi i lenwi'r olion. Rhedodd nes gallai weld
amlinell yr eglwys yn nesu i fyny ar y bryncyn uwch y morfa.
Yna arafodd.

Meddyliodd am y ferch, Sabel, a diolch fod Lewys wedi
medru dianc cyn i'r Stiward gyrraedd yn ei ôl o Harlech. Cofiai
Begw am Rhys ap Gruffydd, tad Lewys. Roedd hwnnw'n ddigon
tebol i fedru amddiffyn ei fab, siawns. Fe ddylai fod wedi mynnu
mynd â'i fab efo fo ymhell cyn rŵan, ond rywsut roedd Begw'n
falch na wnaeth o hynny. Fe fyddai Lewys yn ddigon pell yn
Llanfachreth – yn ddigon pell oddi wrth y Stiward i beidio â'i
atgoffa o'r anfri. Efallai y gallai ei dad ddod o hyd i noddfa iddo i
lawr am y canolbarth, neu'n bellach fyth. Rhywle fyddai'n ddigon

pell o grafangau Wynneiaid Gwydir a'r llysoedd a chelwyddau'r Stiward.

Biti na fyddai hithau'n ddigon pell oddi yno. Doedd ganddi hi neb i'w hamddiffyn mwyach. Dim ond y feistres efallai. Ond roedd amddiffyniad honno mor anwadal â'r gwynt. Weithiau'n chwythu'n gynnes ac weithiau'n oer – doedd dim dal arni. Crynodd Begw a chodi cledr ei llaw at ei gwar eto. Byddai golwg ar ei gwddf erbyn y bore a'r cleisiau'n amlycach fyth.

Doedd Begw ddim am ddeffro neb, felly croesodd y rhimyn dŵr er mwyn cadw oddi wrth y casgliad o fythynnod. Cyfarthodd ci yn rhywle tua chefn un o'r hofelau, ond ddaeth yr un ci i'r golwg. Doedd Begw ddim yn ddigon agos i godi gwrychyn yn ormodol. Cyfarthodd y ci wedyn, yn fwy ffyrnig y tro yma, ei sŵn yn torri ar y tawelwch ac yn atsain trwy'r clwstwr o fythynnod. Clywodd Begw rywun yn ei ddiawlio. Rhoddodd y ci un cyfarthiad arall cyn tawelu. Daeth cysgod heibio talcen y bwthyn pellaf. Yna, trodd y cysgod fel bod ei lygaid yn dal adlewyrchiad y lleuad. Llwynog. Gwyliodd Begw'r siâp gosgeiddig yn dawnsio ar ei bawennau melfed, mor dawel â'r lleuad, yn croesi'r ffrwd ac yn troi i mewn trwy borth yr eglwys.

Dilynodd y cysgod. Roedd y glwyd yn gilagored fel y gallai'r llwynog fynd trwyddi. Gwthiodd Begw'r pren a rhoddodd y glwyd wich fach. Cododd y llwynog ei ben oddi wrth ei ysglyfaeth – cwningen, a'i ffwr gwyn yn gaglau o waed. Edrychodd y llwynog arni'n ddigynnwrf, cyn codi'r gwningen a throtian yn ei flaen. Aeth hithau tua'r drws.

Roedd yr eglwys yn dywyll ac yn oer. Crynodd Begw. Roedd y lleithder wedi treiddio o odre'i gŵn a'r defnydd yn cydio'n oer am ei choesau. Aeth yn ei blaen tua'r cysegr. Doedd neb yno, felly gallai eistedd ar un o'r meinciau isel yn hytrach na gorfod mynd ar ei chwrcwd a phwyso ei chefn ar y garreg oer. Eisteddodd yno yn y tawelwch. Efallai y byddai'n werth rhoi gweddi, meddyliodd – gweddi dros Lewys, a Sabel. Roedd golwg digon cythryblus ar y ferch – gallai wneud efo gweddi, meddyliodd. Ond roedd mwy o angen gweddi arni hi, penderfynodd, felly aeth ar ei phengliniau. Wedi'r cyfan, doedd Duw ddim yn un i gymryd negeseuon gan neb yn eistedd yn gyffyrddus ar fainc.

Penliniodd yno ar y garreg o flaen yr allor. Wyddai hi ddim beth i'w ddweud yn iawn felly dywedodd ei phader, a'i hailadrodd drosodd a throsodd. Beth arall fedrai hi ddweud wrth Dduw? Bu yno'n hir, nes roedd ei phengliniau'n ddau dalp o rew. Synhwyrodd fod y golau'n newid, a nenfwd uchel yr eglwys yn gwynnu, a bod synau gwahanol i'w clywed y tu allan. Roedd y bore'n deffro, yn siarp a glân. Cododd yn araf, a phwyso ar y mur gan daro ei thraed ar y llawr i geisio deffro ei choesau. Clywodd glec clicied y drws yn cael ei dynnu ac agorodd y porth. Trodd yn sydyn i weld amlinell dywyll dyn yn erbyn golau gwyn y bore. Roedd y rheithor wedi cyrraedd ar gyfer y gwasanaeth plygeiniol. Arhosodd Elise am funud. Doedd o ddim yn medru gweld pwy oedd yno'n iawn yn yr hanner gwyll.

'Fedra i helpu?' meddai o'r drws, yna camodd yn ei flaen tua'r allor yn frysiog. Roedd rhywun anghenus yno, mae'n rhaid, neu rywun ar ffo efallai, wedi cymryd lloches yno yn y cysegr. Wrth ei hadnabod brysiodd tuag ati.

'Beg, ti sydd yna?' meddai'n llawn syndod.

'Mae'n ddrwg gen i. Ddylwn i ddim bod yma mor fore,' meddai Begw gan sythu. Doedd hi ddim am i neb ei gweld hi yn ei chwman fel hyn. Cododd y blanced oedd wedi llithro i'r llawr. Sylwodd ar y rheithor yn edrych arni, ei lygaid yn culhau wrth weld yr olion du yn gysgod ar ei chroen. Brysiodd i daro'r blanced wlân dros ei phen a'i hysgwyddau.

'Mi ddof â'r feistres draw at y gwasanaeth ganol bore,' meddai, a chychwyn tua'r drws.

'Fe rown ni weddi drosti rŵan os dymuni di, fel na fydd yn rhaid i ti geisio ei dandwn i ddod draw yma,' meddai. Yna difrifolodd, 'Neu efallai y dylen ni weddïo drosot ti, Beg?'

Wyddai Begw ddim sut i ymateb. Doedd hi ddim am ddweud mai dyna roedd hi wedi bod yn ceisio ei wneud ar ei gliniau yn y fan honno ers hydoedd, ond nad oedd hi'n meddwl bod Duw yn gwrando. Roedd hi wedi gweddïo o'r blaen a doedd dim wedi newid. Roedd meddwl hynny'n gabledd, mae'n debyg, felly penderfynodd gadw ei meddyliau iddi hi ei hun.

Symudodd Elise yn nes a gallai Begw deimlo ei anadl ar ei boch wrth iddo estyn am ymyl y flanced a'i thynnu, fel bod y cleisiau duon a'r wawr felyn i'w gweld fel rheg yn erbyn gwelwder ei chroen. Cyffyrddodd Elise yr olion yn ysgafn. Gwingodd Begw ond arhosodd yn llonydd, llonydd.

'Mi wna i weddïo ar i Dduw dy warchod di, Beg,' meddai Elise, 'dy gadw di'n ddiogel. Mi fedra i weddïo, ond mae yna rai pethau na fedr Duw hyd yn oed ei wneud, wyddost ti – os ydi dyn wedi gwneud ei benderfyniad.'

Trodd Begw a syllu'n syn arno. Oedd hynny'n golygu na fyddai hyd yn oed ewyllys Duw yn gallu ei hamddiffyn rhag y Stiward gythrel? Gwas Duw oedd y rheithor i fod, meddyliodd, pa obaith oedd i'w gweddi dila hi gael ei hateb os na fedrai llais y rheithor ei gyrraedd? Sut roedd Duw yn dewis a dethol pwy a beth i'w amddiffyn, felly?

'Beth fedra i wneud?' sibrydodd. Edrychodd Elise arni a chamu tuag ati. Ailosododd y blanced yn ofalus am ei hysgwyddau.

'Mi fedri di fy mhriodi,' meddai.

16

Bywyd newydd

ROEDD HWYLIAU MAWR wedi bod ar y feistres ers wythnosau, a doedd heddiw ddim yn eithriad. Roedd Siôn Wynne wedi anfon neges i ddweud y byddai yn ei ôl adref eto erbyn diwedd y dydd, neu'r diwrnod canlynol, fan bellaf. Fel y newidiai'r gwanwyn braf yn ddyddiau o haf crasboeth, roedd y meistr wedi bod yn fwy parod i ymgartrefu yn y Wern ac i gymryd diddordeb yn rheolaeth ei diroedd ym Meirionnydd. Am y tro roedd ei weithgareddau yn Llundain, yr achosion cyfreithiol dros ei dad a'r angen i ymweld â'r llysoedd, wedi lleihau. Ond fe wyddai Margaret Wynne hefyd fod ei brodyr yng nghyfraith bellach yn gallu ymgymryd â pheth o'r gwaith cyfreithiol roedd ei gŵr wedi bod yn ymwneud ag ef yn llysoedd Llundain.

Doedd yr helynt cyfreithiol rhwng Syr John Wynne a'i mam, y Foneddiges Eleanor Cave, hyd yn oed ddim wedi dod i'w sylw ers peth amser. Wyddai Margaret ddim llawer am yr achos – rhywbeth ynglŷn â'i gwaddol priodas oedd achos yr helynt, mae'n debyg. Ei thad yng nghyfraith yn cyhuddo ei theulu hi, teulu cefnog Cave, o beidio â thalu peth o'r arian oedd yn ddyledus i Wydir ar achlysur y briodas rhwng y ddau deulu. Wyddai Margaret ddim am hynny. Roedd gan ei theulu'r modd i dalu ond doedd dim dal ar Syr John Wynne. Efallai fod yr arian wedi ei drosglwyddo, ac eto fyddai Margaret ddim yn synnu petai'n clywed bod ei mam yn chwarae castiau chwaith – roedd angen cyfalaf ar Eleanor Cave i gael mwynhau ei thŷ yn Llundain, a doedd ei thad druan ddim mewn cyflwr meddwl i ddeall dim.

Dim ond iddi gael y cyfle, fe fyddai hithau, Margaret, yn well mam, gwyddai hynny. Fe fyddai hi'n amddiffyn ei phlant, yn eu caru yn fwy na hi ei hun, yn rhoi hen arferion i un ochr hyd yn oed er mwyn gwneud yn siŵr eu bod yn tyfu'n iach – gorff ac enaid. Fyddai hi ddim yn eu gadael ar fympwy teuluoedd dieithr. Felly fyddai hi'n dymuno meddwl, beth bynnag. Fu ganddi hi ddim dewis efo Leila, roedd teulu ei gŵr wedi ei chymryd oddi arni. Ond petai Leila efo hi...

Ond roedd yr wythnosau diwethaf wedi dod â thawelwch i Margaret, am y byddai, wedi'r holl weddïo mae'n debyg, yn esgor ar fab cyn diwedd y flwyddyn. Cawsai lythyr o Wydir gan Syr John yn ei sicrhau y byddai yna'r fath ddathlu, y byddai'r gwledda gorau a welwyd yn yr un o dai bonedd gogledd Cymru, pan fyddai'n esgor ar y mab, yr etifedd hirddisgwyliedig. Ac roedd ei hewyrth, Oliver St John, brawd ei mam, wedi rhoi addewid o rodd ar gyfer y cyfnod hwnnw cyn y geni, pan fyddai'n ymneilltuo o olwg pawb i'r siambr. Byddai popeth gorau ganddi, ac fe fyddai'r arian yn fodd o gael un o ffisigwyr Mostyn yno, efallai. Fe gâi weld.

Doedd y salwch bore hyd yn oed ddim wedi ei phoeni y tro yma. Roedd Begw a Gwerful wedi sicrhau bod y gorau ar gael i'r feistres bob amser, yn wyau a hufen a chigoedd. Ond doedd Gwerful ddim yn gwbl hapus, gan nad oedd dechrau'r haf fel hyn yn amser ffrwythlon, ac ofnai nad oedd y llysiau angenrheidiol ganddi i gadw'r babi'n iach.

'Fydd dim angen llysiau arni,' ceisiai Begw gysuro'r hen wraig. Fel y codai hwyliau Margaret Wynne, roedd Gwerful yn mynd yn fwyfwy pryderus yn ei chylch, yn clwcian fel hen iâr os byddai'r feistres i'w gweld yn rhy chwim yn ei symudiadau, neu'n dawnsio ar draws llawr y neuadd, fel y byddai. Weithiau mynnai ddringo trwy'r goedlan fach i ben y gefnen a chymryd y llwybr uchaf at yr eglwys. Esgynnai hwyliau'r feistres yn uwch, uwch gyda phob diwrnod heulog, crasboeth. Byddai'n mynnu bod Begw'n dod efo hi at y pistyll i roi ei thraed yn y dŵr, neu i chwilio am dwmpathau o flodau'r gwynt, neu suran y coed.

Neu, weithiau, tua'r traeth y bydden nhw'n mynd, i wylio'r llongau'n hwylio'r Morfa Gwyllt, yr haul ar eu hwyliau llonydd. Y ddwy'n eistedd ar y cerrig gwastad yn dychmygu hynt y llongau a'r llanw. Oedd hwn yr un dŵr a welsai ei brawd drosodd yn Iwerddon, tybed? Os felly, fe ddylai roi cwch bychan brwyn i hwylio arno, gyda chyfarchiad cynnes arno, gan obeithio y byddai'n cyrraedd ar draws y bae at ble bynnag yr oedd ei brawd. Fe hoffai hi fod yn ei hôl efo'i brodyr a'i chwiorydd yn blentyn eto yn y gerddi yn Stanford, a'u tad yn eu cario bob yn un ar ei gefn – a'r chwerthin yn cyrraedd clustiau'r Foneddiges Eleanor oedd yn eu gwylio o'r tu ôl i'r gwydr niwlog yn ei stafell bell.

Wedi eistedd yno ar y cerrig llyfnion, byddai'r ddwy'n crwydro ymyl y traeth yn codi ambell damaid o froc, neu'n chwilio am bysgod cregyn yn y pyllau cynnes, ac ambell waith yn cyrraedd at borth yr eglwys, heb ddeall i ble'r oedd eu traed wedi eu harwain.

Doedd yr ymweliadau â'r eglwys ddim mor fynych bellach, gan fod y gweddïau wedi eu hateb. Ond daliai Elise i ymweld â'r Wern, ei lygaid bob amser yn chwilio'r neuadd dywyll neu'r gegin am gip o Begw, cyn troi ei sylw at y feistres. Roedd Begw wedi diolch iddo am ei gynnig. Wyddai hi ddim yn iawn sut arall y dylai hi ymateb. Ond doedd hi ddim wedi rhoi ateb iddo, hyd yn hyn.

Nid nad oedd hi'n hoff o'r rheithor. Byddai'n ofalus ohoni, gwyddai hynny. Ond yn ei ffordd dawel, bwyllog, oedd o wedi bwriadu gofyn iddi ei briodi, neu ai gwneud hynny wnaeth o oherwydd ei fod yn tosturio wrthi? Doedd o ddim wedi pwyso am ateb a thybiai Begw efallai iddo ailfeddwl. Dim ond yn ystod yr adegau hynny pan estynnai hi gwpan neu gostrel iddo, pan gyffyrddai ei fysedd â'i rhai hi, dim ond yn y cyffyrddiadau cynnil rheiny, y gwyddai fod ei fwriad yn dal yn ddiwyro.

Ond fedrai hi ddim gadael y feistres rŵan. Roedd arni hi ei hangen yn fwy nag erioed, i'w chadw'n ddiogel, yn gyfan, yn dawel. Yn dawel yn fwy na dim, fel y gallai roi etifedd i dŷ mawr Gwydir. Fedrai Begw ddim dychmygu'r fath bwysau ond fe wyddai na fyddai gobaith i hon ddal pwysau o'r fath heb ei bod hi yno, wrth ei hochr. Dyna ei dyletswydd, dyna roedd hi wedi addo ei wneud, a doedd Begw ddim yn un i dorri addewid.

Roedd y briw ar foch y Stiward wedi hen gau, a'r graith bellach yn ddim ond llinell ddi-sylw. Ac am y tro, doedd ei bresenoldeb ddim yn fygythiad iddi.

Roedd y siarad wedi peidio hefyd, a phawb fel petaent wedi anghofio popeth am y peth. Gweddïai Begw fod hynny'n wir, beth bynnag. Daeth y cwnstabl yn ei ôl efo'r Stiward, ond mae'n debyg iddo fynd yn ôl am Harlech wedi iddo ddeall nad oedd Lewys yn dal yn yr ardal. Er iddi glustfeinio ar amryw o sgyrsiau, chlywodd hi ddim sôn bod Lewys wedi ei ddal, a phan ddaeth sôn am gwrt chwarter, a rhyw druan yno o flaen ei well am ddwyn esgidiau lledr meddal, chlywodd hi'r un gair am Lewys. Cymerodd felly ei fod yn ddigon pell, ac yn ddiogel. Roedd hynny'n un peth llai iddi boeni yn ei gylch.

Roedd Margaret wedi eistedd yn yr ardd yn gwylio'r haul yn suddo. Edrychodd ar y gwlâu o'i chwmpas; roedd yr ardd yn siapio, ac yn ei phlesio. Cofiodd eiriau rhyw fardd am Wydir – doedd hi ddim yn cofio llawer ond roedd hi wedi hoffi'r disgrifiad o'r rhodfeydd, a'r llwybrau sythion rhwng y llwyni ffurfiol. 'Ystrydoedd, ffyrdd, tir gwyrdd gwâr...' Dywedodd y geiriau drosodd a throsodd yn ei phen. Lle felly fyddai gardd y Wern hefyd. Lle felly roedd Siôn Wynne ei eisiau, a hithau'n feistres yno.

Roedd hi wedi gofyn am wely lafant, fel oedd ganddyn nhw yn Stanford, ac roedd Jeffrey'r garddwr wedi bod wrthi'n ddyfal yn chwilio am y planhigion gorau. Ond yn fwy na hynny, roedd Siôn Wynne wedi dod â sbrigyn efo fo y tro diwethaf, wedi ei gael, meddai, gan ei brawd o'r ardd yn Stanford. Cyfarchodd Margaret y garddwr ac yntau'n manteisio ar yr awel a ddaethai i mewn o'r môr gyda'r nos fel hyn i chwynnu rhwng y gwlâu ac i dorri'r llwyni'n siapiau cymesur, gweddus. Roedd y rhodfeydd rhwng y llwyni llawn brigau wedi eu torri er mwyn i'r ardd fod mewn trefn cyn i Siôn Wynne ddod yn ei ôl. Cododd Jeffrey y darnau yn ei freichiau nes i arogl y lafant a'r rosmari a'r hen ŵr godi i lenwi'r awyr. Chwarddodd Margaret; roedd yr arogl yn ei hatgoffa o nosweithiau braf yn ei hen gartref, a'r ymwelwyr yn heidio yno i gerdded rhwng y rhodfeydd, ac yn edmygu'r gwaith adfer roedd ei thad wedi ei wneud ar hen gartre'r teulu.

Edrychodd Margaret ar y gwely lafant a gwenu. Yno yn yr ardd credai fod ei gŵr yn hael, yn dymuno'r gorau iddi, yn ceisio ei chael i ymgartrefu yno yn y Wern, i feddwl am y lle fel ei chartref, i ymfalchïo yn y tŷ a'r gerddi. Roedd yr ardd yn noddfa iddi. Teimlodd falchder sydyn. Dyna'n union oedd bwriad Siôn wrth gwrs, adfer y Wern, a fu yn nwylo ei daid, Morus Wynne, ond ei adfer yn gartref iddo ef ac iddi hi oedd ei fwriad, ei adfer iddyn nhw ac i'r plant. Gwasgodd ei breichiau am ei chanol. Byddai'n rhaid mynd draw i'r eglwys yn blygeiniol i ddiolch am drugaredd Duw tuag ati. Teimlodd y dagrau'n pigo cefn ei llygaid – fedrai hi ddim cofio adeg pan deimlai'r fath lawenydd.

Trwy'r drws agored, gwyliai Begw ei meistres ac roedd ar fin galw arni, ond arhosodd. Roedd y feistres yn edrych mor heddychlon yno yn crwydro'r rhodfeydd. Dyddiau bodlon oedd y dyddiau rheiny.

17

Leila

Daeth Siôn Wynne ddim i'r Wern y noson honno. Ond aeth Margaret i'w gwely'n dawel ei meddwl; roedd rhyw fusnes wedi ei gadw mae'n rhaid. Clywsai si fod yr hen, hen helynt wedi ailgodi i'r wyneb – helynt ynglŷn â her a wnaethai Tomos Prys, Plas Iolyn i enw da'r teulu. Dim byd o bwys, neu o leiaf dim a fyddai'n anesmwytho arni hi. Roedd yr helynt wedi bod trwy'r llysoedd unwaith yn barod. Gwenodd wrth ddychmygu tymer ei thad yng nghyfraith, gan y byddai unrhyw her i'w statws yn ddigon i'w yrru'n wallgo ac i fygwth cyfraith enllib ar bawb a phopeth. Chwarddodd yn uchel. Yr hen ffŵl iddo! Y cwbl a ddeallodd hi oedd fod Tomos Prys wedi codi amheuaeth ynglŷn a honiad Syr John Wynne fod ach teulu Wynneiaid Gwydir i'w olrhain yn ôl at dywysogion Gwynedd. Roedd meiddio amau hynny, neu honni mai dim ond ciwed o boblach di-dras oedden nhw mewn gwirionedd, yn ddigon i yrru'r penteulu i'r fath gynddaredd. Byddai'r Foneddiges Eleanor Cave wrth ei bodd gyda stori fel yna. Ond fyddai Margaret ddim yn dweud wrthi. Roedd hi'n gwybod bellach lle'r oedd ei theyrngarwch, a'r plentyn yn tyfu'n gryfach bob dydd y tu mewn iddi.

Cododd y bore wedyn a brysio i ddewis pa ŵn i'w wisgo. Roedd hi wedi gosod ei dillad ar y gwely'n barod pan ddaeth Begw i fyny gyda'r dŵr cynnes i ymolchi. Roedd hi'n cryfhau mewn corff ac enaid, bob dydd. Ei thymer yn wastad, heb fod yn rhy fywiog, ond yn sicr roedd y düwch hwnnw wedi codi oddi ar ei hysbryd. Mor falch y teimlai Begw nad oedd y feistres mor ddibynnol arni bellach, ac y gallai wneud penderfyniadau drosti ei hun. Cofiodd yn ôl i'r cyfnod cyntaf hwnnw pan ddaeth i'r Wern, a'r drafferth roedd hi wedi ei chael yn perswadio Margaret i wisgo amdani o gwbl, heb sôn am ddewis gŵn drosti ei hun.

Caeodd Begw'r careiau ar gefn y bodis, a gwneud yn siŵr nad oedd yn rhy dynn. Byddai'n rhaid ychwanegu darn arall ato'n fuan. Gwisgodd y llewys les ysgafn am freichiau Margaret a gweld trwy'r ffenestr fod y diwrnod wedi cychwyn eto yn glir, a'r haul uwchben y morfa yn llosgi trwy'r mymryn tes yn barod. Byddai'n ddiwrnod crasboeth arall, felly doedd dim angen am lewys llawn. Ceisiodd gael y feistres i adael y wisg drom ar y gwely ac i fodloni ar wisgo ei phais llin ysgafn yn unig. Fyddai neb yn gweld bai arni yn y gwres yma.

'Na, mi wisga i'r sidan gwyrdd,' gwenodd Margaret. Yna cymerodd yr allwedd i agor drws y cwpwrdd yn y wal. 'Mi fydd yn gweddu i hon, edrych,' meddai wrth ddal y garreg emrallt werdd i fyny i'r golau. 'Mi ddaw Siôn Wynne heddiw, ac mi fydd yn disgwyl gweld ei wraig wedi gwneud ymdrech,' meddai wedyn.

Caeodd Begw'r clasb ar gefn y gadwen fel bod y garreg emrallt yn gorwedd ar y croen gwyn, glân. Rhoddodd Margaret droad bychan, gan chwerthin.

'Mae'r lliw yn edrych yn dda arnat ti. Tyrd i ni gael codi dy wallt, a phlethu'r rhuban yna ynddo fo.'

Arhosodd y feistres yn llonydd fel plentyn ufudd, i Begw gael gorffen. Bron na fedrai Begw ei galw'n hardd, na, nid *bron* yn hardd – roedd hi *yn* hardd, ei llygaid yn dawnsio'n ysgafn, a'r croen a'r mymryn lleiaf o wrid ynddo. Roedd ei gwallt cringoch wedi ei wisgo'n drwsiadus, dim ond ambell gudyn yn disgyn yn gyrlen bob ochr i'w thalcen. Ond roedd hi'n iach – ei meddwl yn dawel ac yn gryf. Dyna oedd yn ei gwneud hi'n hardd – ei hawydd am fywyd eto.

Gadawodd Begw'r feistres yn y neuadd i frodio. Roedd y gegin yn rhy boeth a'r tân mawr wedi ei gynnau ar gyfer coginio. Roedd y gweision wedi gadael yn gynnar i gael mynd am y ffriddoedd at yr anifeiliaid, roedd y dŵr yn prinhau a byddai'n rhaid ceisio newid peth ar drywydd ambell nant i fyny am y creigiau, ac roedd dau o weision y tŷ wedi cario bara a chaws i fyny ar eu holau. Fyddai neb yn dod ar eu traws i'r gegin heddiw felly, diolch byth. Fe fydden nhw'n cael llonydd. Roedd y corddi wedi ei wneud felly galwodd ar rai o'r merched i ddod ati i'r tŷ fel bod Gwerful yn gallu mynd i eistedd i'r cysgod yn rhywle. Roedd henaint yn cau am gymalau'r hen wraig a phrin y gallai sythu o'i chwman bellach. Cariodd Begw ei basged wlân iddi allan i gysgod y coed afalau yn y berllan.

Aeth hithau yn ei hôl i'r tŷ i helpu. Roedd cadw unrhyw beth yn oer yn y gwres llethol yn gamp. Gwyddai y byddai'r dynion yn dychwelyd yn hwyr yn y prynhawn, fel ddoe, a dim i'w gael ganddynt ond y pryder am y gwartheg, a'r borfa i fyny lle'r oedd wyneb y graig yn agos yn troi'n weiriach crin wedi ei losgi gan yr haul. Byddai'n rhaid dod â'r gwartheg i lawr i'r gwaelodion yn fuan, ond doedd y dolydd ddim yn tyfu chwaith, a'r teisi gwair yn brin.

Llithrodd o'r gegin tua chefn y tŷ; roedd y gwres yn ei llethu hithau bellach. Agorodd ddrws y pantri cefn. Roedd hi'n dywyll braf yno a phwysodd ei thalcen yn erbyn carreg oer y mur allanol. Edrychodd ar y potiau pridd, wedi eu llenwi â menyn, a diolchodd mai yma yn y Wern yr oedd hi. Doedd Syr John Wynne ddim wedi gadael i unrhyw un o'i bobl ef ei hun lwgu hyd yn hyn, am a wyddai hi. Sut oedd pethau yn Nhy'n y Rhos bellach? Doedd hi ddim wedi clywed gair yn ddiweddar, dim ers iddi ddeall bod Sabel wedi ei hel oddi yno gan y fam orffwyll honno. Gormod o gegau i'w bwydo, mae'n debyg, a'r teithwyr yn dod o hyd i fythynnod mwy croesawgar na Thy'n y Rhos, a chariwrs mwy mentrus.

Gwaeddodd un o'r morynion o'r gegin a brysiodd Begw i gau drws y pantri ar ei hôl. Rhuthrodd i'r gegin wrth glywed sŵn carnau ar gerrig y ffordd drol. Roedd rhywun yn nesu trwy'r coed. Daeth Margaret drwodd o'r neuadd – roedd hithau hefyd wedi clywed y ceffylau'n nesu trwy'r ffenestr agored.

'Mae Siôn Wynne yma, Beg,' meddai cyn symud yn hamddenol at y drws. Croesodd heibio'r gwlâu perlysiau ac aeth i aros wrth glwyd yr ardd fach yn barod i groesawu ei gŵr. Safodd yno'n amyneddgar nes y gallai weld yr osgordd yn rowndio'r tro ac yn tynnu i fyny tuag at y buarth. Cododd hithau ei llaw i'w gyfarch ond roedd rhywun yn dilyn. Daeth sŵn olwynion yn araf i fyny ar hyd y ffordd. Yna daeth cert i'r golwg, ac aros wrth y glwyd. Agorodd y drws a chamodd merch allan i'r haul. Adnabu Margaret hi – un o forynion Mostyn oedd hi. Gwyliodd hi'n troi yn ei hôl am dywyllwch y cert caeedig, ac yna'n codi plentyn yn ei breichiau a'i gosod yn ofalus ar y llawr.

'Leila!'

Cydiodd Margaret yng ngodre'i gŵn a rhuthro i gymryd y ferch fach yn ei chôl. Cododd y fechan ei hwyneb yn syn i edrych ar y wraig yma oedd mor falch o'i gweld hi. Sylwodd Begw ar y gwallt modrwyog aur, a'r llygaid gloyw – yr un llygaid â'i mam. Disgynnodd y meistr oddi ar ei geffyl ac ymuno â'r ddwy. Cyfarchodd ei wraig yn gynnes, gan ei chusanu, cyn codi'r fechan yn ei freichiau.

'Dyma ti, edrych Leila, dy gartre di. Edrych, dyma'r Wern!' chwarddodd Siôn Wynne.

'Mae hi wedi tyfu, Siôn. Mi ddaw'n gryfach yma efo fi, gwylia di. Mi fydd hi'n cerdded cyn pen dim.' Gafaelodd Margaret yn llaw'r fechan a'i chusanu. Edrychodd honno'n hurt ar y wraig ddieithr a throi i chwilio am wyneb cyfarwydd morwyn Mostyn.

'Wel, mae gwynt y môr wedi dy fendio di, yn do, Margaret? Doedd ganddon ni ddim achos i gadw Leila oddi wrthat ti bellach, ac mae Begw yma i helpu. Efallai y bydd awyr Ardudwy yn helpu Leila hefyd, wyddost ti?'

'Ydi dy dad yn gwybod ei bod yma?' Croesodd cysgod pryder dros wyneb Margaret am funud.

'Does wnelo 'Nhad ddim â Leila, Margaret. Fy merch i ydi hi, a fi sy'n dweud lle mae hi i fod.'

Croesodd Siôn Wynne y trothwy i mewn i neuadd y Wern, a Leila yn ei freichiau. Dilynodd Margaret y ddau tua'r tŷ, ei hwyneb yn adlewyrchu golau disglair yr haul.

18

Gwely o berlysiau

YN ARAF A gofalus, gallai Leila groesi o un stôl at y llall, gan roi gwich o lawenydd pan gyrhaeddai'r fainc wrth ymyl Gwerful. Roedd honno wedi cymryd at y fechan ac yn treulio'i hamser yn troi'r sypiau gwlân yn ffurfiau o bobl fach ddoniol a'u cymalau'n gallu troi a throsi fel dawnswyr heini. Byddai Margaret yn eistedd yn gwylio'r fechan, yn chwerthin ar ei champau, yn canmol a pherswadio wrth weld ei merch yn dysgu geiriau newydd, yn dysgu gafael yn ei llwy ei hun, yn gwisgo ei hesgidiau heb help.

Byddai'n dweud y drefn hefyd, ac yn aros yn gadarn pan fyddai Leila'n cael hyrddiau o weiddi a strancio, fel y byddai os na châi ei ffordd ei hun. Ond gallai Begw synhwyro'r pryder fyddai'n hel yn gysgodion weithiau wrth i Margaret sylweddoli na fyddai'r ferch fach bum mlwydd oed fyth yn tyfu fel plant eraill. Fyddai'r coesau bychan eiddil fyth yn sythu, na'r gwefusau'n gallu troi i ffurfio geiriau synhwyrol. Gallai Margaret ddygymod â hynny, a'i charu fel plentyn bach tra byddai hi, ond gwyddai nad felly roedd Syr John yn gweld pethau. Fyddai Leila fyth yn werthfawr i dŷ Gwydir yn yr un modd ag y byddai plentyn iach yn werthfawr – fyddai dim gwerth bargeinio yn dod yn sgil Leila. Dim ond ei charu fel ag yr oedd hi fyddai Margaret yn ei wneud, yn hytrach na'i charu am beth fyddai hi'n gallu ei ddwyn gyda hi mewn cytundeb priodasol.

Daeth Siôn Wynne i mewn o'r gwres a chipio'r fechan yn ei freichiau. Gwenodd Margaret wrth ei weld yn codi Leila uwch ei ben ac yn ei throelli, a hithau'n gwichian a gweiddi, 'To, to, to,' a phawb yn chwerthin. Fedrai hi feiddio meddwl bod ei gŵr yn gweld pethau'n wahanol i'w dad? Roedd y dyddiau diwethaf wedi rhoi'r gobaith hwnnw i Margaret, beth bynnag.

Rhoddodd Siôn Wynne y plentyn i lawr a mynd i eistedd wrth ymyl ei wraig. Brysiodd Begw i nôl cwrw iddo ac aeth ati i baratoi diod dail i Margaret. Roedd y trwyth o ysgawen y gors wedi gwneud ei waith, yn cadw'r plentyn heb ei eni yn iach. Roedd Gwerful yn cydio ym mreichiau Leila ac yn canu iddi. Fedrai'r hen wraig wneud fawr ddim y dyddiau yma ond troelli ambell sypyn o wlân yn y gornel, ac weithiau fentro allan i chwilio am ddail i'r coed, neu nôl perlysiau o'r ardd. Byddai'n chwith hebddi – Gwerful a'i stôr o wybodaeth am bopeth, yn llysiau meddygol a hynt y sêr, a phryd i ddefnyddio gelod i sugno'r drwg o'r gwaed. Roedd Begw'n gobeithio y byddai'n dal yn ddigon cryf i roi help llaw pan ddeuai'r amser i'r feistres fynd i'w siambr ar gyfer y geni.

'Ddoi di allan i'r ardd?'

Arhosodd ei gŵr i Margaret symud yn ofalus heibio ymyl y bwrdd, a daliodd ei fraich iddi yn ganllaw. Dyna ddarlun delfrydol, meddyliodd Begw, o'r 'wreigdda o arglwyddes' y clywsai Margaret yn darllen amdani. Efallai y gallai feiddio breuddwydio am ddyfodol iddi hi ei hun rŵan, pe bai'r feistres am fedru dygymod hebddi. Neithiwr roedd hi wedi gallu mynd allan a gadael y ddau wrth fwrdd y gegin yn edrych trwy'r memrynau papur, yn trafod cyfrifon y Wern; teimlai falchder wrth glywed Margaret yn dal ei thir gan fedru ateb cwestiynau ei gŵr am y gwariant hwn a'r llall. Roedd hi'n gallu dangos y symiau taclus roedden nhw wedi eu gwneud gyda'u gwerthiant o gynnyrch y llaethdy. Wedi'r cyfan, roedd gwell graen ar wartheg a geifr y Wern nag ar anifeiliaid y rhan fwyaf o'r cymdogion. Roedd wynebau'r ddau yn agos, yn loyw ac yn fodlon, a'r trafod yn wastad a phwyllog.

'Mi fedrwn droi mwy o ddŵr i lawr o'r ceunant wyddost ti,' meddai, a'r ddau'n plygu dros y rhesi rhosod, y petalau'n crebachu yn y gwres.

'Gallwn. Mi ofynna i i Jeffrey wneud hynny pnawn yma, a dod â thipyn o fwsog dros y pridd i'w gadw'n llaith.' Yna gwenodd Margaret, 'Ond edrych – mae'r lafender yn gryf, a'r un ddoist ti o Stanford yn licio ei le yma yng ngolwg y môr.'

'Ydi mae o – nid ti ydi'r unig beth o Stanford sy'n gwreiddio'n dda yma felly, Margaret!'

Trodd Siôn Wynne i dynnu sbrigyn o hen ŵr o'r llwyn, '… a phan ddaw'r plentyn mi fedrwn fynd ar daith – fyddet ti'n hoffi hynny?' meddai gan estyn y sbrigyn a'i wthio trwy ddarn o'r les ar ei gwisg.

'Mynd ar daith i le?'

'I Stanford os leici di, ac mi gei di ddewis planhigion i ddod yn ôl efo ti yma, i ehangu'r ardd. Mi fedrwn wneud i'r rhan isaf yn fan yna edrych yn ogoneddus wrth roi gwely newydd yno i ddathlu geni ein mab.'

'Ia, mi awn ni'n pedwar, ac mi gawn fynd â'r plentyn i Wydir iddo gael dechrau dod i adnabod beth sydd o'i flaen, ac i'w daid gael rhoi ei fendith arno,' chwarddodd yn ysgafn. O'r diwedd byddai gan ei thad yng nghyfraith achos i ymfalchïo.

Tynnodd Siôn Wynne ei wraig ato, a'i chusanu.

'Diolch,' meddai.

Cerddodd y ddau rhwng y llwyni taclus, yn sgwrsio am eu dyheadau, am ddyfodiad y plentyn. Gallai Begw weld, am y tro cyntaf, fflach o'r statws hwnnw oedd wedi pwyso mor drwm ar Margaret, am na fedrai gyrraedd ato. Roedd hi'n gyfartal rŵan, a'r plentyn o'i mewn yn tyfu'n iach. Roedd Syr John Wynne o Wydir yn fodlon, y brenin ar ei orsedd a Duw yn gwenu ar y cyfiawn – yn union fel y dylai pethau fod. Roedd Gwerful wedi dweud o hyd am linell y sêr ac y byddai pethau'n dod i drefn erbyn Dydd Gŵyl Ifan. Roedd yr hen wraig bob amser yn iawn.

Er hynny, yn dawel bach, byddai Begw'n diolch mai i weddw dlawd y ganwyd hi ac nid yn wraig fonheddig. Penderfynodd fynd draw am yr eglwys i roi gweddi drostyn nhw i gyd. Byddai hefyd yn rhoi ei hateb i Elise.

19

Ar y llwybr

CERDDODD I FYNY ar hyd y llwybr uchaf, gan gadw ar yr ochr dywyll, allan o'r haul. Cerddai'n dawel a dim ond ymylon ei sgert ysgafn yn sisial wrth i'r brwyn ei chyffwrdd. Ymhell yn y creigiau gallai glywed y gog yn galw, yn ffarwelio â Chroesor, mae'n debyg, gan ei bod hi'n amser i honno adael bellach a'r haf yn dechrau heneiddio.

Byddai'n Ŵyl Ifan ymhen deuddydd. Roedd y morynion wedi dod â chlystyrau o eurinllys i'r tŷ yn barod, ac wedi eu siapio'n dorchau i'w hongian o'r distyn. Dyna'r arferiad wrth gwrs, dod â sypiau o'r blodau melyn i'r tŷ, ond doedd Begw ddim eisiau aros i wrando arnyn nhw'n enwi'r blodau, yn ôl traddodiad – un blodyn ar gyfer pob un o drigolion y tŷ. Byddai pa flodyn bynnag a wywai yn gyntaf yn arwydd fod anlwc i daro'r un a enwyd ar ôl y blodyn hwnnw. Hen arferiad gwirion, meddyliodd.

Arhosodd Begw yn ei hunfan ar ymyl y llwybr. Roedd symudiad bach wedi tynnu ei sylw ynghanol y brwyn. Gwyliodd, ei llygaid yn craffu i'r cysgodion symudliw, y lliwiau'n gynnes. Yna gwelodd amlinell y clustiau, a'r trwyn du'n gryndod i gyd. Chwarddodd, a llamodd yr ysgyfarnog o'i chuddfan, a fflachiadau gwyn ei ffwr yn torri trwy'r cysgod. Gwyliodd Begw hi'n llamu nes cyrraedd diogelwch a thywyllwch y coed cyn diflannu.

'Cythral o beth ydi dod ar draws sgwarnog dew fel yna, a dim ci i'w dal gen i. Mi fydd yn rhaid rhoi magl i lawr.'

Neidiodd Begw. Roedd hi wedi ymgolli'n rhy bell ynghanol ei meddyliau i sylwi bod unrhyw un wedi dod mor agos ati.

Trodd yn wyllt a chwarddodd y Stiward wrth weld yr olwg syn ar ei hwyneb.

'Mi fydda honna wedi gneud gwell pryd na'r cwningod yna ddaeth o Wydir, ti ddim yn meddwl?'

Symudodd Begw ei llaw i dynnu'r capan gwyn yn ôl dros ei thalcen, ac i drio tynnu ymyl y bodis yn uwch dros groen ei mynwes. Difarai'n syth na fyddai wedi dod â siôl efo hi i'w rhoi drosti. Teimlai'n noeth yno ar ymyl y llwybr yn ei dillad ysgafn.

Chwarddodd y Stiward wedyn.

'Ar dy ffordd i'r eglwys wyt ti, ia? I weddïo drostat ti dy hun, neu'r feistres fach?'

'Mi fydd y feistres yn iawn rŵan. Mae'r amser peryg drosodd.' Doedd hi ddim am i hwn ddeall cymaint roedd ei siâp solat ar y llwybr yn ei hancsmwytho.

'Cofia roi gweddi daer drosti 'run fath, yn gwnei? Fyddwn i ddim am i rywbeth ddigwydd iddi rŵan, a phawb mor hapus yn ei chylch, yn na fyddwn?'

Fedrai hi ddim peidio â gadael i'w llygaid edrych ar y graith ar ei foch. Roedd gwres yr haul wedi gwanio a rhedodd cryndod sydyn trwyddi.

'Mae hi'n hapus, ac mae'r meistr yn ofalus ohoni,' meddai.

'Ydi, yn tydi, am wn i. Mi fydda inna'n rhoi tro bach i'r gleiniau pader bob nos drosti, wyddost ti, er dwn i ddim faint o les neith hynny chwaith.'

Trodd y Stiward oddi wrthi, yna trodd yn ei ôl.

'Gofyn i'r rheithor tila yna roi gweddi drosta inna tra mae o ar ei liniau, wnei di?' Yna, edrychodd i lawr i gyfeiriad yr eglwys, cyn edrych arni a dweud, 'Ond ella mai chdi fydd fwya o angen trugaredd yn y pen draw, wyddost ti Begw.'

Aeth ei gefn o'r golwg i dywyllwch y coed. Dechreuodd Begw redeg.

20

Yr ateb

ROEDD ELISE LLOYD allan yn yr ardd yn chwynnu peth ar y llysiau. Doedd fawr o raen arnyn nhw, gan fod y pistyll yn nhalcen y tŷ wedi sychu ac roedd y gwas yn gorfod mynd ymhell i nôl dŵr o'r ffynnon fel roedd hi – doedd ganddo mo'r galon i ofyn iddo nôl peth i'r ardd hefyd. Gobeithiai, fel pawb arall, y deuai'r glaw yn fuan, ond ar ôl Gŵyl Ifan wrth gwrs. Doedd glaw ar Ddydd Gŵyl Ifan yn dda i neb; dim ond proffwydo gwae fyddai hynny – 'Glaw Gŵyl Ifan, andwyo'r cyfan'. Gwthiodd ei wallt oddi ar ei dalcen a defnyddio ei hances briddllyd i sychu'r chwys o'i wyneb.

Gwichiodd y glwyd – roedd rhywun ar frys. Sythodd Elise a throi i weld Begw'n rhuthro trwy'r ardd.

'Be sydd? Wyt ti'n iawn?' holodd. Fyddai Begw ddim yn un i ruthro i unlle.

'Ydw, dwi'n iawn, y gwres sy'n deud arna i,' meddai.

Roedd ei gwallt tywyll yn gwthio'n gudynnau o dan ei chap gwyn, a sylwodd Elise ar y wawr gynnes ar ei chroen a'r brychni haul.

'Wyt ti wedi rhedeg yr holl ffordd yma?' Chwarddodd. 'Oeddet ti gymaint o eisiau fy ngweld i?'

'Nag oeddwn, wel, oeddwn siŵr, ond...' Edrychodd arni, doedd hi ddim yn ymddwyn fel Begw, yn dawel a phwyllog. Ond doedd hynny ddim yn ei boeni; roedd hi wedi dod i'w weld. Ac nid i'r eglwys. Roedd hynny'n arwydd da, siawns.

Eisteddodd Begw ar y stelin garreg yng nghysgod yr ywen

a daeth Elise i eistedd wrth ei hymyl. Gallai deimlo gwres ei gorff. Doedd ei ddillad tywyll, trwm ddim amdano heddiw, ei ddwbled wedi ei chadw. Roedd gormod o oriau o sefyll neu benlinio yn nhywyllwch oer yr eglwys yn peri i'w groen, fel arfer, fod yn welw, fel memrwn tenau. Ond heddiw, wedi dyddiau o dendio i'r ychydig dir oedd ganddo, roedd ei groen yn gynnes iach. Roedd ôl yr haul yn gweddu iddo. Doedd Begw ddim wedi ei weld mewn crys fel hyn a'i wddf yn dangos – y goler wen, y band ffaling wedi ei chadw yn y gist. Doedd ei het gantel llydan ddim ganddo chwaith. Sylwodd ar liw golau ei wallt, wedi ei gannu gan yr haul, a bu bron iddi estyn ei llaw i gyffwrdd yn y cudyn a fynnai ddisgyn dros ei dalcen. Roedd o'n edrych yn ifanc, yn gellweirus, a'i lygaid yn dawnsio'n ddireidus, ei wyneb yn farciau pridd lle bu'n ceisio gwthio ei wallt o'i lygaid.

Edrychodd Begw i ffwrdd yn ddryslyd. Nid hwn oedd y rheithor fyddai'n penlinio gyda hi o flaen yr allor. Roedd yr Elise yma yn ddieithr. Wyddai hi ddim chwaith pa un roedd hi wedi dod i'w weld. Ai dod i weld y rheithor yn ei ddillad syber wnaeth hi? Ai rhedeg yma gan obeithio am loches, ac amddiffyniad? Pam ddaeth hi yma? Roedd hi wedi dod i roi ateb i'r rheithor. Hwnnw welodd hi yn yr eglwys yn blygeiniol y diwrnod hwnnw wedi'r helynt rhwng Lewys a'r Stiward. Hwnnw oedd wedi cynnig ei phriodi hi, nid hwn oedd yn eistedd yng nghysgod yr ywen wrth ei hymyl. Ond yr Elise hwn oedd yn gwneud i'w hanadl gyflymu, yn rhoi teimlad cynnes, cynhyrfus yng ngwaelod ei bol.

Cododd yn sydyn. Wyddai hi ddim beth i'w wneud rŵan. Safodd am funud, yna meddai,

'Wyt ti'n meddwl fod coel yn y dorch eurinllys?'

Wyddai hi ddim pam y bu iddi ofyn y fath gwestiwn – am ei bod eisiau dweud rhywbeth, yn lle sefyll yno fel delw galch yn plethu ei bysedd.

'Pa dorch eurinllys, Beg?'

'Dim, dim ond meddwl am rywbeth wnaeth y morynion yn

y Wern wnes i. Dydi o ddim o bwys.' Roedd gofyn hynny'n beth hurt, meddyliodd.

'Ydyn nhw wedi dod â llysiau Ioan i mewn i'r tŷ yn barod?' Gwenodd Elise. 'Mae'r hogia wedi bod yn hel brigau i adeiladu'r goelcerth hefyd. Mi fydd yn rhaid iddyn nhw ofalu na redith y fflamau'n wyllt ar y sychdwr yma, neu mi yrran y mynydd i gyd ar dân.'

'Gwnân,' sibrydodd Begw.

Roedd hi wedi meddwl rhoi ateb iddo. Wedi meddwl dweud wrth y rheithor y deuai ato'n wraig. Gan fod y feistres yn well, wedi sadio, gallai hi ymbellhau oddi wrthi ryw ychydig. Gallai ddal i fynd yno i'r Wern at y golchi a dyletswyddau'r llaethdy efallai, ond gallai hefyd fod yn feistres ar dŷ'r rheithor. A byddai angen merch arall at y babi, wrth gwrs.

Ond roedd y dorch o lysiau Ioan, y dorch eurinllys, yn mynnu dod i'w meddwl, y petalau melyn sgleiniog yn serio eu lliw ar ei meddwl, yn fygythiad, fel pelydrau miniog yr haul diddiwedd. Pa flodyn fyddai'r cyntaf i wywo...

'Ty'd i eistedd,' meddai Elise, gan estyn ei law ati. Eisteddodd hithau wrth ei ymyl, ei llygaid yn gwylio'r morgrug yn cario i'w nyth ar draws y crawiau llychlyd. Cododd Elise ei llaw at ei wefus ac yn araf tynnodd y rhuban er mwyn agor y capan gwyn, gan adael i'w gwallt ddisgyn yn gudynnau tywyll dros ei hysgwyddau. Roedd o'n ei charu hi, roedd o eisiau iddi aros yno efo fo. Trodd Elise ati.

'Mi ddoi di yma'n wraig i mi yn doi, Beg?' gofynnodd.

Arhosodd Begw'n llonydd fel delw, gan ddilyn gyda'i llygaid yr olaf o'r morgrug wrth i hwnnw frysio i'r cysgodion.

'Beg?'

'Dof,' meddai hithau a theimlodd ei freichiau'n cau amdani.

21

Dydd Gŵyl Ifan

ROEDD YR HAUL ar ei uchaf, yn llygad fawr felen uwch y
Morfa. Rywsut, doedd Begw ddim yn teimlo fel ymuno
yn y rhialtwch a hithau'n Ddydd Gŵyl Ifan a'r goelcerth yn
barod. Roedd y merched wedi rhuthro yn eu holau o'r coed a'u
breichiau'n llawn o flodau o bob math. Aethant ati'n syth i'w
clymu'n dusw yn barod i'w taflu i'r tân heno. Byddai'r bechgyn
yn hel wrth gwrs, i gael arwain eu cariadon dros weddillion y
lludw. Hen ddefodau diniwed, meddai pawb, ond doedd Begw
ddim mor siŵr.

'Mi ddylet fod wedi dod efo ni, Beg!' chwarddodd y forwyn
fach. 'Roedd y Stiward hyd yn oed yno a'i ddwylo'n llawn dail!'
Chwarddodd pawb.

'Ella'i fod o am roi tusw o flodau i ryw ferch!' bloeddiodd
un arall o'r morynion. 'Ond dim ond dail oedd ganddo fo – y
creadur, cheith o ddim cariad heb flodau yn na cheith!'

'Wel, wna i ddim camu dros y goelcerth efo fo, beth bynnag,'
meddai'r forwyn fach. 'Be amdanat ti, Beg?'

Chwarddodd pawb a cheisiodd Begw wenu. Doedd hi ddim
wedi sôn am ei bwriadau hi ac Elise. Câi gyfle i wneud hynny
rywbryd eto.

Roedd Margaret wedi codi ben bore. Roedd nwyddau ar y
ffordd o Wydir, a byddai angen morol bod cofnod o bopeth wedi
ei wneud. Roedd ei thad yng nghyfraith yn barod ei gymwynas
y dyddiau yma, yn hael a charedig. Trueni na fedrai ddweud yr
un peth am ei mam. Roedd sibrydion wedi ei chyrraedd bod

y Foneddiges Eleanor Cave wedi gorfod cau'r tŷ moethus oedd ganddi yn Holborn, Llundain. Fyddai hi, felly, yn gwneud dim, mae'n debyg, am ei chais hi am ddilladach a deunyddiau ar gyfer y babi. Roedd y ffaith fod ei mam yn parhau i wrthod rhyddhau'r arian a addawodd ei thad i'r Wynneiaid ar ei phriodas yn dal yn achos cywilydd iddi, ond petai ei thad yn ei bwyll fe wyddai y byddai pethau'n wahanol. Fedrai hi wneud dim ond aros rŵan i'w thad farw, ac i'w brawd etifeddu stad y teulu Cave. Byddai ei brawd yn fwy graslon tuag ati.

Agorodd y gist gyntaf. Roedd y sidan ynddo. Y sidan ar gyfer gwneud gŵn arbennig iddi hi – byddai gwledd, wrth gwrs, ar ôl geni'r babi. Tynnodd y rholyn ac agor peth o'r defnydd a'i ddal at y golau. Roedd o'n hardd, yn ysgafn a bywiog, y glas a'r emrallt yn gymysg i gyd. Gwenodd. Roedd y lliw'n gweddu iddi. Agorodd barsel arall, ac ynddo roedd siôl gain wedi ei gwau o'r gwlân meddalaf, yn esmwyth fel plu mân. Rhoddodd y siôl wrth ei boch a rhoddodd chwerthiniad o lawenydd.

'Ar dy gyfer di, fy mab!' sibrydodd. Yna lapiodd hi'n ei hôl a'i chario i fyny i'r siambr. Agorodd ddrws y cwpwrdd bach yn y wal a rhoi'r siôl yno, gyda lafant i'w chadw rhag y gwyfynod.

Daeth Siôn Wynne i mewn.

'Dyma ti, Margaret,' meddai ac estyn pecyn crwn iddi. Agorodd hithau'r carrai lledr am y pecyn, tynnodd y plygiadau melfed yn ôl, ac yno roedd drych bychan, ei gefn yn gerfiadau cymhleth a'r gemwaith wedi ei suddo i'r arian.

'O!' Tynnodd anadl siarp. 'Mae o'n hardd,' meddai, wrth i'r dagrau fygwth. Cododd y drych i fyny i gael gweld adlewyrchiad ohoni a rhyfeddodd – roedd hi'n iach ac yn gryf, a'i gŵr yn ei charu. Fedrai'r drych ddim ei thwyllo bellach.

'Does yna ddim crac yn hwn,' meddai Siôn. 'Wneith hwn ddim chwalu'n ddarnau fel yr hen un, ond cadw fo'n ddiogel, a phaid â gadael i Begw gyffwrdd ynddo fo!' meddai'n ysgafn. Yna aeth y ddau i lawr yn ôl i'r neuadd i orffen cadw cynnwys y cistiau, cyn i Siôn Wynne fynd i lawr at y goelcerth i ddathlu efo'i ddeiliaid.

Roedd y goelcerth ar fin cael ei thanio wrth i Begw a Gwerful glirio'r byrddau, y gwydrau gwin a'r cwpanau pren. Roedd Gwerful wedi paratoi'r trwyth o'r dail y daeth y Stiward â nhw o'r coed y prynhawn hwnnw, ac wedi ei roi yn y siambr i'r feistres gael ei yfed yn y bore. Roedd popeth yn barod ar gyfer y dathliadau.

'Dos di, Begw, neu mi fydd popeth wedi gorffen cyn i ti gyrraedd,' meddai'r feistres. Roedd Gwerful wedi suo Leila i gysgu, a'i rhoi i orwedd yn y gwely mawr yn y siambr orau, wrth ochr ei mam. Byddai ei thad yn ei symud i'w gwely bach pan ddeuai adref.

Caeodd Begw'r drws ar ei hôl. Byddai ei meistres yn ddiogel yn ei gwely.

Brysiodd i fyny tua'r llwybr uchaf. Oddi yno gallai weld y mwg du yn nadreddu trwy'r brigau. Roedd y goelcerth wedi ei thanio ac arhosodd am funud i wrando ar y rhialtwch, y canu a chlecian y pren. Rhedodd ar hyd y llwybr er mwyn ymuno yn yr hwyl a gadael ei gofidiau a'i phryderon ar ôl yn y Wern. Cyrhaeddodd ymyl y dorf a gwylio'r merched ifanc yn dyrrau lliwgar yma ac acw, yn twtio gwalltiau ei gilydd ac yn chwerthin yn ysgafn. Mentrodd ambell un mwy eofn yn nes at y clystyrau o lanciau. Safai'r rheiny'n swnllyd – gan dynnu coes ei gilydd a rhoi ambell hergwd – ond yn ceisio eu gorau i smalio nad oedden nhw wedi sylwi ar lygaid y merched yn eu dilyn.

Cyffyrddodd Begw ei chapan gwyn gweddus, a diolch nad oedd yn rhaid iddi hi fynd i'w canol. Symudodd draw at y goelcerth a chwilio'r dyrfa am wyneb Elise. Fyddai o'n ymuno yn yr hwyl tybed? Roedd hynny'n dibynnu ar ba Elise oedd o heddiw, mae'n debyg – yr Elise ifanc a welodd hi yn yr ardd y diwrnod o'r blaen? Neu'r un syber, duwiol yn ei ddillad duon?

Symudodd yn nes at y goelcerth. Roedd dynion yno'n barod

efo'r rhawiau, a rhywrai wedi dod â llwyth o dywod i fyny o'r traeth, rhag ofn i'r fflamau ddianc. Ceisiodd hen wraig ei denu at y rhubanau, gan eu gwthio i'w chyfeiriad:

'Ty'd, Begw, drycha ruban clws i ti. Mi fedri ei glymu ar dy fodis, neu does bosib na fedri dynnu'r capan gwyn yna weithiau?' Crechwenodd i ddangos ogof o geg ddiddannedd.

Cymerodd Begw'r rhuban, a chythrodd yr hen wraig am y darn arian. Byddai Begw'n ei roi i Gwerful ar gyfer trimio'r ddoli ddiweddaraf iddi ei chreu i Leila.

'Beth am y darn les yna, Begw?' Trodd i weld gwên yn lledu ar wyneb Elise. Chwarddodd hithau.

'Neu fasa'n well gen ti'r sidan?' meddai. Nodiodd ar yr hen wraig ac estyn yr arian iddi. Rhoddodd yr hen wraig y sidan i Begw a throdd y ddau yn frysiog oddi wrthi cyn iddi fedru dechrau ar ei phaldaruo.

'Ty'd, mi awn ni i wylio'r dawnsio os leici di, neu mae yna fardd pen pastwn draw wrth yr efail. Awn ni i weld beth sydd gan hwnnw i'w ddeud?'

Crwydrodd y ddau drwy'r dorf, ond doedd y bardd ddim am ailddechrau ei ganu – roedd rhywun wedi wfftio ei rigymau, a'i gyhuddo o beidio bod yn ddigon da i fod yno ymysg beirdd mwy.

'Dim ond hen ddyrïau diawl sy gen ti'r bwbach!' gwaeddodd un o'r dyrfa. 'Ac mi ydan ni wedi eu clywad nhw i gyd o'r blaen p'run bynnag. Ti fel tiwn gron, y cythral gwirion!'

'Be s'arnat ti, ma'r rhain i gyd yn newydd gen i,' ffromodd y bardd a chodi ei bastwn i fygwth rhai o'r plant oedd yn ei herio ar flaen y dyrfa.

Yna dechreuodd ar ei broffwydo, gan fygwth y dwymyn a'r pla, oni bai i'r dorf wrando ar ei neges.

'Dos o 'ma i ganu dy gelwydda!' gwaeddodd rhywun wedyn, a chipiodd un o'r llanciau mwyaf chwim y pastwn oddi arno a'i daflu i'r dorf. Chwarddodd pawb wrth wylio'r bardd yn ceisio ei orau i gael gafael ar y pastwn eto, a hwnnw'n cael ei daflu o un i'r llall uwch ei ben.

'Nid celwydda ydyn nhw. Mi gewch chi weld.' Ffromodd y bardd, ei lygaid yn wyllt. 'Tydw i'n taflu gemau o flaen y moch yn fan yma? Mi gewch weld. Mi ddaw fy mhroffwydola fi'n wir, a llosgi yn nhân uffarn fyddwch chi'r diawliad. Ond nid cyn i bothelli'r diafol ymddangos dros eich cyrff pydredig chi.'

Cydiodd un o'r dorf ynddo a'i gario tua'r llwybr. Taflodd rhywun arall y pastwn ar ei ôl.

'Cornwyd ar dy din di'r cythral gwirion!' bloeddiodd rhywun, a dechreuodd y plant daflu tyweirch ar ei ôl.

Gwelodd Begw rywun cyfarwydd yn symud tuag ato. Y Stiward. Cododd y Stiward yr hen fardd gerfydd ei fraich a'i bwnio yn ei gefn. Camodd yr hen fardd yn simsan tua chysgod y llwyni gan weiddi bygythiadau wrth fynd. Doedd dim lle i gardotwyr a chrwydriaid fel hwn ar diriogaeth y Stiward.

Brysiodd Elise a Begw o'r golwg. Roedd y chwarae'n bygwth troi'n chwerw, a'r llwch yn codi, gan lynu yng ngwalltiau a dillad y dorf.

'Ty'd,' meddai Elise, ac aeth y ddau'n frysiog i lawr i gyfeiriad y traeth.

Eisteddodd y ddau ar y creigiau, ac o'u blaenau roedd y traeth yn ymestyn draw tua Hirynys a'r môr agored. Draw ymhell gallent ddilyn rhediad hwyliau un o longau'r arfordir. Symudai'n araf, ei hwyliau fel petai'n chwilio ymylon y tir am y mymryn lleiaf o awel i'w gyrru ar ei hynt. Roedd popeth yn llonydd; bron nad oedd y llanw'n rhy ddiog i lepian ar draws y swnd. Yn dawel araf, llithrodd y tes i lawr dros gopaon y coed a'r bryniau, gan amgylchynu'r bae a chau twrw'r dorf a chlecian y goelcerth ymhell y tu hwnt i'r ddau ar ymyl y traeth.

'Ddaw'r glaw ddim, sti,' meddai Elise. 'Edrych ar y tes.'

'Na, does yna ddim arwydd,' meddai Begw. 'Mae Gwerful yn bygwth na ddaw'r glaw am fis arall, ac mae hi'n darllen yr arwyddion yn well na neb. Wyt ti'n credu y medrwn ni ddarllen arwyddion yn hynt y sêr, Elise?'

Arhosodd Elise yn dawel. Fe wyddai am y rheiny a fyddai'n taeru y gallen nhw ddarllen arwyddion ym mhob dim bron; am grefyddwyr oedd yn credu yn eu doniau hefyd, ac yn tyrru atynt i'w holi, gan ddod oddi yno yn fwy ysgafndroed am iddynt gael yr atebion roedden nhw am eu clywed. Ffyliaid oedd y rheiny ym meddwl Elise. Onid oedd darn o arian ar gledr llaw yn ddigon i'r gwŷr hysbys droi pob arwydd yn un ffafriol, boed hynny'n arwydd y sêr, y lloer, neu yn y ffordd y byddai blodau'n gwywo?

'Dwn i ddim, Beg, ond mae Gwerful yn hen ac mae ganddi flynyddoedd o wylio'r llanw a'r trai, y sêr a phob dim arall o'i chwmpas hi, yn does? Mae hi'n hen wraig ddoeth. Does yna fawr ddim yn mynd heibio heb iddi hi sylwi arno...' Arhosodd wrth weld yr olwg bryderus ar wyneb Begw, wrth iddo roi'r ateb nad oedd wrth ei bodd.

'Mi daflodd Gwerful y tusw blodau Gŵyl Ifan i'r tân cyn i mi ddod o'r tŷ, sti. Roedd yna rywbeth ynddyn nhw, medda hi, ond doedd hi ddim am ddeud be, felly mi daflodd nhw cyn i neb fedru gweld pa flodyn oedd wedi gwywo.'

Trodd Elise at Begw gan chwerthin. Yna cododd ac estyn ei law iddi.

'Ti a dy bryderon, Beg,' meddai gan ddal ei afael yn ei llaw. 'Doedd y blodau i gyd wedi gwywo yn y gwres 'ma, siŵr iawn. Ty'd.'

Roedd yr haul yn suddo yn gryndod i gyd draw dros yr Ynys Gron erbyn i'r ddau gyrraedd y tŷ. Agorodd Elise y drws a'i harwain i mewn i'r stafell dywyll. Brysiodd Elise i gau'r drws ar eu holau, yna trodd at Begw ac edrych arni. Cododd ei law i ddatod y rhuban a ddaliai'r cap gwyn yn ei le.

'Gad i mi weld dy wallt di,' meddai'n dawel, a'i thynnu hi'n nes ato. Roedd arogl lafant arni, a theimlodd ei chorff yn ymlacio wrth iddo dynnu ei fysedd yn araf trwy'r cudynnau tywyll, oer.

'Fedri di aros yma efo fi heno, Beg?' sibrydodd. 'Wnei di aros efo fi?' holodd wedyn yn fwy taer.

Gwenodd hithau'n swil arno.

'Ac mi drefna i fod yr hen reithor yn dod draw ymhen y mis i'n priodi ni,' meddai, a'i thynnu'n agosach ato.

22

Gwywo

D DAETH SIÔN WYNNE ddim adre'r noson honno. Ond doedd hynny ddim yn poeni Margaret. Gwenodd wrth wrando ar anadlu cyson y ferch fach yn y gwely wrth ei hymyl. Roedd hi'n sychedig, a'r gwres yn aros fel cwrlid trwchus yn y siambr uwchben y gegin. Diolchodd fod Gwerful wedi dod â'r ddiod dail at ymyl ei gwely. Yfodd y trwyth chwerw a gorwedd yn ei hôl ar y clustog plu i bendwmpian.

Rywbryd cyn y wawr deffrodd. Roedd cyfog arni. Ceisiodd godi ond fedrai hi ddim. Yna teimlodd y gwayw cyntaf yn ei tharo yn ei chefn. Daeth gwasgfa arall, i waelod ei bol, ac un arall wedyn, pob un yn fwy nerthol na'r un blaenorol. Gorweddodd yno, y cyfog yn codi yn ei gwddf, a'r cryndod yn cydio ynddi, yn ei sigo.

'Na!' sibrydodd. 'Mae'n rhy gynnar. O Dduw, bydd drugarog!'

Gorweddodd ar y clustog plu. Fedrai hi wneud dim ond aros i'r don nesaf o boenau lifo drosti.

Erbyn i'r forwyn fach ddod i mewn yn y bore, roedd y poenau corfforol wedi cilio. Gorweddai Margaret yno – y gynfas wen yn staen sgarlad – ei hwyneb llonydd yn syllu ar y nenfwd, ei bysedd yn plycio ymyl ei gŵn nos. Methodd y forwyn fach ag atal y sgrech rhag dianc.

'Beg?' meddai'r feistres. 'Ble mae Beg?'

Rhuthrodd y forwyn fach allan, gan basio Gwerful yn nrws y siambr.

'O Dduw,' meddai honno. 'O Dduw – roedd y blodau wedi gwywo cyn i mi eu taflu!'

Yn araf a phoenus aeth at ymyl y gwely a phlygodd ar ei gliniau – doedd dim arall y medrai ei wneud ond gweddïo.

RHAN 2

1614

1

Gwas y Nannau

CYDIODD LEWYS YN y glwyd a'i gosod yn ei lle yn y clawdd i gau ar y gwartheg. Roedd ei waith wedi gorffen am y dydd a'r haul yn suddo'n goch draw am gyfeiriad y Fawddach. Doedd ganddo fawr o awydd mynd am adref. *Adref*, meddyliodd, doedd o ddim yn meddwl am y lle fel ei gartref o ddifrif, ond fyddai o ddim yn cyfaddef hynny wrth ei dad. Cawsai bob croeso yno gan Rhys ap Gruffydd ac Wrsla, wedi iddo gyrraedd yno ddwy flynedd ynghynt. Roedd wedi sylweddoli mai gwell fyddai iddo ddiflannu am ychydig yn dilyn yr helynt efo'r Stiward yn y Wern, er mwyn gadael i bethau setlo. Byddai rhyw helynt arall wedi digwydd bellach fel na fyddai neb yn cofio am y sgarmes rhwng y Stiward ac yntau. Felly y byddai Lewys yn meddwl fel arfer, ond pan ddeuai'r hiraeth am y traeth drosto, byddai'r amheuon yn ailymddangos hefyd. Er i'r graith ar wyneb y Stiward bylu, doedd y clwyf i falchder y dyn ddim wedi cilio fymryn. Fyddai dynion fel y Stiward ddim yn anghofio cael eu bychanu fel yna.

Trodd i ddilyn y llwybr o'r ffridd i lawr heibio tŷ'r Nannau. Gwyliodd y morynion wrthi'n hel y dillad, yn sgwrsio a chwerthin, yn mwynhau'r awr dawel cyn diwedd y dydd. Gwaeddodd un ohonynt arno a chododd yntau ei law. Fedrai o ddim clywed beth oedd y geiriau ond clywodd y chwerthin uchel yn codi'n don. Gwenodd yn swil a brysio yn ei flaen. Doedd o ddim eisiau aros i siarad efo nhw heno, gan nad oedd mewn hwyliau i'r cellwair a thynnu coes.

Roedd o'n ŵr ifanc bellach, y gwaith wedi lledu ei ysgwyddau a'i gryfhau. Doedd fawr ddim o'r bachgen ifanc eiddil hwnnw a redai o flaen y llanw ar ôl, heblaw bod yr awydd am gael cilio i'r ymylon yn dod drosto weithiau, fel y byddai ers talwm, pan fedrai guddio yn y brwyn, neu gymryd y cwch bach allan i'r Morfa. Yno yn y Nannau crwydrai'r llethrau pan fyddai angen llonydd arno, a gadael chwerthin a herio'r morynion ymhell y tu ôl iddo.

Synnai ei fod wedi dod yn weithiwr cystal, pan lwyddodd i godi'r maen hwnnw y methodd ei dad â'i symud. Rhyw syndod diniwed yn ei allu ei hun, a'r anghredinedd o ddeall ei fod yn un o'r dynion y byddai galw am ei waith o amgylch y Nannau. Daliai i synnu pan fyddai'r meistr ifanc yn galw amdano ef yn hytrach na gweithwyr eraill i wneud rhyw orchwyl arbennig, am y gwyddai meistr y Nannau mai Lewys fyddai'n ei wneud orau. Roedd pob llwyddiant newydd yn dod fel rhyw weledigaeth iddo. Ysgydwai ei ben fel petai'n methu deall sut y bu iddo wneud y gwaith o gwbl. Daeth o hyd i'w le yn y Nannau, wedi medru ennyn parch y meistr a'r gweision eraill. Fe ddylai fod yn fodlon.

Ond roedd yr awydd i fynd yn ei ôl i'r traeth yn ei ddilyn fel cysgod. Ceisiodd wthio'r peth o'i feddwl. Fe ddylai fod yn ddiolchgar, gan fod ganddo gartref yma efo'i dad ac Wrsla, a sicrwydd. Doedd arno ddim angen mwy, ymresymodd. Gallai aros yno, symud yn dawel o'r naill orchwyl i'r llall heb boeni neb, na mynd i unrhyw helynt. Gallai aros yno'n hawdd, roedd ganddo bopeth oedd ei angen arno. Ceisiodd berswadio ei hun mai aros yn y Nannau fyddai orau. Wrth gwrs mai dyna fyddai orau iddo. Ond pan fyddai ar ei fwyaf penderfynol, dyna pryd y deuai wyneb Sabel i'w herio.

'Wyt ti am ddod efo fi, Lewys?' Torrodd llais Rhys ar ei feddyliau.

'Be?'

Doedd o ddim wedi sylwi ar ei dad yn nesu ar hyd y llwybr i lawr o Foel Offrwm, a'r ci coch yn dynn wrth ei sodlau.

'Wyt ti'n cofio fi'n sôn bore 'ma?'

Prin y gallai Rhys guddio'i ddiffyg amynedd. Roedd o wedi sôn wrth y bachgen am ei fwriad i fynd draw am Ardudwy drannoeth, ond heb gael ateb ganddo. Gallai wneud efo help Lewys i yrru'r gwartheg. Er ei fod yn weithiwr da, a Rhys yn falch o'r statws roedd Lewys wedi ei ennyn iddo'i hun, roedd rhywbeth am y bachgen na allai ei dreiddio na'i ddeall. Rhyw len anweledig rhyngddynt. Roedd y bachgen fel petai mewn breuddwyd barhaus.

'Fedri di ddod efo fi am Ardudwy?' meddai wedyn. Gallai weld y dryswch ar wyneb Lewys. 'Fedri di ddod efo fi i yrru'r gwartheg? Dwi angen rhywun i'w gyrru nhw, Lewys. Mi fedra i eu harwain ond mae'n rhaid i mi gael rhywun i'w gyrru i fyny am Fwlch y Rhiwgyr ac i lawr am Ardudwy, wsti.'

'Pryd wyt ti'n mynd?' holodd Lewys wedyn.

Ochneidiodd Rhys. Roedd y sgwrs hon wedi digwydd unwaith yn barod y bore hwnnw, ond doedd Lewys ddim fel petai wedi cymryd y sylw lleiaf.

'Mi fydd rhaid cychwyn cyn gynted ag y daw hi'n ddigon golau, yn bydd,' meddai Rhys. 'Drycha, mae hi'n argoeli i fod yn sych o leia,' wrth weld y cochni yn lliwio awyr y gorllewin. 'Mi ddylen ni gael siwrne rwydd, ac mae Tudur am ddod efo ni, rhag ofn helynt.'

Gwenodd Lewys. Roedd o'n hoff o gwmni Tudur ac ni fyddai unrhyw ddihiryn yn mentro'n agos pan oedd Tudur efo nhw. Byddai'n dda cael sicrwydd cwmni Tudur ar eu ffordd yn ôl o leiaf, os bydden nhw wedi cael pris da am y gwartheg. Bu Tudur yn gyfaill triw i'w dad; roedd y ddau wedi bod mewn aml i sgarmes efo'i gilydd ac wedi llwyddo i ddod trwyddi'n iach eu crwyn bob tro.

'Mi fydd yn rhaid i ni fynd â mul efo ni felly i gario bwyd iddo fo,' chwarddodd Lewys.

Byddai diwrnod o grwydro'r llwybrau draw am y gorllewin yn braf. Roedd Rhys angen troi ei gefn ar strydoedd myglyd Dolgellau a'r hofelau ar gyrion Llanfachreth am sbel. Roedd Wrsla wrthi'n rhywle bob dydd yn cario ffisig dail ac yn tendio – roedd salwch yn taro rhywun newydd bron yn ddyddiol.

'Mi fydd newid aer am awel y glannau yn lles i ni'n dau, Lewys.'

Edrychodd Lewys ar gefn ei dad yn brasgamu yn ei flaen. Ers pryd roedd ei dad yn poeni am aer drwg? Chwerthin fyddai o fel arfer pan fyddai Wrsla'n mynnu llosgi perlysiau yn y tân, gan fwmian rhywbeth dan ei gwynt am aer drwg a'r cynnydd yn y dwymyn oedd yn sgubo trwy'r hofelau yn Nolgellau. Oedd ei dad yn dechrau troi'n hen ŵr pryderus, ffyslyd? Yn un o'r rheiny oedd yn gwylio symudiad y sêr, ac yn gwrando ar ofnau ac ofergoelion hen wragedd?

Brysiodd yn ei flaen. Roedd ganddyn nhw waith paratoi i'w wneud cyn cychwyn.

2

Tir yr hen fynach

ROEDD RHYS YN effro ers oriau, yn aros i'r rhimyn cyntaf o olau lifo trwy styllod pren y llawr. Roedd wedi troi a throsi ar y fatres wellt, nes i Wrsla droi ato i gydio amdano yn y tywyllwch a'i gusanu.

'Cysga,' sibrydodd, a'i dynnu ati.

Gwyddai ei bod hithau wedi blino, am fod galw amdani ym mhob hofel bron. Mis Ebrill oedd hi, a'r haf heb gael ei draed dano eto, ond roedd y glaw diweddar a'r tywydd mwyn wedi troi'r llaid o amgylch yr hofelau'n gors o ddrewdod. Gwyddai Rhys am yr awyr ddrwg a ddeuai bob blwyddyn i gipio bywydau'r tlodion. Ni fyddai ffisig dail Wrsla'n gallu gwneud fawr o wahaniaeth os oedd y dwymyn wedi gafael o ddifrif.

Trodd Rhys tuag ati a chydio ynddi'n addfwyn, y wraig oedd wedi cynnig lloches wedi iddo adael y traeth flynyddoedd ynghynt, gadael ei fab bach Lewys, a chorff marw'r un roedd o'n ei charu ym mynwent Llanfihangel y Traethau. Doedd Wrsla ddim wedi disgwyl dim ganddo, dim ond ei gymryd ati, gan wybod ei fod yn hiraethu am rywun arall. A thros y blynyddoedd roedd o wedi dod i'w charu. Roedd hi wedi bod yno fel ysbryd yn ei gynnal, yn dawel a gwastad, yn ei ddandwn heb iddo ddeall i ailgydio mewn bywyd, pan fyddai'r hiraeth yn ei lethu. Ac ers dwy flynedd bellach, roedd hi wedi cymryd Lewys atyn nhw hefyd, wedi ei gymryd i'w thŷ fel mab, yn cadw'r bara gorau ar ei gyfer, yn dod â'r bwyd o gegin y Nannau i Lewys, er bod hwnnw'n gallu morol drosto'i hun yn iawn. Yn mynd heb adael digon iddi hi ei hun er mwyn rhoi'r gorau i hwn – y mab a gafodd ei gŵr efo merch arall, y ferch rithiol honno y byddai Rhys yn galw amdani yn y nos.

Edrychodd Rhys arni'n gorwedd wrth ei ymyl. Y dwylo'n llonydd am unwaith. Gafaelodd yn ei llaw. Roedd y croen yn gras a thywyll. Byddai Wrsla'n mynnu sgwrio ei dwylo mewn dŵr chwilboeth wedi iddi fod ar ei thaith ddyddiol o amgylch yr hofelau. Ceisiai Rhys ei darbwyllo nad oedd angen sgwrio'r croen mor ffyrnig. Ond mynnai hi fod oglau'r salwch yn glynu'n benderfynol o dan ei hewinedd ac ym mhlygiadau ei dillad.

Cododd Rhys y llaw at ei wefus cyn ei gosod yn dyner yn ôl ar ei mynwes. Cododd yn dawel. Doedd o ddim am ei deffro. Gwisgodd yn sydyn a chlymu ei ddagr am ei wregys. Camodd yn ofalus am yr ysgol a ddisgynnai i lawr i'r gegin fach lle cysgai Lewys.

'Cymer ofal,' meddai Wrsla, a chodi ar ei heistedd. 'Cymer ofal, Rhys.'

Trodd yntau yn ei ôl at ei hymyl, a'i chusanu.

'Ti'n effro?' meddai, yna, 'Dwi'n dy garu di, Wrsla…' meddai'n syn. Wyddai o ddim pam, ond roedd o am iddi hi wybod hynny y bore yma cyn iddo fynd.

'Dwi'n gwybod…' meddai hithau a swatio yn ei hôl ar y fatres wellt.

Wedi nôl y ceffyl a chlymu'r pecynnau bob ochr i'r cyfrwy, brysiodd Rhys a Lewys at y corlannau. Roedd y dydd yn gwawrio'n braf a'r gwartheg yn dechrau anesmwytho yn eu corlan gyfyng. Atseiniai eu brefiadau trwy'r cwm, a byddai ambell un o drigolion y bythynnod cysglyd yn dechrau diawlio o gael eu deffro mor fore gan y sŵn. Cyfarthodd y cŵn mewn ambell fwthyn wrth glywed carnau'r ceffyl yn pasio. Arweiniodd Rhys y ceffyl a brysiodd y ddau at y siâp tywyll a eisteddai ym môn y clawdd.

'Lle ddiawl buoch chi'ch dau?' bloeddiodd Tudur, gan godi i'w lawn faint – yn gawr o ddyn.

'Be wnest ti – cysgu yn fan'na dros nos er mwyn cael brolio dy fod wedi codi o 'mlaen i, ia?' Chwarddodd Rhys. Byddai hwyl i'w gael efo Tudur, a dechreuodd Lewys anghofio ei fod wedi gadael clydwch ei wely yn llawer rhy fore.

Llusgodd Lewys y glwyd o'r ffordd a hysiodd Rhys y ci coch draw i ben pella'r cae. Rhusiodd ambell un o'r gwartheg a chicio'r awyr cyn pwnio ei gilydd tua'r giât agored. Roedd golwg hurt ar ambell un, eu llygaid yn rhythu a'u cegau'n lafoer gwyn. Dechreusant garlamu tua'r ffordd drol yn un gyr, y llwch yn codi i awyr lonydd y bore, a'r cerrig mân yn tasgu. Sbardunodd Rhys ei geffyl o'u blaenau. Fydden nhw ddim yn hir yn blino ar eu strancio gwyllt, ac yn tawelu, gan symud yn rhythmig ar hyd y ffordd drol, y ci coch yn gwau trwyddyn nhw, yn rhoi cyfarthiad bob yn hyn a hyn i sicrhau bod pob un yn cydsymud yn drefnus.

Cerddai Tudur a Lewys y tu ôl i'r gwartheg. Doedd Tudur ddim yn un i sgwrsio'n ddiangen ond rhoddai floedd weithiau i geisio cael y gwartheg i gyflymu, pan oedd y rheiny'n dechrau aros i gnoi ar y gwair ar ymyl y ffordd. Weithiau neidiai Lewys, a chwarddai Tudur ar natur bryderus y bachgen.

'Be sa'n ti?' chwarddodd. 'W't ti ofn dy gysgod, Lewsyn?'

'Ddim yn arfar cael pobl yn gweiddi'n fy nglustiau ydw i.'

Byddai'r gwartheg wedyn yn rhoi hyrddiad gwyllt yn eu blaenau, yn chwythu, a'u hanadl felys yn codi'n gymylau.

Arweiniodd Rhys y gyr i fyny trwy'r coed. Yno, ar y gelltydd, deuai'r golau'n feddal trwy ddail ifanc y bedw, gan daenu rhyw hud rhyfedd drostynt, nes i'r gwartheg dawelu eto. Canai'r gog lwydlas ymhell o'u blaenau yn rhywle, ac roedd llawr y goedwig yn dechrau glasu gyda dail y bwtsias. Yma ac acw gallai Lewys weld olion y bwyellwyr, a sawl derwen braff wedi ei chwympo yn barod ar gyfer ei llusgo i lawr am y Nannau, neu'r Llwyn yn Nolgellau efallai.

Wedi gadael y gelltydd rhaid oedd dringo i fyny am y tir agored a'r ffriddoedd, a'r rheiny'n ymestyn o'u blaenau. Craffodd Lewys, a gweld clwstwr o goed ar waelod bwlch serth. Byddai corlan yno i gau'r gwartheg am ychydig mae'n debyg.

'Mi ddown ni draw at gyrion tir yr hen fynach yn fuan, Lewys. Gwylia di'r gwartheg 'ma'n anesmwytho wedyn.' Wyddai Lewys ddim ai tynnu ei goes oedd o neu beidio.

'Pam, be sy'n fan'no?' holodd.

'Mae o'n lloerig, wsti, yr hen fynach, wedi dengyd i fyny i'r tir gwyllt yma am fod dynion y brenin am ei losgi fel heretic.' Arhosodd i ddangos pentwr bach o gerrig ac ogof draw ar ymyl y graig. 'Weli di'r ogof? Fan'na mae o'n cuddio, yli.'

Ac fel ateb iddo, dechreuodd y cerrig lithro oddi ar y sgri i lawr tua'r llwybr. Neidiodd un o'r bustych ar y blaen a sgrialu, y cerrig a'r llwch yn tasgu i bob cyfeiriad, a'i garnau'n clecian ar y creigiau. Dilynodd y gweddill gan ruthro yn eu blaenau.

Rhoddodd Tudur floedd i rybuddio Rhys, oedd wedi mynd ymhell ar y blaen, ond roedd hi'n rhy hwyr. Gwahanodd y gyr, rhai'n sgrialu ymlaen ar hyd y ffordd, a dau fustach yn hyrddio i lawr y llechwedd yn ôl i gyfeiriad y gelltydd coediog. Petaen nhw'n cyrraedd y coed, fyddai ddim gobaith dod o hyd iddyn nhw. Rhuthrodd Lewys oddi ar y llwybr ac i lawr i geisio cael y blaen arnyn nhw. Ond roedd Rhys wedi clywed y sŵn ac wedi troi yn ei ôl i wynebu'r gyr. Yn raddol, arafodd y gwartheg, gan ymateb yn syth i synau tawel y cowmon. Dim ond ambell un o'r bustych a bwniai'r un o'i flaen, cyn aros i bori ar yr ychydig wellt ar ochr y llwybr.

Gwyliodd Rhys ei fab yn llamu trwy'r brwyn i gyfeiriad y coed. Diolch byth ei fod o efo nhw, meddyliodd, fyddai ddim gobaith i Tudur fedru rhedeg fel yna. Roedd y ddau fustach yn arafu erbyn hyn, a'r ci coch wedi llwyddo i dorri eu llwybr am y coed. Galwodd Rhys ar y ci, a throdd y bustych yn eu holau'n ufudd, y ci'n gwau trwy eu coesau, yn rhoi brathiad bach ysgafn i'w cyflymu, ond gan fedru symud yn ystwyth, i osgoi'r cicio.

'Damia'r cythral mynach 'na!' bloeddiodd Tudur, wedi iddo gyrraedd Rhys.

'Be ddiawl ddigwyddodd?' holodd Rhys.

'Dwn i'm. Cerrig ddechreuodd lithro o'r sgri i fyny fan'cw, yli… Y diawl mynach 'na,' meddai Tudur.

Tynnu ar Lewys oedd ei fwriad trwy sôn am y mynach. Roedd y mynach wedi hen farw bellach, gan mai gan ei nain y clywsai Tudur y stori. Byddai'r mynach yn ei fedd ers degawd neu fwy, neu felly y tybiai, beth bynnag.

'Pa fynach, Tudur? Does 'na ddim mynach ar ôl ar y topia 'ma rŵan, siŵr Dduw, y diawl gwirion!' ebychodd Rhys gan chwerthin.

Tudur oedd un o'r bobl fwyaf ofergoelus y gwyddai amdano, yn gweld ellyllon ac ysbrydion rownd pob cornel. Gwenodd Rhys wedyn wrth gofio pa mor hawdd oedd dychryn Tudur, efo sôn am unrhyw beth felly – ysbryd neu dylwyth teg – ond eto doedd arno ddim ofn yr un adyn byw. Tudur fyddai'r cyntaf i ymuno ym mhob sgarmes, a'r olaf wedyn i adael. Yn ddistaw bach gwyddai hefyd am ymlyniad Tudur at yr hen ffydd. Er na fyddai neb yn credu bod gan Tudur ffydd yn unrhyw beth ond ei nerth ef ei hun, roedd dylanwad yr hen ffydd yn dal i chwarae ym mhen y dyn mawr.

'Arglwy', w't ti'n meddwl mai ei ysbryd o oedd yna, Rhys?' meddai Tudur, gan graffu i fyny at y sgri, a'r ogof uwchben. Chwarddodd Rhys, ond gallai Tudur daeru bod rhywun yno.

'Hei, drycha, mae o yna, sti,' meddai wedyn.

'Yn lle?' Roedd Lewys wedi dod yn ei ôl i'r llwybr a'r ddau fustach yn falch o gael ailymuno â'r gyr.

'I fyny yn fan acw, drycha…'

Daeth rhywun i'r golwg, a dechrau disgyn yn ofalus rhag i'r cerrig ddechrau powlio eto.

'Lle'r ei di, gyfaill?' galwodd Tudur arno.

Gwyliodd y tri'r dieithryn yn nesu. Roedd golwg dyn wedi bod ar y ffordd ers wythnosau arno, ei wallt brith dros ei ysgwyddau, a'i farf yn wyllt a blêr. Amdano gwisgai siyrcyn gwlân llwyd, a'i ymylon yn dipiau, a'r llodrau am ei goesau yn ddim ond carpiau o frethyn tenau. Daliai'n dynn mewn pastwn pren praff, gan brocio'r cerrig wrth fynd i sicrhau na fyddai'r un yn symud wrth iddo roi ei droed arni.

'Duw fo gyda chi, gyfeillion.' Cyfarchodd y tri, cyn rhoi naid simsan i lawr at y llwybr.

'Duw fo gyda tithau,' meddai Rhys. 'I ble'r wyt ti'n mynd?'

'Nid *mynd* ydw i, fachgen, ond dod yn fy ôl,' meddai gan rythu ar Rhys fel petai ei gwestiwn yn un hurt.

'O, felly…' meddai Tudur yn bwyllog. 'Dod yn dy *ôl* o ble'r wyt ti, felly?'

Trodd y gŵr at Tudur, yna meddai, 'Dod yn fy ôl o ymyl byd ydw i.'

'O? Pa mor bell ydi ymyl y byd o fan hyn 'ta?'

Ystyriodd y dyn am funud, gan dynnu ei law yn ofalus trwy ei farf yn fyfyriol, yna cododd ei bastwn a'i anelu draw am y gorllewin.

'Weli di'r bwlch draw ar ymyl y gefnen yn fan acw?' meddai'r gŵr a'i lygaid dyfrllyd yn syllu. 'Dilyn di'r gefnen ac mi weli di odre'r byd o dy flaen.'

'Heibio Bwlch y Rhiwgyr ti'n feddwl?' meddai Tudur. 'Ond am fan honno rydan ni'n anelu – ydi'r byd yn dod i ben ar yr ochr draw?'

'Ydi, i rai,' meddai'r gŵr, gan godi ei sgrepan a'i gosod yn ôl ar ei gefn.

'Beth sydd gen ti yn dy sgrepan?' gofynnodd Tudur wedyn.

'Campweithiau,' meddai'r gŵr, 'ond does neb yn gwybod hynny eto.'

'Dos ar dy hynt, a Duw a'th gadwo, hen bencerdd,' meddai Tudur. Gloywodd wyneb y gŵr. O'r diwedd roedd rhywun wedi ei gydnabod fel bardd. Trodd at Tudur, cydio yn ei lawes, ac meddai'n daer,

'Ia, ia, pencerdd ydw i – ond dwi'n deud wrthat ti, paid â mentro i ymyl byd, maen nhw'n wallgo yno, ac os nad ydyn nhw'n wallgo, yna mae'r haint yn eu difa bob yn un. Cadwch draw oddi yno, gyfeillion, a Duw a'ch gwaredo…'

Rhoddodd yr hen ŵr hwb i'w sgrepan a'i femrynau, cydio yn y pastwn a sythu. Roedd ganddo lwybr i'w gerdded, er na wyddai'n iawn i ble'r oedd y llwybr hwnnw'n arwain chwaith.

'Hys!' bloeddiodd Tudur, ac ailgychwynnodd y gyr ar eu taith am Fwlch y Rhiwgyr ac Ardudwy.

3

Syr John Wynne

'GOBEITHIO EICH BOD yn gwneud beth fedrwch chi i'w ddenu adre, Margaret Wynne.'

Eisteddai Syr John Wynne ar y gadair dderw, ei gefn at y pared. Bron na fedrai Margaret ei ddychmygu yn un o'r ffigurau oedd wedi eu brodio mor ofalus ar y tapestri Arras cyfoethog a grogai y tu ôl iddo. Byddai'n cymryd ei le yno'n iawn, yn y llun – yn benteulu fel y dylai penteulu fod. Culhaodd Margaret ei llygaid ryw fymryn fel bod ei golwg yn troi'n aneglur, a gwenu. Roedd ei thad yng nghyfraith wedi toddi'n un â'r olygfa ar y tapestri, yn gymeriad chwedlonol, mytholegol. Mygodd Margaret y chwerthin, a phesychu. Trodd Syr John ei olygon arni a rhythu. Doedd y ferch ddim hanner pan. Fedrai o ddim beio ei fab am fynd a'i gadael hi.

Rhodd arall gan Siôn Wynne iddi oedd y tapestri. Fel rhodd lleddfu cydwybod y byddai Margaret yn meddwl amdano. Gwthiodd hynny o'i meddwl. Symudodd Margaret yn ei sedd fel bod Syr John yn eistedd gyferbyn â'r man gwag ynghanol y tapestri – perffaith. Yn ei siyrcyn felfed trwm a'r goler o ffrilen les, ei drwyn bwaog a'i lygaid fel llygaid hebog, cymerai Syr John ei le yn berffaith ynghanol pwythau gofalus y tapestri. Penteulu pwerus Gwydir.

'Ddylai o ddim mynd yn ei flaen am Rufain, camgymeriad fyddai hynny.' Roedd ar gefn ei geffyl o ddifrif heddiw. 'Fe ddylai ddychwelyd adre rŵan, mae o wedi crwydro digon, wedi cael cyfarfod cardinaliaid Avignon a boneddigion Bourbon, fel sy'n weddus wrth gwrs i ŵr o'i statws,' meddai. Trodd i wynebu ei ferch yng nghyfraith a chodi ei lais y mymryn lleiaf. 'Ond mae ei ddeiliaid ei angen o adre bellach, ac mae gennych chi, Margaret Wynne, ddyletswydd i'w ddenu adre, er Duw yn unig a ŵyr sut y medrwch chi wneud hynny chwaith!'

Cododd, a sythu i'w lawn faint. Roedd o'n heneiddio a doedd ganddo mo'r presenoldeb a fu ganddo. Er hynny, roedd pŵer Syr John Wynne o Wydir yn ddiderfyn, a'i driniaeth ohoni hi mor ddifrïol ag arfer.

Diflannodd yr ysgafnder ac aeth saeth o dristwch trwyddi, a'r hiraeth am ei thad hi ei hun yn gyllell trwy'r galon. Fyddai yntau byth yn ei bychanu fel yna. Meddyliodd amdano'r tro olaf iddi ei weld cyn iddo farw flwyddyn ynghynt – ei gorff yn fach ac yn eiddil, a'i feddwl yn ddryslyd. Ond diolchodd ei fod wedi cael dianc bellach o'r bywyd poenus, cythryblus y bu'n ei oddef cyhyd. Doedd ei mam, y Foneddiges Eleanor Cave, fel na phetai'n galaru dim ar ei ôl. Cododd honno ei phac yn syth wedi i drefniadau'r angladd gael eu cwblhau, a dychwelyd ar ei hunion i'w thŷ yn Llundain, heb falio am neb na dim ond ei buddiannau hi ei hun. Ond roedd gan Margaret reswm arall i ddiolch hefyd, oherwydd gyda marwolaeth eu tad, daeth ei brawd yn etifedd cyfoeth y teulu Cave o Stanford. Fyddai Thomas ei brawd fyth yn troi ei gefn arni.

Gobeithiai Margaret y byddai John Wynne yn mynd ar ôl iddo gael gweld bod y cyfrifon a phopeth yn gywir yn y tŷ. Aeth tua'r drws i alw ar Elin, y forwyn newydd. Doedd Gwerful ddim wedi goroesi'r pwl diwethaf a gafodd, ac roedd ei chorff wedi rhoi'r gorau i drio byw. Roedd y lle'n rhyfedd hebddi, ond roedd Leila wedi cymryd at Elin, a'r ddwy i'w gweld yn crwydro'r gerddi law yn llaw yn ddyddiol.

'Elin, wyt ti'n gwybod lle mae Leila?' galwodd. Doedd hi ddim wedi gweld y fechan ers meityn. Roedd y ferch fach wedi cryfhau, ac er nad oedd yn gallu dawnsio a rhedeg fel plant eraill, gallai gymryd camau cadarn allan i'r ardd i chwarae gyda phlant y gweision.

Daeth Elin i mewn i'r gegin ond arhosodd yn ansicr pan welodd fod gan y feistres gwmni, ac mai Syr John oedd hwnnw.

'Fe aeth Beg â hi allan i hel wyau,' meddai'n dawel.

Trodd Margaret yn ei hôl i wynebu Syr John.

'Welsoch chi Leila ar eich ffordd?' gofynnodd iddo. 'Mae hi'n tyfu bob dydd ac yn cryfhau.' Pam na fedrai o gydnabod cymaint gwell roedd Leila rŵan, wedi misoedd o ofal ganddi hi a phawb yn y Wern?

'Naddo, weles i neb ond criw o blant bach digon blêr yr olwg. Ddylech chi ddim rhoi croeso i bawb i fyny yma'n y Wern, Margaret.'

'Na ddylwn, wrth gwrs.'

Gwyrodd Margaret ei phen, waeth iddi gytuno ddim. Doedd yntau ddim am gydnabod iddo weld Leila hyd yn oed. Sut y gallai plentyn bach fel Leila fod yn achos y fath gywilydd i deulu Gwydir?

'Fe gaiff Eleanor Wynne fynd yn ei hôl at Mary i Fostyn,' meddai Syr John wedyn, ei lais yn llawn awdurdod. Trodd ei lygaid hebog i syllu ar Margaret. Fe wnâi i hon wingo. 'Ym Mostyn y dylai hi fod, Margaret, fe wyddoch chi hynny'n burion. Fe gaiff addysg yno, a fydd Mary, fy merch, ddim yn hir yn gwneud merch fach fonheddig o Eleanor Wynne hyd yn oed.'

Roedd yn gas gan Margaret y ffordd y byddai Syr John Wynne yn dweud enw'r fechan, *Eleanor Wynne*. Pe bai Leila i symud yn ei hôl at ei modryb Mary ym Mostyn, byddai'n cael ei chadw o'r golwg, cyn belled ag y gallen nhw ei chadw oddi wrth lygaid craff boneddigion o ymwelwyr.

'Fydd Leila ddim yn mynd yn ei hôl i Fostyn,' meddai Margaret, gan fynnu bod ei llais yn aros yn wastad ac yn rhesymol. Byddai Begw'n ei siarsio o hyd i gadw'n dawel, i beidio â chymryd yr abwyd, i beidio gwylltio a chodi ei llais. Teimlai'r gwrid yn codi i'w hwyneb. Mynnodd fynd yn ôl i eistedd ac ailgodi ei gwaith pwytho. Plygodd ei phen dros ei brodwaith, fel na allai Syr John weld y dagrau'n brigo.

'Fe gawn weld am hynny.' Cododd Syr John ei het oddi ar y bwrdd a'i rhwbio, fel petai'n siŵr fod rhyw lwch, neu waeth, yn glynu ynddi.

'Dydd da i chi, Margaret Wynne, ac os byddwch chi'n ysgrifennu at fy mab, gwnewch yn siŵr eich bod yn erfyn arno i ddychwelyd.'

'Dydd da, Syr John,' meddai Margaret. Swniai ei llais yn rhy ysgafn, a gwridodd. 'Danfonwch fy nymuniadau gorau at y Foneddiges Sydney Wynne, a siwrne dda i chi.'

Plygodd Syr John ei ben i fynd trwy'r drws. Doedd dim rhaid iddo wyro, meddyliodd Margaret yn chwerw, roedd yn meddwl ei fod yn fwy o ddyn nag yr oedd o mewn gwirionedd. Roedd helyntion ariannol yn bigyn yn ei ystlys, a gwyddai am yr ymbil roedd ei gŵr yn ei wneud am arian i'w gynnal ar ei daith ar y cyfandir.

Pan ddaeth y cyfle i ddianc i'r cyfandir, fe wyddai Siôn Wynne mai dyna fyddai'n ei wneud. Perswadiodd William, un o'r gweision, i fynd yn gwmni iddo, a dau o'i ffrindiau o Lundain – masnachwyr, a fyddai'n gallu bod o ddefnydd iddo.

Roedd Siôn Wynne oddi cartref ers bron i flwyddyn bellach. Dim ond taith fer i Ffrainc a'r tiroedd isel oedd y bwriad, ond doedd dim sôn ei fod am ddychwelyd, dim ond ambell lythyr weithiau yn nodi'r rhyfeddodau roedd o wedi eu gweld. Byddai cais o hyd wrth gwrs am i'w ddeiliaid dalu eu dyledion yn fuan fel bod ganddo ddigon o arian i ganiatáu iddo fyw'n gyffyrddus, a pharhau â'i daith. Doedd etifedd Gwydir ddim am orfod aros mewn tafarndai fel teithiwr cyffredin; byddai angen stafelloedd o sylwedd arno, wrth gwrs, y bwyd a'r gwinoedd gorau ar gyfer cadw cwmni o werth. Ac roedd yn rhaid cael dillad o'r sidan a'r lledr gorau. Wedi'r cwbl, fedrai o ddim mynychu'r holl wleddoedd a'r cyfarfodydd uchel-ael mewn carpiau. Roedd ei dad yn deall hynny, oherwydd cynrychioli Syr John Wynne o Wydir a wnâi wrth gwrs, a doedd hwnnw ddim am i neb feddwl nad oedd ganddo ddigon o gyfoeth i gadw ei fab yn y modd gorau posibl. Dim ond gobeithio y câi gyfle i sôn am ei deithiau mewn cylchoedd o bwys pan ddeuai adref.

Yn ei lythyr diweddaraf at Margaret, roedd Siôn wedi adrodd hanes bedydd y bu ynddo yn Avignon. Fedrai Margaret ddim penderfynu oddi wrth y llythyr ai eisiau sôn am y fraint a gawsai oedd ei gŵr, gan frolio'r sidanau gwych yn nillad y boneddigion, a'r cerddorfeydd anhygoel, ynghyd â'r bwydydd anghyffredin, neu ei hatgoffa yr oedd mai arni hi roedd y bai na chawsai ef gyfle i ddathlu bedydd mab hir-ddisgwyliedig, fel y mab hwn yn Avignon. Beth bynnag oedd bwriad y llythyr, bu'n achos tristwch i Margaret mai ymhell dros y môr mewn gwlad dramor yr oedd ei gŵr yn dewis bod, ac nid gyda hi yn y Wern.

'Mae'n rhaid i mi fynd, Margaret,' oedd ei eiriau, cyn dilyn y gwas at y ceffylau. Edrychodd o ddim yn ôl y tro hwnnw chwaith.

Y bore ar ôl Dydd Gŵyl Ifan, wedi i Begw a Gwerful fod i fyny yn y siambr yn glanhau a gweini arni, roedd Margaret wedi eistedd i fyny yn ei gwely i dderbyn ei gŵr. Roedd y siom o golli'r plentyn wedi ei llorio, a phan welodd Siôn yr olwg druenus ar ei wraig, fedrai o wneud dim ond ei chymryd yn ei freichiau i geisio ei chysuro, gan fwytho ei gwallt, a'i siglo nes i'r dagrau sychu.

'Fe ddaw plentyn eto, Margaret.' Roedd o wedi bod yn amyneddgar wrthi, wedi aros yn y Wern trwy weddill yr haf hwnnw, wedi cario Leila ar ei ysgwyddau ac wedi sicrhau bod ei wraig yn cael y gorau o bopeth i gryfhau. Ar y dechrau roedd o wedi anwybyddu geiriau dicllon ei dad a ddeuai'n gyson o gyfeiriad Gwydir.

Ond fel y cerddai'r tymhorau o un i'r llall, a chorff ei wraig yn gwrthod yr ail blentyn, a'r trydydd, a'r hen orffwylledd yn bygwth brigo i'r wyneb eto, pallodd amynedd Siôn Wynne. Ei dad oedd yn iawn – waeth iddo heb â thrio. Roedd ei wraig yn afresymol, un funud yn dawnsio a chanu, yn chwerthin fel pe na bai ganddi boen yn y byd, yn cipio Leila yn ei breichiau ac yn ei chario neu ei llusgo i fyny trwy'r goedlan gan ei siarsio i redeg, i ddawnsio fel plant eraill.

'Ty'd, Leila, mi fedri di, dwi'n gwybod y medri di. Mi fyddi di'n wych fel plant Mostyn, yn *well* na phlant Mostyn, ac mi fyddi di'n edrych fel boneddiges fach, fel un o ferched Cave... Edrych, neidia fel mae Mama'n gwneud,' a'r fechan yn baglu ar ei hôl, ei dillad yn friglach ac yn llaid i gyd, ei hwyneb bach yn chwys a'i llygaid yn loyw. Ar yr adegau hynny byddai Begw'n gwylio, yn dilyn o bell, yn gorfod mynd i achub y fechan o ymyl craig, neu raeadr, wedi i'w mam lwyddo i'w chael yno, ond bod y fechan wedi ymlâdd gormod i ddod oddi yno, a'i mam yn methu â'i chodi. Byddai Begw'n achub y ddwy a'u harwain yn ôl i'r Wern yn ddiogel.

Yna, deuai'r dyddiau duon i'w gormesu.

'Wyt ti byth wedi codi?' Byddai Begw'n dod i chwilio amdani, yn ceisio ei chael i wisgo. 'Ty'd, feistres, mae Leila yn aros amdanat ti.'

Ond aros yn ei hunfan fyddai Margaret, yn syllu trwy ffenestr y siambr draw am y môr, neu'n siarad â'i hadlewyrchiad yn y drych bach.

'Ydi hi'n amser gwisgo?' Ei geiriau'n ddryslyd a phell.

'Ydi. Awn ni draw i'r gwasanaeth bore?' Ond fyddai Margaret ddim yn gwybod pa ddiwrnod oedd hi, yn methu dirnad pethau, yn methu byw.

Ar yr adegau hynny fyddai ganddi ddim syniad beth oedd yn digwydd yn y gegin nac yn gallu rheoli dim ar y mynd a'r dod o amgylch y Wern. Byddai rhai'n cymryd mantais pan fyddai'r garthen ddu yn disgyn ac yn bygwth mygu'r anadl o gorff y feistres. Aeth ymweliadau Siôn Wynne â'r Wern yn brin. Doedd ganddo ddim awydd wynebu ei wraig. Sut fyddai hi? Yn swrth a phell? Yn benysgafn a gwamal?

'Mae hi wedi ei melltithio, mae'r cythral ei hun ynddi,' dyna fydden nhw'n ei ddweud. Ar adegau fe fyddai'r amheuaeth yn dychryn Begw. Fyddai neb yn ei beio hithau am droi ei chefn arni, am adael iddi. Ond, rywsut, fedrai Begw ddim gwneud hynny.

Daeth Begw i mewn a hithau wedi clywed dynion Syr John Wynne yn gadael wrth iddi ddisgyn ar hyd llwybr y coed tua'r tŷ. Ar ôl hel yr wyau a'u cadw, roedd wedi mynd â Leila i fyny trwy'r coed o'r ffordd. Doedd hi ddim am i Syr John gael cyfle i rythu ar y fechan a'i holi, fel y byddai'n ei wneud o hyd. Doedd ganddo ddim ffordd efo plant, neu doedd ganddo ddim ffordd efo plant fel Leila. Diolchodd na fu ei ymweliad yn un hir y tro yma.

'Ydi o wedi mynd?' Trodd Margaret oddi wrth y ffenestr, ac estyn ei breichiau i gymell Leila ati. 'Tyrd, Leila, mae o wedi mynd, mi fyddwn ni'n iawn rŵan, yn byddwn, Beg?'

Swatiodd y fechan a chuddio ei hwyneb ym mhlygiadau gwisg ei mam a chwerthin. Roedd hi wrth ei bodd yn chwarae cuddio. Mwythodd ei mam y pen golau a'i gwasgu tuag ati.

'Byddwch, siŵr,' meddai Begw.

4

Hwyliau da'r Stiward

ROEDD Y STIWARD mewn hwyliau da. Roedd pethau'n mynd ei ffordd o o'r diwedd. Gwisgodd ei esgidiau lledr, a'u hedmygu. Esgidiau lledr meddal, fel rhai'r gwŷr mawr. Estynnodd am ei het gantel, a thynnu ei law trwy'r bluen paun oedd arni. Gyda'r meistr ifanc i ffwrdd, a Syr John yn brysur hwnt ac yma gyda'i achosion llys a'i diroedd draw tua Dyffryn Conwy, roedd y Stiward yn cael llonydd i reoli'r Wern fel y gwelai ef yn dda.

Daeth cais gan Siôn Wynne o Pisa – wyddai'r Stiward ddim lle'r oedd fan honno, rhywle yn yr Eidal mae'n debyg – ond roedd angen arian ar y meistr. Dyna'i orchwyl heddiw felly – hel dyledion ar ran Siôn Wynne. Mi fyddai raid i'r tenantiaid ddod o hyd i swm o arian, neu byddai'n rhaid iddyn nhw werthu eu hanifeiliaid i dalu'r ddyled. Doedd hynny'n poeni dim ar y Stiward, peth felly oedd bywyd. Roedd o wedi medru gweithio'n galed a thalu ei ffordd ar hyd y blynyddoedd, felly pam na fedrai pawb arall wneud yr un fath? Doedd ganddo fawr o amynedd efo'r rheiny fyddai'n rhincian dannedd a chwyno ar eu byd. Anwybyddodd y cosyn oedd yn hongian o'r bachyn, a'r gostrel win ar y silff. Wrth gwrs, doedd dim o'i le ar ddod o hyd i ambell beth weithiau – gwobr fechan am fod yn graff, dyna i gyd.

Sodrodd y Stiward ei het ar ei ben a chymryd un cip ar y stafell. Roedd ganddo gynllun arall hefyd. Daeth y teimlad bodlon hwnnw drosto – roedd popeth mewn trefn ganddo, popeth yn digwydd fel yr oedd o wedi bwriadu iddynt ddigwydd.

ong

EDD HI YMHELL wedi amser noswylio, a'r tŷ ar fin y
traeth wedi tawelu. Roddodd Richard Llwyd Ty'n y Rhos
naid o ryddhad wrth weld ei wraig yn diflannu trwy'r twll
ny i'r siambr uwchben. Diolchodd hefyd fod Sabel yn ei hôl
ddiogel. Fo oedd wedi mynnu bod ei ferch yn cael dychwelyd
Dy'n y Rhos ar ôl bod am gyfnod yn nhre Harlech yn gweini.
nd roedd ei hangen yn Nhy'n y Rhos. Yn rhyfedd, roedd ei
wraig wedi cytuno heb fawr o gweryl, ac wedi bodloni ar gael
Sabel yn ei hôl.

'Dyna fo, mae yna ddigon iddi neud yma. Tydw i wrthi o fore
gwyn tan nos yn gweini a rhedeg i bawb o gwmpas y lle 'ma, a
dydi Mari yn ddim byd ond rhwystr fel mae hi, a'r plant mân
yma dan draed o hyd.'

Roedd ei phregeth wedi parhau, er iddo sleifio allan yn
ôl i wynt y traeth a'i gadael yno'n rhesymu efo hi ei hun.
Gwthiodd hynny o'i feddwl. Bellach doedd dim gwahaniaeth
ganddo am ei wraig a'i chwynion – roedd Sabel adre'n ei hôl
yn ddiogel.

Gallai glywed anadlu tawel y plant o'r siambr fach, ac
ambell ochenaid a chwyrniad o'r siambr uwch ei ben. Roedd
y golau'n gwelwi draw am y bae, a'r tes yn disgyn fel sidan
llwyd dros y traeth. Gallai glywed llepian y tonnau'n torri
ar y swnd, ac ambell aderyn y glannau'n brysio i glwydo
am y nos. Ymhell i fyny tua'r groesffordd roedd lleisiau'n
chwerthin cyn tawelu y tu ôl i ddrysau'r bythynnod. Roedd yr

Dyna oedd yn rhoi'r boddhad mwyaf iddo. Doedd o erioed wedi
gallu dygymod â'r annisgwyl, ac erbyn hyn, gyda'i oed mae'n
debyg, roedd wedi cyrraedd y cyfnod hwnnw mewn bywyd lle'r
oedd yn fodlon aros yn amyneddgar i'w gynllun ddwyn ffrwyth.
Roedd wedi arfer disgwyl ei gyfle.

Roedd o wedi penderfynu cael gwraig. Roedd arno angen
rhywun fyddai'n dod â chysur i'w fywyd ac i'w dŷ, ac roedd wedi
dewis y ferch yn ofalus. Roedd o eisoes wedi cael gair gyda'r
hen reithor yn Llanfihangel y Traethau, er nad oedd hynny'n
rheidrwydd. Roedd y Stiward wedi sicrhau bod hwnnw wedi
cytuno â'i gais, a bod y gostegion wedi eu galw. Fyddai'r un dim
yn gallu ei rwystro, os mai dyna ei fwriad, ac roedd wedi sicrhau
cefnogaeth Syr John Wynne ei hun. Felly, doedd gan y ferch dan
sylw fawr o ddewis dan yr amgylchiadau.

Erbyn iddo ddychwelyd ar hyd y ffordd heibio eglwys
Brothen Sant, roedd gwaith y dydd wedi ei wneud, a'r sgrepan
ledr yn drom. Byddai'n anfon gair at ddynion Gwydir i ddod i
gasglu'r arian, ac yna byddai un o frodyr Siôn Wynne yn trefnu
o Lundain fod arian yn cael ei ryddhau ar gyfer ei daith trwy'r
Eidal. Byddai yntau'n cael ei wobrwyo fel un o weision ffyddlon
Gwydir. Roedd bywyd yn dda.

Gwyliodd daith llong fechan yn troi heibio trwyn Hirynys,
ac edrych ar un o'r dynion yn ei llywio gyda'r hwyl fel bod ei
thrwyn yn anelu am y lanfa. Byddai'n cael lloches am y nos yn
un o'r tai ger y traeth, cyn dadlwytho ei llwyth a symud ymlaen
i'r porthladd nesaf. Roedd y llongwr yn tynnu ar y rhaffau, yn
galw ar rywun – gŵr garw yr olwg, wedi bod allan yn nannedd
y gwynt a'r stormydd ar hyd Bae Ceredigion, mae'n debyg, a
Duw yn unig a ŵyr ble arall. Doedd dim sicrwydd yn ei fywyd,
meddyliodd y Stiward, nid fel roedd ganddo yntau. Daeth y
teimlad bodlon drosto eto. Yna, trodd yn ei ôl heibio'r eglwys, a
gweld bod y porth yn agor.

'Pnawn da, Elise Lloyd,' galwodd.

Gwenodd y Stiward wrth weld y rheithor yn edrych o'i gwmpas yn wyllt.

'Elise Lloyd,' galwodd wedyn, a throdd y rheithor i'w weld yn symud o gysgod yr ywen i'r golau.

'Pnawn da i tithau,' meddai'r gŵr ifanc yn ofalus. Trodd i dynnu'r bollt ar draws y porth. Roedd wedi gorffen ei waith am y diwrnod.

'Sawl enaid colledig y gwnest ti eu hachub heddiw?' galwodd.

Trodd Elise Lloyd i wynebu'r Stiward. Doedd o ddim am roi achos i hwn ei herio.

'Eneidiau?' meddai a gorfodi'r wên i aros ar ei wyneb. 'Mi fyddai'n well i mi fynd ati i hel dail, a thrio fy llaw ar achub bywydau, cyn poeni i ble'r aiff eu heneidiau nhw. Mae yna ryw hen haint wedi cyrraedd tref Harlech, mae'n debyg,' meddai wedyn.

'A ia, mi glywais sôn fod haint ar un o'r llongau ddaeth i mewn yno wythnos diwetha,' meddai'r Stiward. Doedd fawr o ddiddordeb ganddo, dim ond hen wragedd a ffyliaid oedd yn treulio'i hamser yn sgwrsio am salwch a heintiau. Doedd yna bla o rywbeth yn rhywle o hyd? Ond dyna'n union roedd o'n ei ddisgwyl gan reithor – hanes trallodion a salwch, marwolaeth, pechod ac edifeirwch. Ond roedd rhywbeth am hwn yn ei wylltio. Ei dawelwch, a'i lygaid yn aros arno, heb symud, doedd o ddim fel yr hen reithor – fyddai costrel o frandi ddim yn ennill ffafrau hwn.

Gwenodd wedyn. Roedd un peth a fyddai'n ei daflu oddi ar ei bulpud yn ddigon siŵr.

'Does yna ddim llawer o sôn fod meistr y Wern ar ei ffordd adre, yn nag oes?' meddai.

Wyddai Elise ddim i ble'r oedd y sgwrs yn cyfeirio, ond roedd angen iddo fod yn ofalus wrth ateb.

'Nag oes?' meddai'n dawel.

'Na, mae o am aros yn
ac mae'r feistres fach yn gwe
ei eiriau ddim fel petaent yn c
doedd o ddim wedi gorffen eto.

'Fe wyddost ti fel mae hi, par.
ffordd hi, ei meddwl hi'n gwanio, c
i'r un fach. Does yna ddim dal arni, w
wyneb y rheithor. 'Mae Syr John yn llay
ac am y fechan. Mae o wedi rhoi gorchy
barcud arni, wyddost ti – Beg a finna. Ma
y Wern y bydd Beg yn aros. Mae hi'n gwy
dyletswydd, wrth gwrs.'

'Wrth gwrs.' Gwyrodd Elise ei ben. Doedd o
boddhad i hwn o weld bod ei eiriau'n llosgi. Aeth y
y tŷ.

Chwarddodd y Stiward a gafael yn dynnach yn y sg
a'i chynnwys.

'Un gydwybodol fu Beg erioed, gwybod lle mae ei dyle
hi, ti'n gweld.'

Ond roedd Elise wedi mynd o'i olwg. Aeth y Stiward
ei flaen. Roedd ganddo un orchwyl arall i'w gwneud cyn id
nosi.

awel yn gynnes braf ar ei wyneb, yn anarferol o fwyn. Roedd ei waith yn hawdd felly, a'r môr yn greadur hoffus, ufudd am unwaith.

Eisteddodd Richard Llwyd ar y stelin lechen y tu allan i ddrws y tŷ. Bron na fedrai feiddio teimlo'n fodlon ei fyd. Roedd bywyd yn garedig wrtho am unwaith, ei deulu'n gyfan. Waeth iddo heb â gobeithio am well gan ei wraig; o leiaf doedd hi ddim yn rhuo arno'r dyddiau yma. Roedd y plant wedi tyfu, a'r bychan yn gallu cerdded a chrwydro o blygiadau sgert ei fam, a'i gadael hi'n fwy bodlon yn eistedd yn swrth yn ei safle arferol o dan y simdde fawr. Daeth y teithwyr i arfer efo'r feistres ryfedd, a dysgu cadw o'i ffordd, dim ond aros yno'n ddigon hir i Richard Llwyd fedru eu tywys ar draws y traeth, ar droed, neu yn ei gwch. Roedden nhw'n talu, felly roedd Richard yn fodlon. Gallai anwybyddu eu sylwadau beiddgar am wraig y llety.

Cofiodd am Lewys, y bachgen hoffus hwnnw ddaeth i ddangos iddo gyfrinachau'r Traeth Mawr. Hebddo, byddai wedi bod yn galed ar y teulu ar y dechrau. Tybed ble'r oedd y bachgen erbyn hyn? Gwyddai fod Sabel wedi cymryd ato ac wedi torri ei chalon pan fu'n rhaid iddo adael y traeth. Rhyw helynt efo Stiward y Wern, er na wyddai o ddim llawer am hynny. Y sôn oedd fod Lewys wedi tynnu cyllell a tharo'r Stiward yn ei wyneb, am ddim rheswm. Bu bron i hwnnw golli ei lygad. Ond doedd y stori'n gwneud fawr o synnwyr i Richard Llwyd, a gwyddai nad oedd Stiward y Wern yn un i'w groesi. Roedd o'n deall yn iawn pam y bu i Lewys adael ar frys. Roedd y Stiward yn ddyn a chanddo ffrindiau dylanwadol, a gormod o falchder. Doedd balchder yn llesol i neb, meddyliodd.

Trwy'r tes taerai iddo glywed lleisiau eraill yn nes ato, i lawr i gyfeiriad y dŵr. Roedd o'n siŵr iddo glywed sŵn rhaffau'n taro pren, sŵn cyffyrddiad araf rhwyf ar y dŵr, slbrwd y môr wrth i ochr llestr dorri llwybr trwy'r tonnau bychain. Cododd i graffu i'r gwyll, ond roedd y tes cynnes yn ei amgylchynu, yn llen rhyngddo a'r môr agored. Aeth trwy'r glwyd fach ac i lawr ar hyd y llwybr, y mwrllwch niwl yn mygu sŵn ei draed. Roedd rhywun wedi bod yn cynnau coelcerth yn ystod y prynhawn, a'r tes wedyn yn dal y mwg du yn ei blygiadau. Glynai'r arogl yn yr awyr, yn ei ddillad, yn ei wallt ac yn ei farf. Arogl sur crwyn anifeiliaid wedi lled bydru. Pesychodd.

Wrth nesu at y dŵr gallai glywed llepian diog y tonnau'n llyfu'r graean. Arhosodd Richard Llwyd yno ar fin y traeth. Gwyddai nad oedd yno ar ei ben ei hun, ond fedrai o weld dim o'i flaen. Yna clywodd sŵn crafu gwaelod cwch ar y graean.

'Pwy sydd yna?' galwodd, ond llyncodd y tes ei lais fel nad oedd yn siŵr a fu iddo alw o gwbl mewn gwirionedd. Ddaeth yna'r un ateb. Yna, clywodd rywun yn ochneidio, a thaerai iddo glywed pader yn cael ei sibrwd a chlician gleiniau. Rhywle o'i flaen, daeth sŵn griddfan eto. Ceisiodd gamu tua'r sŵn, ond roedd hwnnw'n symud o'i flaen fel rhith. Weithiau i'r dde, weithiau i'r chwith.

'Pwy wyt ti?' galwodd wedyn. Syrthiodd rhywbeth trwm ar y graean o'i flaen. Rhuthrodd i gyfeiriad y sŵn a chlywodd glec y rhwyfau'n taro'r dŵr, yn gyflymach y tro hwn, fel petai rhywun am symud oddi yno'n sydyn.

'Aros!' gwaeddodd.

Yn yr eiliad honno agorodd y llen wrth i'r tes wahanu. Draw yng nghysgod yr Ynys Gron gwelodd Richard siâp du wedi angori, siâp llong yn eistedd yno yn y bae yn aros, ac un llusern yn goleuo'r dŵr llonydd o'i chwmpas yn gylch. Aeth cryndod trwyddo; roedd edrych arni fel edrych ar sgerbwd, yr hwyliau'n llac ac yn llonydd, y mastiau'n ymestyn fel breichiau i estyn ei llwyth draw i'r lan. Roedd rhywbeth wedi cyrraedd y traeth, rhywbeth nad oedd y sgerbwd llong am ei gadw ar ei bwrdd. Rhyw erthyl o beth. Yna clywodd Richard sŵn rhwyfau eto'n taro'r dŵr heb fod ymhell, a gwelodd y cwch bach yn anelu yn ei ôl tua'r cysgod ger yr Ynys Gron.

'Pwy wyt ti?' galwodd wedyn.

Trodd y rhwyfwr am eiliad ond fedrai Richard weld dim byd ond siâp y pen o dan y cwfl oedd yn gorchuddio'r wyneb. Cododd awel fechan eto, a daeth y llen o des yn ei hôl i lenwi'r hafnau o amgylch y traeth, a diflannodd y llong a'r cwch, wedi eu llyncu a'u tynnu'n ôl i'r môr. Fyddai dim o'u hôl erbyn y bore. Peth felly oedd y traeth, un i gadw ei gyfrinachau iddo'i hun.

Yna clywodd Richard y griddfan, '*Misericordia. O, trugaredd!*'

Brysiodd tuag ymyl y dŵr, a gweld rhywun yno, wedi ei lapio mewn clogyn llwyd. Roedd y creadur yn symud, yn galw am dosturi, yn galw am rywun i ddod yno i'w achub. Gwelodd y llaw yn estyn amdano, yn cipio'r awyr, yn erfyn. Ai milwr oedd o, wedi ei glwyfo? Carcharor, efallai, wedi dianc?

'*Miserere mei.* Cymer drugaredd, Dduw!'

Brysiodd Richard tuag ato a phlygu i'w dynnu o afael y tonnau. Gafaelodd yn ei fraich a'i helpu i geisio codi'n sigledig ar ei draed. Methodd ei goesau â'i ddal a syrthiodd yn ei ôl i freichiau Richard Llwyd. Disgynnodd y clogyn a daeth wyneb i'r golwg. Edrychodd Richard Llwyd yn syth i wyneb y truan, ei lygaid yn goch, a'i wefus yn symud mewn pader barhaus. Roedd yn edrych i fyw llygaid drychiolaeth ei hun. Rhedai'r pothelli'n llidiog ar groen y dyn; doedd dim gobaith iddo. Llong angau ei hun felly fu'n stelcian yng nghysgod yr Ynys Gron. Rhoddodd fraich y dyn dros ei war, allai o ddim ei adael yno ar fin y traeth. Llusgodd y corff i fyny at yr helm a'i osod i orwedd yn y gwair. Aeth i'r pistyll i nôl dŵr iddo. Yna aeth yn ei ôl i eistedd yn nrws yr helm i aros am y bore.

6

Llythyr

SAFAI MARGARET YN y drws yn edmygu'r gerddi. Roedd y gwanwyn wedi peri i bopeth ffrwydro ar unwaith bron, nes bod yr ardd yn ffair o liw ac arogleuon. Gwelodd fod dail ifanc y coed bedw bron yn dryloyw, yn gadael i'r golau ddisgyn yn ysgafn dros y llwybrau gwastad.

Y bore hwnnw roedd hi wedi ffarwelio â'i hymwelwyr, ei brawd Thomas Cave a gŵr bonheddig, Francis Aungier, ar eu ffordd i Iwerddon. Roedd ymweliadau ei brawd yn codi ei hysbryd, roedd cymaint o'i thad ynddo – dyn addfwyn a hael. Gwyddai Thomas am sefyllfa ei chwaer yn y Wern, ond doedd o ddim yn un am godi helynt, nid fel ei fam, y Foneddiges Eleanor Cave. Aros yn y cysgodion fyddai o, aros ei gyfle a cheisio osgoi mynd benben â neb. Dyna pam y byddai ymweliadau Thomas Cave bob amser yn digwydd wedi iddo sicrhau nad oedd Syr John Wynne yn debygol o fod yno.

Roedd Margaret wedi mwynhau ymweliad y ddau. Thomas oedd y penteulu bellach, yn ŵr ifanc cefnog, ac er bod rheidrwydd arno i gadw ei fam yn ei thŷ yn Llundain a'i diroedd yn Stanford, wnaeth o erioed anghofio am ei chwaer. Daeth ag anrhegion o Lundain, llathenni o sidan a brethyn gwlân meddal ar gyfer gwisgoedd newydd iddi hi ac i Leila; sbeisys a pherlysiau o bob math mewn blychau bach pren; siwgr coch ac ambell botel gain o bersawr. Ond, yn bwysicach na dim y tro hwn, roedd yr esgidiau lledr gwynion, wedi eu creu yn arbennig ar gyfer Leila, gyda blocyn o bren wedi ei siapio'n esmwyth yn y gwadn i helpu'r ferch i gerdded yn sicrach. Roedd honno wrth ei bodd, yn cerdded yn dalsyth hyd crawiau llawr y neuadd yn ei sgidiau newydd, ei gwên mor llydan â hwyl y llong ar y bae.

Roedd Margaret wedi mwynhau cwmni Francis Aungier, gŵr canol oed, gosgeiddig, un o arglwyddi Llundain, ar ei ffordd i oruchwylio'r gwaith o wladychu tiroedd yn Iwerddon. Roedd o wedi eistedd gyda hi ac wedi holi ei barn am ddigwyddiadau'r dydd, wedi esbonio beth oedd ei orchwyl yn Llundain a beth fyddai'n disgwyl iddo'i wneud yn Iwerddon. Doedd neb wedi siarad am bethau felly gyda hi o'r blaen. Meddyliodd am ei gŵr, ac am ei thad yng nghyfraith yn arbennig, fel y bydden nhw'n trafod gyda'i gilydd ond yn anwybyddu unrhyw sylw y byddai hi'n mentro ei roi, heb hyd yn oed gydnabod ei bod wedi agor ei cheg o gwbl.

Ond daeth un cwmwl du gyda'r ymweliad hefyd. Tynnodd Margaret y papur tenau o blygiadau ei sgert ac aeth draw at y sedd yng ngwaelod yr ardd i'w ddarllen unwaith eto, er nad oedd angen iddi wneud hynny – roedd y geiriau wedi eu serio ar ei chof. Llythyr gan ei mam, a phetai ei brawd yn gwybod am ei gynnwys efallai na fyddai wedi bod mor barod i'w drosglwyddo i'w chwaer.

Gallai Margaret glywed llais ei mam yn y geiriau, ei gofal ffug amdani. Dim ond cisiau i'w merch gael gwybod am y sibrydion oedd o gwmpas Llundain. Doedd cadw ei merch yn ddall i'r honiadau ddim yn iawn, yn ei thyb hi. Roedd hi'n *siŵr* y byddai ei merch am gael gwybod nad gweision yn unig oedd yn gwmni i Siôn Wynne pan adawodd ar fwrdd y llong am Calais. Roedd hefyd yn y cwmni un gŵr bonheddig a'i chwaer, y Fonesig Lumley, ac roedd Siôn Wynne yn falch iawn o gael ailgyfarfod â'r wraig fonheddig, yn ôl y sôn. Oedd Margaret wedi clywed am Catherine Lumley o'r blaen tybed? Roedd Eleanor Cave, gan ei bod hi'n troi mewn cylchoedd o bwys yn Llundain, wedi deall bod yna fargeinio am law hon wedi digwydd cyn iddi hi a'i diweddar ŵr addo llaw Margaret i Siôn Wynne. Ond doedd Eleanor ddim am i'w merch fod yn benisel, oherwydd *hi* oedd gwraig gyfreithiol etifedd Gwydir, ac nid y ferch bowld yma oedd yn hwylio'r moroedd efo Siôn Wynne, fel rhyw butain benchwiban. Roedd y peth yn gywilyddus – pa ŵr bonheddig fyddai'n ei chymryd rŵan, a'i hanes hi wedi ei ledaenu ar hyd tai mawr Llundain i gyd? Roedd ei mam yn ymddiheuro, wrth gwrs, os oedd y llythyr yn anesmwytho ei merch druan, ymhell ynghanol nunlle, mewn rhyw gilfach ddi-sylw o Gymru. Roedd ei mam wedi pwyso a mesur pob gair yn ofalus, yn union fel y byddai heliwr yn pwyso saeth cyn ei defnyddio. Un felly fu Eleanor Cave erioed.

Eisteddodd Margaret yno, a'r llythyr yn ei llaw. Roedd hi wedi gadael y llythyr heb ei agor yn y cwpwrdd caeedig yn ei siambr tra oedd ei brawd a Francis Aungier yno. Ei gadw gyda'r sidan yn ddiogel, ond anghofiodd amdano nes ei ganfod y bore yma wedi iddynt adael. Doedd ganddi ddim modd holi dim ar neb felly. Wyddai ei brawd, Thomas, am y ferch hon tybed? Pwy oedd hi? Oedd hi'n dal ar y cyfandir efo'i gŵr?

'Mae'n *rhaid* i mi fynd, Margaret.' Dyna eiriau olaf Siôn Wynne cyn iddo ei gadael yn y Wern bron i flwyddyn ynghynt. Yn y diwedd roedd hithau wedi cytuno – wrth gwrs fod yn rhaid iddo fynd. Dyna sut y byddai'n ehangu ei wybodaeth o ddiwylliannau mawr eu hoes, a'r hyn a fyddai'n ei osod ar y ris roedd yn rhaid iddo ei chyrraedd fel etifedd un o deuluoedd mwyaf gogledd Cymru. Fedrai hi ddim ei rwystro, teithio ar y cyfandir fel hyn fyddai'n codi statws dyn – deuai'n ôl yn fwy doeth a dysgedig, yn ymwybodol o gelf, arferion a moesau'r byd gwareiddiedig.

Roedd ganddi freuddwyd y deuai yn ei ôl ati, ac y bydden nhw, fel yr oedd hithau'r eiliad hon, yn medru cerdded trwy'r gerddi yn y Wern, y gerddi roedd ganddo gymaint o feddwl ohonynt. Yn wir byddai'n ei siarsio yn ei lythyrau i sicrhau bod Jeffrey'n eu cadw'n daclus. Yn ei breuddwydion, byddai'n dod ati i'r ardd, ac yn sôn wrthi am y pethau roedd o wedi eu gweld, eu blasu, eu clywed, yn ei chynnwys hi yn ei daith, rywsut.

Edrychodd ar y llwyni lafant a'r blagur yn ffurfio. Bu mor ofalus o'r llwyni ddaeth o Stanford. Roedd Siôn ei hun wedi mynnu dod â nhw iddi yn anrheg, wedi eu meithrin, eu siapio. Yn ei breuddwyd byddai'n dod â sbrigyn o lwyni dieithr adref gydag o, wedi ei lapio mewn mwsog gwlyb i'w gadw'n llaith, i gadw'r bywyd ynddo cyn dod ag o'n ôl iddi hi yn y Wern. Bu'r ardd yn ddolen rhyngddynt, rhywle oedd yn gyffredin i'r ddau, yn destun sgwrs, pan nad oedd sgwrs yn hawdd. Roedd y ddau wedi rhyfeddu sut roedd y llwybrau a'r gwlâu blodau'n llenwi, ac yn cytuno bod yr ardd yn llecyn delfrydol i feithrin planhigion tyner a'r coed yn cysgodi'r ardd rhag y gwyntoedd oer. Bu'r ddau wrthi'n crafu'r cynllun ar y llechen fawr ar y stelin wrth y tŷ llaeth rhyw ddiwrnod, wedi mesur y rhodfeydd a labelu pob gwely'n ofalus cyn galw ar Jeffrey yno i'w weld. Yna bu raid esbonio'r darlun oedd ganddynt yn eu meddyliau – dau feddwl, ond un darlun.

Roedd hi wedi methu felly. Daeth blinder a lludded drosti, nid yn gymaint oherwydd bod ei gŵr yn mwynhau cwmni corfforol gwraig arall. Medrai dderbyn hynny. Pa wraig fonheddig nad oedd yn gorfod wynebu hynny? Ond roedd Siôn yn rhannu ei feddyliau â gwraig arall, yn trafod efallai yr ardd hon, a'i obeithion, yn chwilio am syniadau i ddod yn ôl i'r Wern. Yn gwrando ar syniadau ac argymhellion merch arall, yn rhannu ei bryderon, yn rhannu storïau ac yn rhannu cyfrinachau. Fedrai hi ddim dioddef hynny, eu gardd nhw ill dau oedd hon, eu creadigaeth nhw, creadigaeth fel plentyn bach yn tyfu.

Daeth Begw i'r drws i chwilio amdani, a sylwodd yn syth ar ystum Margaret – yr ysgwyddau'n sigo a'i hwyneb yn storm o ddryswch. Ochneidiodd. Roedd hi'n adnabod yr ystum hwnnw erbyn hyn. Aeth yn ei hôl i'r tŷ i nôl rhywbeth i roi dros ei hysgwyddau. Byddai'n cymryd amser i'w chael o'r ardd heno.

7

Troi am adre

'AWN NI I lawr i harbwr Bermo?'
Roedd Tudur wedi mwynhau ei hun. Roedden nhw
wedi cael taith ddidrafferth a'r gwartheg wedi eu trosglwyddo'n
ddiogel i diroedd Nantcol, draw yn Ardudwy. Wedi croesi Bwlch
y Rhiwgyr uwchben plasty Corsygedol, gwaith hawdd oedd
hi wedyn i groesi'r Waun Hir a draw dros y gefnen i ddolydd
Nantcol. Roedden nhw wedi mwynhau cwmni ambell borthmon
ar y ffordd fynydd, a'r rheiny'n gyrru gwartheg dros Bont Sgethin
a draw am siroedd Amwythig. Bu bron i Tudur gael ei hudo i
fynd efo nhw, gydag addewid o antur a sofrenni aur yn disgwyl
unrhyw un oedd â thipyn o ysbryd ynddo. Ond roedd Rhys wedi
medru ei berswadio fel arall, gydag addewid o noson o rialtwch
yn harbwr Bermo ar eu ffordd yn ôl.

'Fuest ti yn Bermo erioed, Lewys?' gofynnodd Tudur.

'Naddo, sti. Ydi o'n lle mawr?' holodd Lewys.

Mi glywsai sôn gan deithwyr fyddai'n aros yn Nhy'n y Rhos
am lefydd fel Bermo. Pan oedd yn blentyn, breuddwydiodd
lawer gwaith am gael bod yn llongwr, a chael aros yma ac acw
ar hyd yr arfordir gan weld rhyfeddodau ym mhob porthladd.
Bu unwaith cyn belled â Phwllheli. Doedd o ddim wedi meddwl
fawr am fan'no, er bod yno ddigon o bobl. Ond dim ond croesi'r
teithwyr draw am Benmorfa yn Eifionydd fyddai ei waith o a'r
Cychwr gan amlaf.

''Esu ydi, sti. Mae 'na strydoedd a thai am y gweli di yno, sti,'
meddai Tudur wedyn, a'i wyneb yn sobor. 'Mi fydd yn rhaid i ti

aros wrth ein cwt ni, Lewys, rhag ofn i ni dy golli di.' Rhoddodd bwniad i Rhys, heb i Lewys ei weld, cyn mynd yn ei flaen: 'Ti'n cofio'r llanc hwnnw o Lanfachreth, mab Huw Goch? Mi aeth hwnnw efo rhyw lances o Bermo, a welodd neb mohono fo wedyn sti, Lewys. Mi oeddan nhw'n deud mai hudoles oedd hi, sti, a'i bod hi wedi ei hudo fo i'r môr, a'i bod hi wedi troi'n sgodyn, yli, unwaith iddyn nhw fynd allan o'r cei a chlymu ei chynffon amdano fo, a'i dynnu fo i lawr i ddyfnderoedd y môr, a welodd neb mohono fo wedyn, dim ond ei gap o'n nofio ar wyneb y dŵr. Diawl o bethau rhyfedd ydi pethau Bermo yna!'

'Ond welest *ti'r* un hudoles yno, Tudur?' chwarddodd Lewys.

'Naddo siŵr, dim ond yr hen wrach honno heb ddant yn ei phen gymrodd atat ti tro dwetha fuon ni lawr yn Bermo yndê, Tudur?' meddai Rhys wedyn.

'Hei, be s'arnat ti, Rhys? Gwrach o ddiawl, dim ond merched del sy'n Bermo, siŵr Dduw, yn rhubanau a sidan i ryfeddu, ail i nunlla ond y Sieb yn Llunden.'

'Pryd fuest ti yn Sieb, Llunden ta, Tudur?' heriodd Lewys.

'Hy – gwylia di be dwi'n ddeud rŵan, Lewys. Mi gei ditha weld.'

Aeth y tri yn eu blaenau ar hyd y llwybr uwchben y môr, yn sgwrsio a thynnu coes, y bae yn las oddi tanynt a'r eithin yn lliwio'r llethrau uwch eu pennau. Roedd hi'n ddiwrnod poeth, a'r gwres yn llethol, ac allan ar y môr roedd hwyliau bach gwynion yn crynu yn y gwres. Ar ochr y llwybr roedd tyddyn, un o gelloedd yr hen abaty cyn i hwnnw gael ei chwalu. Ymgroesodd Tudur, ac eisteddodd y tri yng nghysgod y wal i aros i wraig y tŷ ddod â chwrw bach allan iddynt. Byddai'n gwneud lles iddyn nhw gadw o'r gwres am ychydig. Daeth teithiwr arall i fyny o gyfeiriad yr harbwr.

'Dydd da, gyfaill,' cyfarchodd Rhys y dyn.

'Dydd da i chithau, deithwyr,' meddai'r gŵr. Roedd yn amlwg

yn dioddef o effaith y gwres, a gwnaeth Lewys le iddo eistedd yn y cysgod.

'Diolch, fachgen,' meddai'r gŵr, gan dynnu ei sgrepan a'i gosod ar y clawdd wrth ei ymyl.

'Ddaethoch chi o bell?' gofynnodd Rhys wedyn.

'Na, dim ond o'r Bermo,' atebodd y dyn. 'Ac i ble'r ewch chithau?'

'I'r union fan mae'n camau ninnau,' meddai Tudur. 'Oes yna fasnach dda yno? Mae digon o gychod i'w gweld yn mynd a dod,' ychwanegodd.

Arhosodd y gŵr am funud, ac edrych ar Tudur yn ddwys.

'Oes raid i chi fynd yno?' holodd. 'Oes ganddoch chi rywun yno'n eich disgwyl?'

'Nag oes,' meddai Rhys.

'Peidiwch â mentro felly,' meddai, gan amneidio am y bae ac i fyny i'r gogledd am fraich Llŷn. 'Ddaw'r ha' yma â dim ond trallod i'r tir, ond fedrwch chi ddim gweld hynny o fan hyn, yn na fedrwch?... Paradwys ydi fan hyn, meddai rhai. Dwn i ddim am hynny ond mi weles i uffern yn ddigon clir i lawr yn fan yna, beth bynnag. Peidiwch â mynd yno felly, gyfeillion, os nad oes raid.'

'Beth sydd wedi digwydd yno?' holodd Tudur.

'Mi ddaeth llong i mewn i'r harbwr ddechrau'r wythnos, ac mi wyddwn fod llaw'r diafol i'w gweld arni. Mi aeth un o'r morwyr i mewn i'r Tŷ Gwyn i chwilio am loches ond roedd o'n farw erbyn y bore, a rŵan mae'r salwch yn gwibio o dŷ i dŷ.'

Edrychodd y tri ar ei gilydd. Doedd yr un ohonynt wedi meddwl dim am eiriau'r hen fardd gorffwyll hwnnw.

'Mae'r hen le wedi ei felltithio. Mi ddois i i fyny trwy'r hofela' uwchben yr harbwr bore 'ma a doedd 'run smic yn unman, dim ond drysau wedi eu cau'n dynn, a'r lle mor dawel mi allech daeru nad oedd yr un dyn byw ar gyfyl y lle.'

Gwyddai Rhys a Tudur yn iawn am y rhwydwaith o fythynnod

bychain yn croesi uwch yr harbwr – un talcen yn dynn wrth droed y bwthyn uwch ei ben, ddim mwy na llathen neu ddwy rhyngddynt. Ar ddyddiau oer hyd yn oed, byddai digon o arogleuon annifyr yn codi o'r strydoedd – sbarion, carthion, ymysgaroedd pysgod – a phydredd yn llenwi'r ffosydd a ddylai ei gario oddi yno, ond a oedd yn aml yn gorlifo, gan adael haen o lysnafedd gwyrdd i lynu rhwng y cerrig crynion.

'Mae ogla marwolaeth trwy'r lle. Cadwch oddi yno, ond os oes *raid* i chi fynd, wel druan ohonoch…'

'Na, mi awn ni'n ein blaenau am y dwyrain. Diolch i ti, gyfaill, am y rhybudd,' meddai Rhys. Gallai weld bod Lewys yn anesmwytho.

'I ba gyfeiriad aeth y llong?' gofynnodd Lewys yn sydyn, ei lygaid yn craffu'n wyllt.

'Pa long?'

'Y llong gariodd y dyn â'r haint,' meddai Lewys wedyn yn ddiamynedd.

'Mi aeth yn ei blaen am y gogledd. Does wybod lle mae hi bellach. Yn ddigon pell o fan hyn, mae'n debyg.'

'Aeth hi allan am Benrhyn Llŷn, neu draw am afon Glaslyn?'

'Dwn i ddim, gyfaill ifanc, i ble'r aeth hi. Dim ond gobeithio na ddaeth y diawl peth i'r lan yn unman arall, beth bynnag. Duw gadwo chi'ch tri.' Yna cododd ei sgrepan a'i halio dros ei ysgwydd. Cododd ei ffon a gwyliodd y tri gŵr ef yn pellhau.

'Wel dyna ti, Lewys, chei di ddim profi pleserau Bermo'r tro yma felly.' Ceisiodd Tudur godi'r hwyliau eto, ond roedd y ddau arall wedi tawelu, a haen o bryder wedi disgyn drostynt.

'Gwell i ni frysio yn ein holau am Nannau, felly,' meddai Rhys. Daeth Wrsla i'w feddwl, a'i dwylo'n goch wedi'r sgwrio defodol, a'i gofal am y trueiniaid hynny y byddai'n rhaid iddi geisio eu cysuro. Daeth rhyw ysfa ynddo i fod adref, i'w gweld, i afael ynddi ac i geisio ei pherswadio ei bod wedi gwneud digon ac nad oedd yn rhaid iddi fynd o dŷ i dŷ fel y gwnâi. Gweddïai nad oedd y salwch wedi mynd i fyny afon Mawddach am Ddolgellau, ond doedd wybod ble'r oedd y llong wedi bod.

'Dewch,' meddai, ond doedd Lewys ddim yn gwrando arno. Roedd wedi symud i ben y graig fechan wrth y llwybr er mwyn cael gwell golwg ar yr ehangder o fôr a thir o'i flaen. I'r chwith gallai weld braich Llŷn ar ei hyd, a rhan fach o Eifionydd yn swatio yn y gesail. O'i flaen safai mynyddoedd Eryri ac oddi tano roedd y bae i gyd yn un fantell sidan las. I'r dde iddo codai mynyddoedd a bryniau Meirionnydd yn fur llonydd, cadarn. Ond symudodd ei lygaid yn ôl tua'r gesail, lle'r oedd y Traeth Mawr a'r Traeth Bach, ac afon Glaslyn yn llifo'n hamddenol heibio ei hen gartref. Dechreuodd weddïo nad oedd y llong wedi hwylio'r ffordd honno.

'Ty'd, Lewys, fedri di ddim gweld, siŵr. Mae'r llong wedi hen fanteisio ar yr awel ac ar ei ffordd i Iwerddon bellach,' ceisiodd Rhys ei ddarbwyllo.

'Be s'arnat ti, Lewys? Dduw mawr, mi gei gyfle i fynd am sgiawt i Bermo eto, siŵr.'

Ceisiai Tudur unwaith eto ysgafnhau peth ar y sefyllfa, ond roedd Lewys yn dal i sefyll yno'n ddisymud.

'Dydw i ddim am ddod yn ôl efo chi rŵan,' meddai. 'Mae'n rhaid i mi fynd adre.'

'Ia, t'yd, awn ni adre,' meddai Tudur yn dawel.

'Na, nid adre i Lanfachreth. Mae'n rhaid i mi fynd am y traeth,' meddai.

Edrychodd Rhys arno. Roedd o'n adnabod yr osgo benderfynol yna. Cofiodd fel y bu iddo yntau fod eisiau mynd yn ôl am y traeth flynyddoedd ynghynt, i chwilio am yr hogyn yma a'i fam. Ond ddaeth dim da o hynny. Roedd y traeth yng ngwaed hwn a doedd dim gobaith ei berswadio fel arall. Nodiodd. Camodd tuag at Lewys, a'i gofleidio.

'Cymer ofal, a Duw a'th gadwo,' meddai.

8

Penbleth Mari

R OEDD MARI WEDI blino. Doedd ganddi ddim dagrau ar
ôl. Gorweddodd ar waelod y cwch bach y byddai ei thad
yn croesi'r teithwyr ynddo, ei phen yn pwyso yn erbyn yr ochr.
Fedrai neb ei gweld yn y fan honno. Yn araf bach, peidiodd yr
igian crio. Roedd arni awydd cysgu, ond bob tro y byddai'n cau
ei llygaid byddai'r llun yn ailymddangos – y siâp hir yn yr amdo
llwyd. Ynddo roedd ei thad, meddai ei mam, ond doedd hi ddim
yn credu hynny. Roedd Sabel wedi dweud wrthi fod ei thad yn
hapus bellach, yn cael symud trwy'r hesg ac yn codi uwch eu
pennau yn y cymylau, yn eu gwylio, yn dod i lawr weithiau i
weld oedden nhw'n iawn, cyn mynd yn ei ôl wedyn i guddio yn
yr hesg ar ymyl y traeth.

Roedd Mari wedi gofyn i'w chwaer ddangos iddi ymhle'n
union roedd ei thad yn cuddio, ond roedd ei mam wedi dod i
mewn i'r gegin a dwrdio, gan estyn clusten i Sabel am rwdlan
a dweud pethau gwirion. Doedd eu tad nhw'n gorwedd dan
droedfeddi o bridd oer, llaith yn eglwys Llanfihangel y Traethau,
siŵr? Roedd yn gas gan Mari feddwl am hynny yn fwy na
dim. Codai'r cyfog i'w cheg wrth iddi gofio'r tro hwnnw pan
ddisgynnodd hi i un o'r tyllau mawn ar y ffridd, a'r mawn du
wedi mynd i'w cheg ac yn bygwth ei mygu. Roedd ei thad wedi
estyn ei hances i sychu'r pridd du, ac wedi mynnu ei bod yn
poeri ac yn poeri. Ond gallai Mari ddal i flasu'r surni, a theimlo'i
gwddf yn cau. Dechreuodd igian crio eto. Os oedd ei mam yn
dweud y gwir, ac mai o dan y pridd roedd ei thad, gobeithiai

fod ganddo hances i sychu'r pridd o'i geg. Gwasgodd y llun o'i meddwl.

Doedd dim trefn ers i Richard Llwyd farw. Wnâi ei mam ddim byd ond eistedd yn swrth yn ei hunfan, wrth i'r plant mân sgrialu o gwmpas y gegin yn crio a checru. Diolchai fod Sabel yno i'w bwydo a'u molchi a'u gwisgo. Er mai hi, Mari, oedd yr hynaf o'r plant, fedrai hi wneud dim o bwys heb i Sabel roi'r cyfarwyddiadau iddi. Roedd ei gweld hi yn ddigon i yrru ei mam i dymer, a gwyddai mai'r ferch hynaf ddylai fod yn cymryd yr awenau, ond roedd ei mam yn ei hatgoffa o hyd:

'*Ti?* Fedri *di* ddim, siŵr Dduw. Be fedri di *neud*, Mari? Diawl o ddim byd ond byta. Ond pwy gymrith di oddi ar fy nwylo fi? Neb, does yna neb ddigon gwirion. Maen melin o gwmpas fy ngwddw i fyddi di am byth…'

Roedd Mari'n gwybod nad oedd hi'n dda i ddim i neb, o fod wedi clywed hynny cymaint o weithiau. Ond doedd ei thad erioed wedi dweud hynny wrthi. Roedd o bob amser wedi dod o hyd i rywbeth y medrai hi ei wneud.

Wyddai Mari ddim am ba hyd fyddai ei chwaer yn aros chwaith. Weithiau byddai tymer ei mam yn berwi drosodd fel crochan o uwd llwyd, a bryd hynny byddai Sabel yn cael ei hel oddi yno hefyd. Ond roedd rhywun arall ar ei ffordd yno heddiw, meddai Sabel, yr hen Gychwr yn dod yn ei ôl. Doedd ganddo ddim enw – nid fel ei thad, Richard Llwyd. Y Cychwr oedd enw hwn, a dim arall. Roedd y Cychwr ar ei ffordd yn ôl i Dy'n y Rhos gan nad oedd neb arall yno fedrai dywys y teithwyr.

'Mari, Mari, ty'd o 'na, rhaid i ti ddod i'r tŷ.'

Clywodd Mari lais un o'i chwiorydd bach yn galw. Swatiodd yn dynnach. Doedd hi ddim am wynebu ei mam.

'Mari, mae gen i frechdan i ti.'

Meddyliodd Mari am funud – rhaid ei bod hi'n hwyr. Oedd hi wedi cael rhywbeth i'w fwyta heddiw? Roedd yna dwll gwag yn ei bol yn rhywle. Arhosodd yn ei hunfan am funud. Ceisiodd benderfynu beth oedd ei angen arni fwyaf – llonydd ynteu bwyd? Bwyd. Roedd arni eisiau bwyd.

Cododd yn sydyn o'i chuddfan a neidio allan o'r cwch. Rhedodd tua'r tŷ a sgrialu drwy'r drws i'r gegin dywyll. Roedd ei mam yn dal i eistedd yn ei chadair, ond roedd y plant ieuengaf wrth y bwrdd, eu llygaid yn syllu'n fawr ar rywun. Trodd Mari, ac wedi i'w llygaid gynefino â'r golau, gwelodd fod gŵr dieithr yn sefyll ar ganol y llawr a bod Sabel yn sefyll wrth ei ymyl, ei phen wedi gwyro. Ai hwn oedd y Cychwr? Doedd o ddim yn edrych fel cychwr. Roedd yn sefyll yn falch, ond doedd hi ddim yn hoffi'r olwg fodlon ar ei wyneb. Sylwodd ar ei esgidiau o ledr meddal, fel esgidiau bonheddwr. Ai gŵr bonheddig oedd o? Fedrai Mari ddim dweud.

'Dyna ti, felly, mi gei fynd â'r clocsia, ond does dim celfi i ti fynd gyda thi,' meddai ei mam.

'Does dim rhaid poeni am hynny, fe wnaeth Richard Llwyd gytundeb efo mi cyn iddo… wel cyn iddo farw,' meddai'r gŵr hwn nad oedd yn ŵr bonheddig. Gallai Mari weld hynny er bod ei lais yn dawel. Roedd rhywbeth arall ynddo hefyd nad oedd Mari'n ei hoffi.

'Ond fyddai 'Nhad ddim wedi gadael i hyn ddigwydd. Rydach chi'n deud celwydd, fyddai 'Nhad ddim wedi cytuno i hyn—' cychwynnodd Sabel, ond chafodd hi ddim gorffen.

'Roedd o wedi cytuno efo fi fod yn rhaid… wel… mai dyma fyddai orau i ti, Sabel. Felly waeth iti heb â nadu ddim, does dim ffordd i mi dy gadw yma. Mi fedr Mari nôl coed a rhyw fanion felly, siawns, ac mae'r plant yn tyfu, mi fydd yn rhaid iddyn nhw i gyd forol ati rŵan.'

'Ond mi rois i fy addewid i rywun arall…' ceisiodd Sabel wedyn.

Rhoddodd y dyn chwerthiniad bach anghysurus.

'Lol, paid â phaldaruo dy lol! I ble'r aeth y bachgen, Sabel? Dy adael yn fan hyn. Does gan hwnnw ddim gobaith dy gynnal.'

Chwarddodd y fam. O leiaf mi fedrai gael rhyw fywyd – tynnu ar ôl ei thad yr oedd hi. Breuddwydiwr a dim arall.

'Mi awn ni, felly,' meddai'r dyn. Amneidiodd ei mam ar Mari i agor y drws, a chydiodd y dyn ym mhenelin Sabel i'w harwain.

'Mae hi'n tywyllu allan, Sabel,' meddai Mari. Doedd hi ddim yn deall pam fyddai Sabel eisiau mynd allan i'r tywyllwch, ond ddywedodd Sabel 'run gair. Doedd hi ddim am godi ei llygaid, dim ond edrych ar y llawr. Oedd Sabel wedi colli rhywbeth efallai?

'Lle ti'n mynd, Sabel? Dwi'n dod hefyd?' gofynnodd wedyn.

Rhoddodd y dyn chwerthiniad bach annifyr. Cododd Sabel ei phen a gwelodd Mari ei bod yn crio. Symudodd tuag at ei chwaer a chydio yn ei llaw. Ceisiodd Sabel wenu arni.

'Dwi'n dod efo ti, Sabel?' gofynnodd wedyn.

'Bydda i'n ôl yn fuan, Mari. Fedri di ddim dod, yli, neu pwy fydd yma i edrych ar ôl y rhai bach? Ti ydi'r hogan fawr yndê? Rhaid i ti edrych ar ôl pawb rŵan sti.' Safodd y ddwy chwaer ar lawr y gegin yn cydio yn ei gilydd, nes i'r dyn roi pesychiad, ac ailafael ym mhenelin Sabel.

Dechreuodd un o'r rhai bach igian crio o'r tu ôl i'r bwrdd, ei wyneb yn fudr a'i drwyn yn rhedeg yn un ffos ddyfrllyd.

'Pan ddoi di 'nôl, wnei di ddangos i mi lle mae Tada'n cuddio?' gofynnodd Mari, ond chafodd hi ddim ateb. Cacodd y drws y tu ôl iddyn nhw'n glep.

O gysgod yr helm gwyliodd y Cychwr y ddau ffigwr yn gadael y tŷ. Roedd wedi ei alw yn ei ôl i'w hen gartref yn Nhy'n y Rhos, ond roedd dynes y dafarn wedi dweud yn glir nad oedd croeso iddo gysgu o fewn muriau'r tŷ. Dod yno fel gwas oedd o. Doedd hynny ddim yn ei boeni – doedd o ddim am fod ynghanol y giwed plant a'r storm o ddynes, beth bynnag. Llawer gwell fyddai ganddo aros yno yn yr helm. Gwyliodd y Cychwr y dyn yn symud i lawr tua'r traeth, a'r ferch ifanc o'i flaen. Doedd o ddim yn adnabod y ferch; mae'n rhaid mai un o blant Richard

Llwyd oedd hi. Roedd hi'n ifanc, a'i gwallt melyngoch yn gwthio dan ei chapan gwyn, ond gallai'r Cychwr weld ei bod yn ansicr, yn petruso, yn symud yn rhy araf i'r dyn oedd yn ei dilyn. Clywodd ei lais siarp yn rhoi gorchymyn, a hithau'n cyflymu ei cham gan symud yn ysgafn fel gwyfyn bach, ei siôl lwyd yn chwifio fel adenydd. Daeth ton o gasineb annisgwyl dros y Cychwr. Gwyddai pwy oedd y dyn, heb fedru gweld ei wyneb. Doedd Stiward y Wern ddim wedi newid dim.

9

Gwraig y Stiward

RHODDODD BEGW'R GOSTREL laeth yn ei hôl ar y stelin lechen yn y llaethdy. Rhoddodd y llestr i lawr gyda mwy o rym nag arfer, nes i'r sŵn glecian o un silff lechen i'r llall. Gwyrodd ei phen, a sadio'i hun, gan wasgu ei chledrau ar y llechen oer. Roedd ei thu mewn yn corddi. Roedd yn rhaid iddi adfeddiannu ei thawelwch arferol, ond roedd gwneud hynny'n anodd heddiw. Doedd fawr o hwyl ar Leila fach nac ar ei mam – y fechan yn anwydog ac yn groes, a Margaret yn swrth yn ei llofft, yn gwrthod gwisgo na chymryd unrhyw ddiddordeb mewn dim.

Am unwaith roedd Begw wedi cael digon arni ac wedi gorfod brathu ei thafod rhag dweud rhywbeth y byddai'n ei ddifaru. Roedd y feistres yn afresymol, yn hunanol, yn poeni dim am neb ond hi ei hun, a'r cysgod du oedd yn hofran o'i chwmpas byth a hefyd. Mynnodd fod Begw'n edrych trwy'r ffenestr y bore hwnnw, gan honni bod y brain yn siarad â hi, yn taeru bod eu siapiau ar femrwn llwyd yr awyr yn ysgrifen, ac arno neges iddi.

'Beth mae o'n ei ddweud, Beg?' erfyniodd, gan guddio'r tu ôl i'r llenni trwchus. 'Beth mae'r sgrifen yn ei ddweud?'

'Dim, Margaret, does dim ysgrifen, dim ond brain ydyn nhw, does yna ddim geiriau.'

'Darllen nhw i mi, Beg, darllen nhw.' Yna, roedd wedi troi i nôl y llyfr oedd wrth erchwyn ei gwely, hwnnw byddai hi'n dyfynnu ohono o hyd.

'Edrych, dyma mae'r llyfr yn ei ddweud… '*Gwreigdda o arglwyddes neu uwchelwraic a volir o bryd a gwedd, a thegwch, ac addvwynder, a digrifwch a haelioni… a doethineb.*' Rydw i'n hael, yn tydw, yn addfwyn, ond dydi'r brain ddim yn cytuno, yn nac ydyn, Beg? Maen nhw'n cecran ac yn chwerthin ac yn ysgrifennu celwyddau amdana i yn yr awyr i bawb eu gweld.'

'Nac ydyn, siŵr. Tyrd, tyrd i eistedd.' Doedd waeth i Begw ddweud na fedrai ddeall y geiriau beth bynnag, gan na allai ddarllen, ond gan nad oedd yna eiriau, cadwodd yn dawel.

'Na! Maen nhw'n ysgrifennu celwyddau amdana i, dyna pam na roddodd Duw blentyn arall i mi, Beg. Dyna pam na ddaw Siôn Wynne yn ei ôl ata i. Ar y brain mae'r bai. Dos i ddweud wrth Jeffrey am eu difa nhw, Beg. Dos i nôl y rheithor i weddïo drosta i.'

'Mae o *yn* gweddïo drosot ti o hyd, Margaret.'

'Mae Duw wedi fy ngadael i felly, ydi o? Ydi o, Beg? Mae pawb yn mynd a 'ngadael i – Duw, a Siôn Wynne, fy mhlant. Wnei di mo 'ngadael i, yn na wnei, Beg?'

Byddai Begw'n cydio ynddi, yn ei suo fel plentyn bach, yn mwytho'r talcen chwyslyd, yn llonyddu'r bysedd aflonydd, yn ei dal yn dynn nes iddi syrthio i gwsg anesmwyth yn llawn brain a geiriau dilornus.

Ac felly, yn gynyddol, byddai Margaret yn encilio i'w llofft i guddio.

Pwysodd Begw ei thalcen ar y llechen; roedd y garreg yn oer a braf fel balm. Rhaid iddi fynd yn ei hôl i'r gegin, ond nid salwch Margaret oedd wedi achosi'r hen deimladau miniog ynddi chwaith. Roedd hi'n ddig bod yn rhaid iddi gymryd cyfrifoldeb dros rywun arall eto. Fe ddylai ei gofal am Margaret fod yn ddigon o faich arni. Doedd dim rhaid iddi ysgwyddo hyn hefyd. Roedd arni angen gweld Elise, teimlo ei freichiau amdani eto, ond roedd yntau fel petai wedi pellhau hefyd erbyn hyn. Fedrai hi ddim gweld bai arno, mae'n debyg. Roedd hi byth a hefyd yn rhuthro yn ei hôl i'r Wern. A rŵan, roedd y Stiward wedi dod â gofal arall ar ei phen.

Teimlai Begw'n flin â hi ei hun. Yn flin am ei bod wedi gadael i'r Stiward darfu arni, a hithau wedi gwneud adduned balch na fyddai hwnnw fyth yn cael y pleser o weld bod ei eiriau yn ei chythruddo. Ond nid ei eiriau oedd wedi ei chythruddo y tro hwn. Roedd o'n fwy na hynny. Pan ddaeth y Stiward i mewn efo'r dynion i gael eu swper neithiwr, roedd wedi cyhoeddi bod ganddo newyddion pwysig i'w rannu efo nhw i gyd, newyddion o lawenydd.

Roedd o wedi penderfynu priodi, ac wedi dod â'i wraig adre efo fo i dŷ'r Stiward. Rhoddodd pawb eu cyllyll i lawr a thawelu, mewn syndod, nes i rai o'r dynion ddechrau arni efo'u hawgrymiadau cwrs. Roedd y Stiward wrth ei fodd. Doedd hynny chwaith ddim wedi ei tharfu am fod Begw'n falch iddo gael gwraig. Byddai efallai'n colli diddordeb yn yr hyn a ddigwyddai o amgylch y tŷ felly. Ond pan aeth y Stiward i'r drws i alw ar ei wraig ifanc i ddod i'r gegin fel y gallai ei chyflwyno i bawb, bu bron i Begw ollwng y ddysgl a ddaliai yn ei dwylo.

Camodd Sabel i mewn i ganol y gegin a theimlodd Begw ias oer yn crwydro trwyddi. Roedd hi eisiau rhoi gwaedd o ddicter ond roedd llygaid y Stiward yn edrych yn syth arni hi, yn ei herio i ddwcud rhywbeth, y wên yn chwarae ar ei wefusau. Roedd ei law fawr yn cydio am ganol y ferch ifanc, yn ei thynnu ato mewn ystum o berchnogaeth.

'Dyma hi, dyma'r un rydw i wedi ei dewis,' meddai.

'Nath hi dy ddewis di ydi'r cwestiwn,' meddai un o'r dynion a dechreuodd pawb chwerthin. Plygodd Sabel ei phen yn swil, a chuddio ei hwyneb yn ei siôl, ond arhosodd y wên yn styfnig ar wyneb y Stiward.

Ystumiodd Begw ei hwyneb yn wên. Châi hwn mo'r pleser o weld y gynddaredd oedd yn tyfu ynddi, yn cael ei hadlewyrchu yn ei hwyneb. Rhoddodd Begw'r ddysgl ar y bwrdd a rhuthro i nôl stôl i Sabel, a'i hannog i eistedd o dan y simdde fel bod ei hanner yn y cysgod – y tu hwnt i'r crechwenu a'r llygaid ymchwilgar. Wrth ei chymell i eistedd, roedd wedi medru cyffwrdd ei llaw yn ysgafn, fel arwydd ei bod yn deall, ac yn dymuno dangos cysur i'r ferch ifanc oedd yn crynu o dan ei siôl garpiog. Pam Sabel? A wyddai'r Stiward am addewid Lewys i ddod yn ei ôl i chwilio amdani? Ai hi oedd wedi gadael i hynny lithro ryw dro?

Yn fuan iawn aeth y dynion yn ôl i drafod gwaith y dydd, a'r gorchwylion fyddai'n disgwyl amdanynt drannoeth. Aeth y merched yn ôl i glirio a glanhau'r llestri. Cododd Sabel i helpu, a rhoddodd Begw'r gostrel laeth iddi gan roi cyfarwyddyd iddi lle'r oedd y llaethdy. Yna, dilynodd hithau gyda'r caws.

'Wyt ti'n iawn?' Roedd hi wedi sibrwd ei chwestiwn ond chafodd hi ddim ateb, dim ond amneidiad bach, cyn i un o'r morynion eraill ruthro i mewn i gadw'r menyn.

Roedd y Stiward yno yn y drws.

'Ty'd, Sabel, rydan ni'n mynd,' meddai ac aros i'w wraig ddod i sefyll wrth ei ymyl. Gwyliodd Begw'r ddau yn diflannu trwy ddrws agored tŷ'r Stiward, a'r drws yn cau ar y golau.

10

Gwneud gwyrthiau

CERDDODD ELISE LLOYD yn gyflym. Roedd un o forynion y Wern wedi rhedeg yno i ddweud wrtho fod ei angen yn y Wern ar unwaith. Châi o ddim neges fel hyn yn aml. Mae'n debyg fod pawb wedi sylweddoli bellach nad oedd gwyrthiau'n digwydd ar lannau afon Glaslyn. Dim ond mewn gwledydd pell, a rhwng tudalennau'r Beibl y byddai gwyrthiau'n digwydd. Gyda Siôn Wynne yn parhau ar ei deithiau, doedd dim angen erfyn ar i Dduw ganiatáu beichiogrwydd llwyddiannus. Gobeithiai nad oedd y neges yn ddim i'w wneud â phethau felly oherwydd byddai yna fwy fyth o waith esbonio ar ffyrdd dirgel yr Arglwydd o weithredu. Duw druan, meddyliodd, yna ymgroesodd – cabledd oedd meddwl felly, ac yntau'n un o weision yr Arglwydd.

Brysiodd i gyfeiriad y Wern a'i feddyliau'n gwibio'n ôl a blaen rhwng y trigolion. Pwy oedd angen ei weddïau? Roedd o wedi clywed rhywrai'n sôn am y feistres y bore hwnnw yn y pentref. Ceisiodd gofio beth oedd y sgwrs. Rhywbeth ynglŷn a'i gorffwylltra arferol. Fe ddylai Margaret Wynne fod yn iach o gorff, a fedrai o wneud dim dros ei chyflwr meddyliol, waeth pa faint o weddïo a wnâi.

Doedd o ddim wedi gweld Begw ers rhai wythnosau, ond byddai wedi clywed si pe bai rhywbeth wedi digwydd iddi. Teimlodd ei anadl yn cyflymu. Dduw mawr, fyddai O ddim yn mynd â hi oddi arno? Rhoddodd ebychiad chwerw, doedd dim rhaid i Dduw wneud hynny chwaith. Doedd Begw ddim yn eiddo iddo fo. Fu hi erioed – roedd meistres y Wern yn gwneud yn sicr o hynny. Pwysodd yn erbyn y clawdd pridd ar ochr y ffordd. Roedd o'n mynd i oed, meddyliodd, yn naw ar hugain oed. Am faint eto fyddai'n rhaid iddo aros am ateb ganddi? Faint yn fwy y byddai o ei hun yn fodlon aros? Doedd dim ateb i hynny. Fedrai o ddim cyfaddef mai aros a fyddai hyd dragwyddoldeb – ei hwyneb hi fyddai'n amlwg bob tro y caeai ei lygaid wrth fynd i gysgu, a hi hefyd fyddai yno bob bore pan fyddai'r haul yn canfod ei ffordd i mewn rhwng styllod y ffenestri. Petai o'n ddyn ofergoelus, byddai o'r farn fod Begw wedi taflu swyn drosto, wedi ei reibio. Gwyddai am ddyn oedd wedi dod â chyhuddiad tebyg yn erbyn merch unwaith, am iddo gael ei hudo ganddi, ac yna iddi hi ei wrthod. Testun gwawd fu'r dyn hwnnw, a phawb yn cael môr o hwyl ar ei honiadau gwirion. Gwyddai nad rheibes oedd Begw, dim ond merch gyffredin yn gwneud ei dyletswydd, fel pawb arall ym mhlwyf Llanfrothen; roedd pob un ohonyn nhw'n gaeth i ryw drefn neu'i gilydd, yn ddim ond dolen arall mewn cadwyn nad oedd modd ei thorri. Ceisiodd anwybyddu'r cynrhon o amheuaeth fyddai'n mynnu gwau trwy ei feddwl y dyddiau hyn.

Sythodd Elise. Roedd ei ddillad duon syber yn drwm amdano, a difarai na fyddai wedi gwisgo ei ddillad bob dydd, gan na fyddai meistres y Wern fawr callach sut olwg fyddai arno. Byddai ei grys wedi bod yn haws symud ynddo na'r siyrcyn du trwm. Diawliodd ei hun am fod yn gaeth i'r drefn. Roedd o'n llwfr, yn ddi-asgwrn-cefn, yn methu gwrthwynebu pethau nad oedd o'n eu gweld yn gyfiawn. Diawliodd y dillad duon eto, a'r rheiny fel carchar amdano. Byddai'n chwys diferol erbyn iddo ddringo'r allt trwy'r goedlan a chyrraedd y Wern. Pydrodd yn ei flaen nes disgyn i lawr i fuarth tawel y Wern. Roedd y lle yn anarferol o lonydd. Dim sŵn gweision yn galw ar ei gilydd, na'r un forwyn yn sgwrsio uwch ei gwaith. Curodd ar y drws derw agored, cyn tynnu ei het a cherdded i mewn i dywyllwch y neuadd. Ddaeth neb i'r golwg. Galwodd. Daeth symudiad o'r gornel wrth y simdde. Elin, y forwyn newydd, oedd yno. Brysiodd honno i godi ac i gymryd het y rheithor, yna safodd wrth y drws a'i dwylo'n plycio'r hances yn ei llaw.

'Lle mae pawb, Elin?' holodd Elise. 'Ydi'r feistres yn iawn? Lle mae Beg? Pam nad oes neb yn y buarth?'

Edrychodd Elise o'i gwmpas. Doedd dim golwg o ddim ar y bwrdd, dim llestri na chostrel gwrw, dim bara na chaws, dim olion fod neb wedi bod yn y neuadd y prynhawn hwnnw – fe ddylai'r bwrdd fod wedi ei hwylio ar gyfer swper a hithau'n hwyr y prynhawn.

'Maen nhw i fyny...' llwyddodd y forwyn fach i amneidio am y siambr uwchben, cyn codi'r hances yn ôl at ei llygaid cochion a dechrau igian crio eto. Brasgamodd Elise am y grisiau ac at ddrws y siambr. Roedd y ffenestr ar agor a'r llenni'n chwifio gan adael chwa o awyr i mewn i'r stafell, ond gallai Elise arogli'r salwch cyn iddo fentro at erchwyn y gwely. Yno gorweddai Leila, ei hwyneb yn welw, a'i gwallt yn fodrwyau aur ar y gobennydd – y ferch fach a'i dwylo'n llonydd ar y gynfas wen, ei hanadl yn llafurus, a'i llygaid ar gau. Wrth ei hochr ar y gwely gorweddai ei mam, ei braich yn cwmpasu corff y fechan fel petai'n ceisio ei hamddiffyn. Ac yna uwch ei phen roedd Begw, a'r cadach oer yn ei llaw yn barod i sychu'r talcen bach chwyslyd. Trodd Begw i edrych arno yn y drws – oedd yna gysgod o rywbeth mwy na rhyddhad fod y rheithor wedi cyrraedd, i gynnig ei weddïau? Fedrai Elise ddim penderfynu.

'Ers pryd mae hi fel hyn, Beg?'

'Neithiwr, rywbryd ganol nos, deffrodd y feistres fi. Roedd y beth fach wedi dechrau gweiddi yn ei chwsg, yn gweld pethau ar y waliau, yn galw am ei thad, ei chorff bach hi'n llosgi... fedrwn ni ddim ei chyffwrdd hi, Elise. Doedd 'run ohonon ni'n cael ei chyffwrdd hi, fel tasa ein cyffyrddiad ni'n golsyn poeth yn llosgi trwy ei chroen hi.' Symudodd Begw ato i'r drws, ac roedd ei llais yn dawel ac yn floesg. Estynnodd am ei lawes. 'Be sydd arni, wyddost ti, Elise? Welest ti rywbeth tebyg? Be fedra i wneud?'

Doedd ganddo ddim ateb, ond fe wyddai Elise am ddigon o achosion tebyg yn y pentref. Roedd o wedi cael ei alw sawl gwaith at drueiniaid tebyg yr wythnos diwethaf. Fedrai o ddim codi ei lygaid i edrych ar Begw, oherwydd roedd arno ofn gweld y disgwyliad hwnnw yno – y disgwyliad y medrai o wneud rhywbeth. Doedd ganddo ddim ateb. Doedd o ddim yn un da am weithio gwyrthiau mae'n rhaid.

'Mae hi wedi tawelu rŵan. Wedi ymlâdd mae hi – fel tasa rhywbeth yn cydio ynddi, yn ei hysgwyd hi, Elise. Mi fuo hi'n crynu trwyddi, ei breichiau a'i choesau hi'n ysgwyd i gyd. Dwi wedi gyrru pawb ond Elin i chwilio am filddail a blodau'r ysgaw, a... Ond fedra i ddim ei chael i yfed dim.'

Aeth Elise at ochr arall y gwely a chyffwrdd ag ysgwydd y feistres, 'Margaret, ddoi di i weddïo? Tyrd, mi fedrwn wneud hynny.'

Plygodd ar ei bengliniau a daeth Margaret at ei ymyl. Caeodd ei lygaid. Doedd o ddim am weld yr olwg ar wyneb Begw.

11

Oriau mân

DEFFRODD BEGW YN sydyn. Sut y bu iddi gysgu, a hithau
wedi addo y byddai'n gwylio dros Leila, i'r feistres gael cau
ei llygaid am ychydig? Sut yn y byd y cysgodd hi? Ceryddodd ei
hun – beth os oedd rhywbeth wedi digwydd a hithau'n cysgu?
Roedd y stafell yn dywyll, a dim arlliw o'r wawr ar yr awyr.
Gwingodd. Roedd ei gwar yn boenus o fod wedi gorwedd mewn
camystum ar erchwyn y gwely. Roedd rhywun wedi rhoi siôl
dros ei hysgwyddau, a disgynnodd honno wrth iddi godi. Roedd
anadl Leila wedi tawelu, a fedrai Begw ddim penderfynu a oedd
yna anadl yno o gwbl.

'O, Dad drugarog...' ymbiliodd. Sut y byddai'n egluro petai'r
fechan wedi mynd, a hithau'n pendwmpian? Plygodd dros y
ferch fach a rhoi ei chlust wrth ei gwefus. Oedd, roedd hi'n dal i
anadlu. Stwyriodd Margaret ac estynnodd Begw'r cwrlid dros y
feistres. Agorodd honno ei llygaid am funud.

'Ydi hi'n effro?' Daeth ei llais o bellafoedd cwsg.

Rhoddodd Begw ei bys ar ei gwefus, 'Na, ond mae hi'n
anadlu'n dawelach rŵan. Dos yn ôl i gysgu, dwi am fynd i nôl
diod iddi.'

Aeth i lawr y grisiau ac i'r neuadd, gan deimlo ei chamau'n
ysgafn bron, roedd y rhyddhad yn llifo trwyddi. Brysiodd am
y gegin – roedd hithau'n sychedig hefyd. Byddai'n well iddi
nôl rhywbeth i'r feistres ar yr un pryd. Rhyfedd, meddyliodd,
sut yr oedd Margaret wedi bod mor hunanfeddiannol trwy
hyn, fel petai'n gwybod bod angen iddi hi fod yn iach, yn

bwyllog, yn ddoeth, os oedd hi am fod o unrhyw gymorth i Leila.

'Ydi hi'n effro, Beg?' Neidiodd Begw, doedd hi ddim wedi sylwi ar Elise yn y gadair.

'Ydi hi wedi agor ei llygaid?' holodd.

'Elise! Ti'n dal yma.'

'Ydi hi wedi deffro?'

Cododd Elise, a symud draw ati.

'Na, ond mae'r dwymyn wedi ei gadael hi. Wyt ti'n meddwl y daw hi drwyddi, Elise?'

'Mae yna obaith os ydi hi wedi dod trwy'r dwymyn, sti.' Roedd yn rhaid iddo roi rhyw fath o obaith iddi.

'Oes?'

'Mi ddaeth merch fach Morgan y gof drwyddi wythnos diwethaf. Roedd hithau 'run fath, y gwres yn ei llosgi, ond unwaith y torrodd y dwymyn, mi gysgodd am ddyddiau. Mi gweles i hi neithiwr allan o flaen y tŷ efo'i thad, yn wên i gyd.' Cododd law Begw at ei wefus, a'i chusanu. 'Mi ddaw rŵan i ti, Beg. Mi wyt ti wedi gwneud dy waith yn dda.'

'Ond ddylwn i fod wedi ei chadw o'r pentre. Fi aeth â hi i lawr i'r traeth wythnos diwetha. Mi ddylwn fod wedi ei chadw oddi yno a finna'n gwybod fod salwch yno.'

Crymodd, roedd hi wedi blino. Cydiodd Elise ynddi a phwysodd hithau ei phen ar ei ysgwydd. Roedd hi wedi blino ar yr holl ofalu, a theimlodd freichiau Elise yn ei chynnal. Safodd y ddau yno yn y gegin, yn gwlwm disymud am rai munudau. Roedd ei chalon yn gweiddi arni i aros yno, i beidio â symud. Anwesodd Elise ei gwallt yn ysgafn. Roedd ei gyffyrddiad yn ei hesmwytho. Cododd ei hwyneb ato, a'i gusanu. Daeth yr awydd drosti i fod yn rhywle arall. Roedd arni angen dianc. Roedd hi eisiau nôl ei siôl, a'i mân bethau o'r siambr fach a gadael i Elise ei thywys oddi yno. Gallai weld y llwybr yn glir yn ei meddwl, y ddau yn rhedeg trwy'r goedlan fach, llaw Elise yn dynn am ei llaw hithau, yn ei harwain i lawr tua'r bwthyn. Gallai weld y drws yn agor, a hithau'n arogli'r aer myglyd yn y gegin. Gallai glywed camau eu hesgidiau ar yr ysgol oedd yn esgyn i'r llofft, teimlo'r canllaw yn arw ar gledr ei llaw, a'i hanadl yn cyflymu wrth iddo ei thynnu i lawr ar y gwely. Roedd arni angen gorwedd efo fo a chau'r drws yn dynn ar y byd oddi allan.

Daeth sŵn rhywun yn symud o'r siambr uwchben. Neidiodd Begw, ei meddwl yn symud yn ôl at y presennol a llaciodd gafael Elise.

'Gymri di ddiod?' gofynnodd. 'Wyt ti'n sychedig?' Roedd yn rhaid iddi symud, er bod pob gewyn yn gweiddi arni i aros yno, i sefyll yno yn y neuadd efo Elise.

'Beg, paid â mynd. Maen nhw'n iawn, mi fedran nhw wneud hebddat ti,' meddai, a thynhaodd ei freichiau amdani.

Daeth fflach o wylltineb drosti'n sydyn – doedd gan hwn chwaith ddim hawl disgwyl dim ganddi. Roedd hi wedi blino ar fod yn rhywun roedd pawb ei angen. Hyd yn oed Elise.

'Tyrd efo fi, Beg.' Ond prin sibrwd y geiriau wnaeth Elise. Roedd o'n gwybod ei bod wedi symud yn ei blaen i nôl dŵr i'r ddwy feistres a gysgai'n dawel yn y siambr uwch eu pennau.

12

'Nôl ar y traeth

D AETH LEWYS I lawr at y traeth. Doedd o wedi gweld fawr o neb ers gadael ei dad a Tudur ar y llwybr uwchben harbwr Bermo. Roedd dynion yn gweithio i lawr ger y dŵr, ar lan y Traeth Bach, a sŵn y morthwylion yn clecian ar hyd yr aber. Croesodd heibio i Ynys Gifftan, lle'r oedd rhywun wedi cynnau tân, a'r mwg yn troelli uwch y strimyn disglair o ddŵr a lifai'n ddiog i lawr tua cheg y traeth. Wrth nesu at lan ogleddol y Traeth Bach, gallai glywed sgwrs fywiog yn codi i'r awyr. Roedd dau weithiwr yno'n trin a thrafod digwyddiadau'r dydd heb ddeall bod eu sgwrs yn esgyn uwch eu pennau i bawb oedd ar gyrion y traeth y bore hwnnw ei chlywed yn eglur. Doedd fawr o bwys, meddyliodd Lewys. Doedd dim byd mawr yn cael ei ddadlennu, dim ond straeon pen pentan, ond mentrodd Lewys yn nes. Roedd o wedi adnabod y ddau ddyn – saer Abergafran a'i was oedden nhw. Roedd y ddau mor annhebyg i'w gilydd – y gwas yn fyr ac yn rholyn crwn fel casgen, a'r saer yn un rhimyn tal, tenau, fel petai'n bwyta gwellt ei wely.

'Duw fo gyda chi'ch dau,' galwodd Lewys wrth neidio o'r traeth i'r lanfa, lle'r oedd y ddau wrthi'n trwsio'r cwch bach.

'Duw fo gyda thithau, fachgen.' Craffodd y saer arno, gan godi ei law i gysgodi ei lygaid rhag yr haul. 'Dduw mawr, edrych pwy ydi o, Huwcyn!' Aeth ato i'w groesawu.

'O ble doist ti rŵan?' meddai'r gwas wedyn. 'A ble buast ti? Welas i mohonat ti ers misoedd, Lewsyn bach. Edrych pwy ma'r llanw wedi ei lusgo i mewn. 'Rarglwy' dwi'n falch gythral o dy weld di, fachgan.' Chwarddodd y gwas, gan ddod ato i'w daro ar ei gefn ac i holi a stilio.

'Lle ddiawl est ti, Lewsyn?' meddai'r gwas wedyn, mewn llais main fel petai'n hanner canu'r geiriau. 'Ma'r lle 'ma 'di bod yn rhyfadd hebddat ti, cofia, dim siâp croesi'r Traeth Mawr ar neb.' Chwifiai ei forthwyl yn yr awyr wrth ddweud ei ddweud. 'Ma hi'n beryg bywyd yno ers i ti fynd. Ac wedyn dyna Richard Llwyd druan wedi rhoi'i draed fyny hefyd; ac mae'r fistras 'na fel buwch 'di colli llo, yn rhusio a bygwth pawb a phob dim. A'r plant bach yna fel llau ar hyd lle ym mhob man yn nadu a hefru... ond wedi meddwl, 'Esu, dda i ti fynd pan est ti, Lewsyn bach, a chadw dy drwyn allan o'r cawdal i gyd.' Cyrhaeddodd ddiwedd ei frawddeg heb gymryd anadl, a'i wyneb crwn yn mynd yn fwy gwridog gyda phob ebwch.

'Ond lle buest ti, be bynnag, yn cymryd y goes fel 'na heb ddeud dim wrth neb?' Rhoddodd bwniad chwareus i ysgwydd Lewys gyda phen y morthwyl, gan wthio ei wyneb llydan yn agos, agos at drwyn Lewys.

'Gad i'r hogyn gael cyfle, Huwcyn,' meddai'r saer yn hwyllog. Cymerodd Lewys gam yn ôl, ond dal i'w ddilyn wnaeth yr wyneb mawr, nes gorfodi Lewys i gymryd cam arall i lawr i'r traeth, a'r dŵr yn troelli o amgylch ei draed. Chwarddodd Lewys.

'Paid â holi'r hogyn, Huwcyn. Dwyt ti fel y cwrt chwarter, myn diawl, gad iddo fo, be s'arnat ti?' meddai'r saer wedyn. 'Ty'd i fyny o'r dŵr yna, Lewsyn... mae dy draed di'n glychu yn fan'na. Gymri di fara a chwrw bach efo ni? Ddoist ti o bell?'

Neidiodd Lewys yn ei ôl i fyny i'r lanfa. Doedd o ddim wedi arfer gorfod ateb yr holl gwestiynau, ond doedd y ddau yma'n meddwl dim drwg. Roedden nhw'n falch o'i weld a theimlai gynhesrwydd yn eu holi. Mentrodd dynnu'r sgwrs yn ôl at drigolion y dafarn ar lan y Traeth Mawr.

'Sut mae pawb arall yn Nhy'n y Rhos felly?' holodd. Doedd

o ddim wedi dal yn iawn beth roedd Huwcyn y gwas wedi ei ddweud am Richard Llwyd. 'Ydi popeth yn dda yno?'

Dechreuodd Huwcyn gymryd diddordeb sydyn mewn carreg gron ar y llawr wrth ei droed, gan rowlio honno 'nôl a blaen. Adnabu Lewys y cipolwg sydyn a saethodd y saer at ei was – ei siarsio'n dawel i gadw ei geg ar gau ac i beidio â rhoi ei droed ynddi.

'Ydi pawb yno'n iach?' holodd Lewys wedyn.

'Wel, does fawr o hwyliau yno, sti, Lewys. Mi gawson nhw eu taro gan yr haint yno, wel'di.'

'Pwy?' Gallai Lewys deimlo ei galon yn curo, a dechreuodd weddïo o dan ei wynt.

'Mi ddaeth yna long i mewn, wel'di, a gadael rhyw druan ar y lan, ac mi aeth Richard Llwyd, un ffeind oedd o yndê, Lewys…'

'Yn wahanol iawn i'r sguthan wraig yna sydd ganddo fo.' Rhoddodd Huwcyn gic i'r garreg.

'Ia, paid â thorri ar draws, Huwcyn! Ia, un ffeind oedd Richard Llwyd. Mi aeth ati i'w ymgeleddu fo, sti, ac mi gafodd yr haint gythral afael arno… Fuo fo ddim yn hir, diolch i Dduw. Mae o yn y fynwant yn fan'cw, wel'di,' meddai'r saer gan amneidio yn ei ôl i'r de, ar draws y Traeth Bach am Lanfihangel y Traethau.

'Ond ydi'r lleill yno'n iawn? Chafodd neb arall ei daro?' Bron nad oedd Lewys yn teimlo ei hun yn gweiddi'r geiriau. Edrychodd y saer arno, a'i ben ar un ochr.

'Naddo, fachgen, maen nhw i gyd yn iach yno am y gwyddon ni, yn tydyn, Huwcyn?'

'Ydyn, mae pawb yn *iach* yno, beth bynnag,' meddai hwnnw, 'fel ag y maen nhw yno, yndê, Lewys.' Teimlodd Lewys y rhyddhad yn treiddio trwyddo fel dŵr y traeth.

'Ond pwy sy'n gwneud gwaith y cychwr felly?' holodd Lewys wedyn.

Edrychodd y ddau ddyn ar ei gilydd. Clywsent sôn fod yr hen Gychwr wedi dod yn ei ôl yno, ond wydden nhw ddim yn iawn chwaith. A ddylen nhw ddweud hynny wrth y bachgen? Wedi'r cwbl, roedd Lewys a Begw wedi gorfod gadael Ty'n y Rhos oherwydd i'r Cychwr adael. Cael ei hel oddi yno gan Stiward y Wern wnaeth y Cychwr, meddai rhai, ond doedd neb yn siŵr a oedd honno'n stori wir ai peidio.

'Dwi 'di clywed si fod yr hen Gychwr yn ei ôl hefyd sti, Lewys. Rŵan ta, dwn i ddim ydi hynny'n wir, ond mi ddeudodd rhywun iddyn nhw ei weld o'n croesi'r Traeth Mawr am Dy'n y Rhos.'

Yna, cofiodd y saer yn sydyn mai gorfod gadael oherwydd y Stiward wnaeth Lewys.

'Arglwydd Hollalluog!' ebychodd. Cofiodd am yr helynt hwnnw efo'r gyllell, a'r graith ar wyneb y Stiward. Faint oedd ers hynny? Oedd Lewys yn gwneud peth doeth yn dod yn ei ôl?

'Mae Stiward y Wern yn dal o gwmpas sti, Lewys...' mentrodd.

Nodiodd Lewys. Roedd o'n gwybod ei fod yn mentro, ond allai o ddim cadw oddi wrth y traeth am byth. Roedd o wedi addo i Sabel y byddai'n dod yn ei ôl i chwilio amdani.

'Ac mae o wedi cymryd gwraig, meddan nhw,' ychwanegodd Huwcyn. 'Ella bod gwell tempar arno fo rŵan sti. Ma cymryd gwraig un ai'n gwella tempar dyn neu'n ei yrru fo ffor' arall!'

'Be nath y wraig acw i ti felly, Huwcyn?' Winciodd y saer ar Lewys.

'Hy, dibynnu ar y llanw ma nacw sti, fel y rhan fwya o ferched – weithia'n fwyn ac weithia'n ffyrnig!'

'Dim ond gobeithio'r gorau felly, ynde?' meddai Lewys. 'Ei bod hi'n wraig go dda iddo fo, a bod hynny'n ddigon i'w gadw fo'n ddiddig!'

'Ia, Lewys, dwyt ti ddim isio'r diawl Stiward 'na ar dy ôl di!' ebychodd Huwcyn.

Trodd y saer a dechrau cerdded ar hyd y lanfa at un o'r bythynnod ger Abergafran.

'Ty'd i mewn i gael rhywbeth i'w fwyta,' cynigiodd, ond roedd

Lewys eisoes wedi llamu yn ei flaen i fyny tua'r groesffordd fyddai'n ei arwain i lawr dros y gefnen tua'r Traeth Mawr a Thy'n y Rhos.

Gwyliodd y ddau y llanc ifanc yn mynd.

'Duw gadwo di, 'ngwas i,' meddai'r saer yn dawel.

'Ia 'de, achos neith yr un cythral arall, yn siŵr,' meddai Huwcyn, a dilynodd y saer i'r tŷ.

13

Hel gwymon

'MARI, MARI!' GALWODD Lewys. Roedd wedi adnabod siâp y ferch allan ymhell ar y traeth. Gwyliodd hi'n plygu i godi twmpath o'r gwymon i'r car llusg. Roedd hi'n cadw'n rhy agos at ochr beryg y traeth, a'r tir a'r tywod sigledig.

'Mari!' galwodd eto, ond fedrai Mari mo'i glywed a'r gwynt yn cipio'i lais i fyny i'r awyr yn gymysg â chri'r gwylanod.

Fe ddylai fod yn iawn, meddyliodd, fe ddylai Mari fod yn deall y peryglon bellach. Roedd dwy flynedd wedi mynd heibio ers iddo fod allan ar y traeth yn dangos y llwybrau diogel iddi. Cofiai iddo ddangos iddi'r holltau dwfn y byddai'r llanw'n eu llenwi mor gyflym fel nad oedd gobaith i geffyl hyd yn oed ddianc o flaen y dŵr. Roedd hi wedi ei herio'r adeg honno, wedi taeru y byddai hi'n medru rhedeg cyn y llanw. Gwenodd wrth gofio iddo weiddi arni un tro am fod mor ddwl. Roedd hi wedi llenwi, ei chorff wedi chwyddo fel un ei mam, ei hosgo'n araf a llafurus. Druan â hi, meddyliodd, doedd dim o'i blaen ond gweithio fel hyn, allan ym mhob tywydd, yn hel gwymon cyn ei lusgo'n ôl yn y car llusg a'i wasgaru ar y tir. Fyddai neb yn ei chymryd yn wraig, nid â'i meddwl fel ag yr oedd o, yn araf a diddeall.

Chwiliodd y traeth , rhag ofn y medrai gael cip ar Sabel. Ond doedd dim golwg ohoni. Aeth heibio i'r tŷ mor dawel ag y gallai ac aros yng nghysgod y gelynnen i wrando, ond doedd dim sôn am Sabel. Roedd rhyw deimlad rhyfedd wedi cydio ynddo, fel petai'n gwybod rywsut nad oedd hi yno. Fentrodd o ddim at y drws. Doedd o ddim am ddod wyneb yn wyneb â'r fam, felly aeth yn ei flaen i lawr at y tywod agored.

'Mari!' gwaeddodd wedyn a dechrau rhedeg allan tuag at y car llusg. Fyddai'r llanw ddim yn troi am amser eto. Doedd dim brys. Tynnodd ei esgidiau a'u gosod yn y sgrepan ar ei gefn, yna dechreuodd redeg eto, ei draed yn dyrnu'r tywod meddal, a sgrialodd ambell aderyn yn swnllyd o'i lwybr. Gwaeddodd eto wrth weld y siâp tywyll yn troi i wynebu'r lan ac wedi plygu yn ei chwman, y rhaff yn ei llaw yn tynnu'r car llusg y tu ôl iddi. Arhosodd Mari a sythu. Arafodd wrth iddo nesu.

'Mari,' meddai, gan gymryd y rhaff oddi arni.

'Be w't ti'n neud, Lewys?' holodd Mari.

'Wedi dod i dynnu hwn i ti ydw i,' meddai gan wenu arni. Gwenodd hithau ei gwên lydan yn ôl, a'i llygaid yn syllu arno'n ddisymud. Doedd Mari ddim yn gwybod am deimladau fel swildod, fel merched eraill, a fyddai'n gostwng eu llygaid ac yn gwrido.

'Lle ti 'di bod, Lewys?' holodd.

'Yn bell i ffwrdd, Mari.'

'Ti 'di bod yn Werddon?'

'Naddo, ddim mor bell â hynny, siŵr iawn!' chwarddodd Lewys.

'Werddon sy'n bell i ffwrdd, yndê, Lewys?' Nodiodd Lewys. Roedd Iwerddon yn bell, mae'n debyg. Byddai'r milisia'n aros weithiau yn Nhy'n y Rhos ar eu ffordd i Iwerddon. Cofiai ei hun yn blentyn, yn union fel Mari rŵan – y lle pellaf ar wyneb daear iddo pan oedd yn blentyn oedd Iwerddon. Roedd y car llusg yn drwm i'w lusgo fel hyn ar draws y traeth.

'Mae gen ti ormod o lwyth yn hwn, Mari,' mentrodd.

'Nag oes, ma isio gwymon i dyfu llysiau iach, does?' mynnodd hithau. 'A 'dio'm yn drwm i fi sti.'

'Nachdi siŵr. Ti'n gryfach na fi felly, Mari.' Tynnodd Lewys wedyn a gwneud sioe fawr o ochneidio a chwyrnu, fel hen ful ar nogio. Chwarddodd Mari nes roedd ei llygaid yn dyfrio.

'Gwirion w't ti, Lewys, a gwan. Dwyt ti ddim yn gry' fel fi, nag wyt?'

Tynnodd y ddau y car llusg ar hyd y traeth nes iddyn nhw gyrraedd y cerrig llyfn ar geg y llwybr.

'Ble rown ni'r gwymon yma rŵan, Mari?' gofynnodd. Cymerodd Mari'r rhaff oddi arno a'i dynnu o afael y dŵr, yna trodd at Lewys.

'Rown ni o'n fan'na yli,' meddai. Yna pwysodd yn erbyn y clawdd a throi ei hwyneb at Lewys. 'Mae Tada 'di mynd, sti,' meddai, 'ond dwi'm yn gwybod lle mae o chwaith. Mae Sabel yn deud ei fod o ar y traeth yn rhywle, ond dwi ddim 'di weld o a dwi ddim yn meddwl bod Sabel yn iawn sti, Lewys, achos tasa fo ar y traeth, mi fasa fo'n dŵad i'n gweld ni yn basa? Wyt ti'n meddwl ei fod o ar y traeth, Lewys?'

Wyddai o ddim yn iawn sut i esbonio iddi, ond roedd o bob amser yn gwybod bod ei fam gydag o ar y traeth – roedd o wedi ei theimlo yno gydag o heddiw.

'Na, dydi o ei hun ddim yma sti, Mari,' meddai.

'Ond mae Sabel yn deud...'

Sut fedrai o esbonio, heb ei dychryn?

'Ydi, mae Sabel yn iawn – mae o yma os wyt ti am iddo fod yma sti.'

'Ond mi ydw i isio iddo fod yma, Lewys. Weithiau dwi'n gweiddi arno fo, ond dydi o byth yn atab.'

'Na, fedar o ddim atab, Mari, achos mae o wedi marw yn tydi, a does gan bobl marw ddim llais, ti'n gweld.' Gwrandawodd Mari arno'n astud. 'Ti'n cofio gweld y llamhidydd yna ers talwm, hwnnw oedd wedi ei olchi ar y lan?'

Gwasgodd Mari ei hwyneb yn dynn a chau ei llygaid, fel petai'n gwneud sioe o drio cofio. Yna goleuodd ei hwyneb. Oedd, roedd hi'n cofio.

'Mi oedd y llamhidydd wedi marw yn doedd, Mari, ond mi ddoth y llanw i'w nôl o, yn do?'

'Do.'

'A, wel, ma'n siŵr fod ei ysbryd o'n dal i nofio yn y môr yn rhywle sti.'

'Ydi o?'

Gwyddai Lewys ei fod yn mynd i ddyfroedd dyfnach na môr y Traeth Mawr hyd yn oed ac yntau ddim yn un o'r bobl yma a allai esbonio pethau, fel byddai rheithor neu ddyn y gyfraith yn medru'i wneud.

'Os ydan ni'n dal i gofio pobl sy wedi marw, cofio'r pethau ffeind roedden nhw'n neud, cofio'r ffordd roedden nhw'n gwenu, yna maen nhw'n dal efo ni, yn tydyn, Mari. Dwi'n dal i gofio'r llamhidydd, felly mae o dal allan yn y dŵr yna yn rhywle... A dwi'n meddwl fod dy dad yr un fath.' Caeodd ei geg yn glep. Nodiodd Mari. Roedd hynny'n esboniad digon da ganddi mae'n rhaid, oherwydd trodd ar ei sawdl a llamu am y tŷ.

'Mari, aros.' Roedd yn rhaid iddo gael gwybod lle'r oedd Sabel.

'Mae hi wedi mynd i'r Wern, Lewys. Yn y Wern ma hi, sti,' meddai cyn diflannu i grombil cegin Ty'n y Rhos.

14

Lewys a Sabel

SWATIODD LEWYS YNG nghysgod y coed. Gwelodd ferch yn dod allan i daenu dillad ar y llwyn, ond doedd ei hwyneb ddim yn gyfarwydd. Disgynnodd ar ei gwrcwd, a phenderfynu aros yno am sbel. Doedd o ddim am ruthro i'r buarth, dim ond ffŵl fyddai'n gwneud hynny. Roedd saer Abergafran wedi ei rybuddio bod y Stiward yn dal yno, a doedd wybod sut fyddai'n ymateb ar ôl deall ei fod o wedi dychwelyd. Arhosodd yn llonydd, llonydd, yno ar fin y goedwig. Roedd ei synhwyrau'n hollol effro. Draw yn y Wern gallai glywed lleisiau'n codi a gostwng, llais plentyn yn chwerthin a rhywun yn herio, ond doedd y llais ddim yn gyfarwydd. Deuai lleisiau ato o'r stabl, lleisiau'r gweision yn tratod hyn a'r llall, ond fedrai Lewys ddim clywed y geiriau chwaith.

I'r chwith iddo, ynghanol y brwgaitsh, roedd rhywbeth yn sythllwyro. Arhosodd yn dawel a daeth cwningen fach i'r golwg. Mynnodd Lewys i bob gewyn aros yn llonydd. Edrychodd y gwningen arno, ei thrwyn yn gryndod i gyd, ei llygaid tywyll yn syllu arno. Doedd arlliw o ddim yn y llygaid tywyll, dim byd i ddangos ofn na phryder – dim ond llygaid tywyll gwag.

Roedd coesau Lewys yn cyffio a sythodd yn araf. Llamodd y gwningen yn ei hôl i'r mieri o'r golwg, a chlywodd Lewys hi'n sgrytian mynd ymhellach, ei chynffon wen yn diflannu o'i olwg. Symudodd rhywun i lawr yn y Wern, a gwenodd Lewys. Daeth Sabel i'r golwg, ei chap gwyn yn daclus dros y tonnau o wallt melyngoch. Roedd ganddi fasgedaid o ddillad i'w taenu.

Cododd Sabel y dillad gwynion bob yn un, eu hysgwyd nes i'r plygiadau ddisgyn oddi arnynt, yna eu gosod yn daclus ar y llwyn. Gwyliodd hi'n gweithio'n gyflym, yn gwagio'r fasged, ei hwyneb yn canolbwyntio ar ei gorchwyl. Roedd hi'n dal yn ysgafn, yn eiddil yr olwg, er bod rhai rhannau o'i chorff wedi llenwi. Roedd hi'n dlws, yn gain, yn union fel y cofiai hi. Daeth awydd drosto i'w dal, ei thynnu ato, i arogli'r heli yn ei gwallt. Byddai'n gofalu amdani.

Roedd hi'n iach felly, a diolch i Dduw na ddaeth yr haint ar ei thraws. Roedd o wedi addo dod yn ei ôl, a diolchodd ei fod wedi cadw at ei air, ac wedi peidio mynd yn ôl i'r Nannau efo'i dad a Tudur.

'Hei,' galwodd yn dawel, gan chwerthin wrth weld Sabel yn codi ei phen i chwilio am y llais. Arhosodd yn y cysgod yr ochr arall i'r glwyd wrth dalcen y tŷ.

'Sabel,' galwodd wedyn. Rhoddodd y fasged i lawr, cyn mentro allan o'r buarth bach i chwilio am y llais. Pwysodd Lewys ei gefn i mewn i'r gelynnen fel na allai Sabel ei weld, ac wrth iddi fynd heibio iddo, estynnodd ei fraich allan i gydio ynddi. Rhoddodd hithau sgrech, a throi yn wyllt i'w gyfeiriad, gan feddwl mai un o'r gweision oedd yno'n herio.

'Paid,' dechreuodd, ond yna gwyliodd Lewys ei hwyneb yn newid, yn ei adnabod. 'Lewys, Lewys, chdi sy 'na? Be wyt ti'n neud?'

Chwarddodd yn ysgafn wrth i Lewys afael ynddi a'i thynnu ato. Swatiodd hithau yn ei afael, ond yna teimlodd ei chorff yn tynhau yn ei freichiau, a gwthiodd ei hun oddi wrtho.

'Paid,' sibrydodd. 'Rhaid i ti fynd o 'ma, Lewys.' Sythodd yn sydyn, a rhoi ei llaw at ei chap gwyn i wneud yn siŵr ei fod yn dal yn ei le. Gwyliodd Lewys y llygaid gwyrddion yn chwilio'n wyllt am arwydd fod rhywun wedi eu gweld.

'Rhaid i ti fynd, Lewys.'

'Pam?' gofynnodd, a gafael yn dynn yn ei llaw. 'Dwi wedi

dod yn ôl i dy nôl di, yli,' meddai wedyn gan chwerthin. Fe ddylai fod wedi dod i'w nôl yn gynt, ond wedyn, petai'r Stiward wedi ei weld… Siawns bellach na fyddai cof hwnnw wedi pylu rhywfaint. Ond fe allen nhw ddiflannu heb iddo weld dim o'u hôl. Fe ddylen nhw fynd ar eu hunion. Mi fedrai'r ddau fod yn ôl yn Llanfachreth erbyn fory. Roedd ganddo waith yno efo'i dad, ac mi fedrai ei chynnal.

'Mae gen i le i ni'n dau, Sabel. Dos i nôl dy bethau ac mi fedrwn ni adael rŵan.'

'Na, Lewys, fedra i ddim.' Prin glywed ei geiriau roedd o, a fedrai hi ddim codi ei phen i edrych arno.

'Be sy, Sabel?' Gwyliodd ei phen yn gwyro, a'r gwrid yn codi ar ei bochau. Gwyliodd ei dwylo yn codi i rwbio'r dagrau, rhag iddo eu gweld.

'Be sy, Sabel? Ty'd, mi fedrwn fynd rŵan!'

Daeth sŵn rhywun ar hyd y llwybr, a cheisiodd Lewys dynnu Sabel ato i gysgod y goeden, o'r golwg.

'Na!' meddai Sabel a rhuthro yn ei hôl trwy'r glwyd. Plygodd i godi'r fasged, a chlywodd lais Begw'n galw arni. Diolch i'r Arglwydd Hollalluog, meddyliodd, a rhoddodd air bach o weddi dawel.

'Fedri di ddod i fy helpu fi i nôl y gwlâu i lawr?' Daeth Begw draw at ei hymyl a sylwodd yn syth fod rhywbeth wedi ei chynhyrfu.

'Be sy?' holodd yna dilynodd lygaid Sabel, a daeth Lewys i'r golwg o'r cysgod.

Rhuthrodd Begw ato a chydiodd Lewys yn ei dwylo. Ai Lewys oedd o, neu a oedd ei llygaid yn chwarae triciau?

'Lewys!' galwodd. Edrychodd ar y dwylo yn cydio yn ei rhai hi. Synnodd at y dwylo mawr cras, nid dwylo llanc. Roedd o wedi newid, wedi lledu a chryfhau. Chwarddodd yn ysgafn – roedd hi mor falch o'i weld. Sylwodd ar ei ddillad, dillad cowmon, dillad dyn a gwaith ganddo, dyn â modd i'w gadw ei hun heb orfod chwilio am y crystyn nesa. Sylwodd ar y sgidiau lledr.

'Ma golwg lewyrchus arnat ti, Lewsyn. O ble doist ti?' Roedd o wedi gallu dianc yn ddigon pell o afael y gyfraith felly. Roedd hi mor falch o'i weld, ac mor falch ohono. Wedi'r cwbl, hwn oedd y bachgen bach a roddwyd yn ei gofal hi flynyddoedd ynghynt. Hwn roedd hi wedi gofalu amdano fel plentyn amddifad, fel brawd bach annwyl iddi hi.

'O'r Nannau. Yno rydw i, Beg, yn gowmon efo 'Nhad.'

'Mi wnest yn dda, Lewys… ond be wnest ti i ddod yn ôl rŵan?'

Sylwodd Lewys ar y newid, wrth i'r ddwy ferch edrych ar ei gilydd, ar yr olwg aeth rhyngddyn nhw. Roedd rhywbeth yn eu hanesmwytho. Wrth gwrs eu bod nhw'n bryderus – lle roedd y Stiward tybed? Ond os medrai berswadio Sabel i fynd efo fo i'r Nannau fyddai ddim rhaid i'r Stiward ei weld o gwbl. A ph'run bynnag, roedd gormod o amser wedi mynd heibio bellach siawns, fel na fyddai hwnnw eisiau dod â'r gyfraith yn ei erbyn. A phetai'n mynd yn achos llys, doedd gan y Stiward ddim tystion allai dystio drosto. Roedd Lewys bellach yn was parchus ac yn un o ddynion y Nannau. Gobeithiai y byddai hynny'n cyfrif am rywbeth.

'Wedi dod i nôl Sabel ydw i,' meddai, a chwerthin ar yr olwg ar wynebau'r ddwy. 'Mi wnes i addo, ti ddim yn cofio, Sabel?'

'Ond fedri di ddim mynd â hi, Lewys,' meddai Begw, ei dwylo'n plethu godre'i ffedog.

'Fedra i ddim dod efo ti, Lewys.' Er mai sibrwd y geiriau wnaeth Sabel, roedd rhywbeth ynddyn nhw oedd yn ddigon i sobri Lewys. 'Fedra i ddim dod efo ti, dwi ddim yn rhydd i ddod efo ti rŵan, Lewys.'

Symudodd at ei ochr, a theimlodd Lewys ei llaw yn cyffwrdd yn ei lawes, yn mynnu ei fod yn deall rhywbeth.

'Mi ydw i'n wraig briod rŵan.'

Teimlodd ei anadlu'n cyflymu, y gwres o gynddaredd yn chwyddo yn ei gorff. Sut medrai Sabel fod wedi gwneud hyn? Ysgydwodd Lewys ei ben. Sut medrai hynny fod? Hon roedd o wedi dod yn ei ôl i chwilio amdani, wedi ei rhoi ei hun i rywun arall?

'Ond mi ddeudis i y baswn i'n dod yn ôl, Sabel,' meddai.

'Chafodd hi ddim dewis, yn naddo...' Begw oedd yno, ond doedd Lewys ddim am glywed. 'Chafodd hi ddim deud!' Roedd Begw'n gweiddi arno.

Roedd Begw wedi meddwl y byddai Lewys yn deall. Doedd pobl fel nhw ddim yn cael dewis, fe ddylai Lewys wybod hynny. Pa ddewis gafodd Sabel erioed? Na hithau chwaith? Rhywbeth i'r bobl fawr oedd dewis – pa wisg i'w gwisgo, neu pa fwyd i'w fwyta. Doedd bywyd iddyn nhw ddim yn ddewis rhwng gŵn o sidan gwyrdd neu fantell o felfed coch. Doedd dewis ddim yn dod i fywydau pobl fel Begw a Sabel. Gwibiodd ei meddwl at Margaret yn brodio yn y siambr uwchben, a sobrodd. Doedd gan honno ddim hawl i ddewis go iawn chwaith.

'Paid â gweld bai ar Sabel.' Trodd ei llygaid yn wyllt ar Lewys.

'Paid, Beg, mi ddaw i ddeall.' Cododd Sabel ei phen i edrych ar y dyn roedd hi wedi ei garu. 'Dwi'n wraig i'r Stiward rŵan, Lewys. Fedra i ddim dod efo ti.' A chododd y fasged ddillad i fynd i'w chadw.

15

Trefn

'MI GLYWES FOD y bachgen yna yn ei ôl – Lewys ap Rhys.'

Roedd pawb wedi codi o'r bwrdd, pawb ond y Stiward. Brysiodd Begw i gadw'r llestri a gweddillion y bara rhyg. 'Waeth i ti heb â chymryd arnat, Begw, mi wn dy fod yn gwybod ei fod yn ei ôl.'

'Ydi, mae Lewys yn ei ôl, ond be am hynny? Beth sydd a wnelo hynny â fi?'

'Does dim croeso iddo fo yn fan hyn. Mi fedraf fynd â'r cythral bach i gyfraith eto am beth wnaeth o i mi,' a chyffyrddodd â'i foch.

'Does dim i'w weld ar dy foch di, a does neb yma fedr dystio yn ei erbyn o, felly waeth i ti heb â meddwl am ddial.'

Mynnai Begw bod ei llais yn aros yn dawel a digynnwrf.

'Mi fedri *di* dystio yn ei erbyn o, Begw. Mi welest ti beth wnaeth o i mi, sut y dwynodd o'r gyllell o 'ngwregys i a'i defnyddio hi wedyn.'

'Nid felly roedd hi.' Teimlai Begw oerfel yn cydio ynddi, yn codi o'r crawiau cerrig ar y llawr ac yn treiddio trwyddi.

'Ie, felly roedd hi, Begw. Mi fedrwn i fynnu dy fod di'n tystio yn ei erbyn taswn i'n troi fy meddwl i hynny.'

'Mi fedra inna ddwyn anfri yn dy erbyn di am drio fy nhagu fi. Mae gen inna dystion i hynny.'

'Hy, wnes i ddim byd i ti, dim ond beth dyla pob meistr gwerth ei halen ei wneud, dy gymell di i wneud dy waith yn iawn yn lle segura'n gwrando ar bobl fawr yn siarad. Does yna'r un ddeddf yn erbyn hynny yn y wlad yma. A phwy fyddai dy dyst di felly?' Trodd i gydio ym mraich Begw, wrth iddi geisio mynd heibio iddo am y drws. 'Pwy fyddai dy dyst ti, Beg? Y llipryn rheithor yna? Oedd gen ti gleisiau, oedd, ar dy groen glân, gwyn, ac mi wnest ti eu dangos i hwnnw, do? Diawl o reithor ydi o. Dim ond un gair wrth Syr John Wynne ac mi fedra i droi Elise Lloyd allan ar ei drwyn, dim ond i ti gael dallt.'

Safodd Begw yno, ei law yn gwasgu i mewn i'w braich. Roedd hi'n sownd yn ei afael.

'Mi ga i ddial ar yr hogyn yna, Begw. Deud di hynny wrtho fo. Mi fasa'n well iddo hel ei draed o 'ma os gŵyr o be sy'n dda iddo fo.'

Gollyngodd y Stiward hi, nes y bu'n rhaid iddi gydio yn ymyl y bwrdd i sadio. Eisteddodd yntau yn ei ôl.

'Dial ar bwy? Pwy sydd eisiau dial?'

Roedd Margaret Wynne wedi dod i'r drws. Daeth â'i hambwrdd piwtar at y bwrdd mawr, a'i osod yn ofalus o flaen y Stiward. Sylwodd hwnnw'n syth ar weddillion y bwyd oedd arno, y bara gwenith gwyn, a'r tafelli o gig da wedi eu gadael ar ôl. Sylwodd ar y llestri gwydr a'r gwpan gwin. Teimlodd y bara rhyg trwm yn swmp ar ei stumog. Rhegodd y feistres o dan ei wynt. Mi allai yntau fyw fel bonheddwr ac wrth gofio am y gostrel frandi yn ei gwpwrdd daeth teimlad bodlon drosto. Roedd o'n ei haeddu, wedi'r cyfan. Pwy ond fo oedd yn cadw trefn ar y lle yma, a'r meistr ifanc i ffwrdd ymhell ar y cyfandir?

'Be ydi'r sôn yma am ddial?' mynnodd Margaret wedyn.

Cododd y Stiward. Roedd ganddo waith i'w wneud. Sodrodd ei lygaid ar Begw a dweud,

'Nid dial – dim ond dod â'r drygioni i'r amlwg a dod â'r treisgar at y gyfraith. Dyna'n dyletswydd ni i gyd, dwi'n siŵr y cytunwch chi, feistres?' Trodd gan wenu a phlygu ei ben yn wylaidd o flaen Margaret.

'Wrth gwrs mai dyna dy ddyletswydd. Pa ddrygioni, felly? Oes yna rywun y dylen ni ei wylio?' Cododd Margaret ei llaw at ei gwddf. Fe wyddai am y criw meddw fyddai weithiau'n codi helynt i lawr wrth y traeth. Fe glywodd hefyd fod ei thad yng nghyfraith wedi dod â grym y gyfraith i lawr ar gefnau criw o giwed tebyg a'u hel o'u cartrefi. Felly y dylai fod, wrth gwrs. Dyna oedd dyletswydd y teuluoedd bonedd – cadw cyfraith a threfn.

'Does dim lle i drais yma. Gwna'n siŵr fod unrhyw helynt yn dod i sylw'r siryf,' meddai wedyn.

Cododd y Stiward ei het o'r bwrdd, plygu ei ben eto a gwenu.

'Wrth gwrs, feistres, mi wnaf. Peidiwch â cholli cwsg dros beth glywsoch chi heno. Mae'r Wern yn ddiogel, mi wnaf i'n siŵr o hynny.'

Wedi iddo adael eisteddodd Margaret wrth y bwrdd. Roedd Leila wedi cysgu o'r diwedd. Bu Elin yn canu hwiangerddi iddi a hithau'n eistedd wrth y ffenestr yn gwylio'r môr yn llenwi'r Morfa Gwyllt. Roedd y fechan wedi cael gormod o sylw ers ei salwch, fe wyddai Margaret hynny, ond roedd hi mor falch o'i gweld yn cryfhau fel na fedrai ond plygu i bob dymuniad a wnâi'r fechan. Am funud fedrai Begw ddim symud, roedd geiriau'r Stiward yn troelli'n fwrllwch tywyll yn ei phen.

'Wyt ti'n meddwl mai'r tywydd poeth yma sy'n anesmwytho'r bobl?' holodd y feistres, a'i meddwl yn chwilio am bryder newydd, rŵan fod Leila'n well.

'Na, does yna ddim helynt, paid â chymryd sylw o'r Stiward. Dim ond ceisio ein dychryn ni mae o.'

Rhuthrodd y geiriau, bron yn sgrech. Fedrai Begw ddim dioddef meddwl am ddial y Stiward, ond gwyddai'n iawn nad geiriau gwag oedden nhw. Ochneidiodd.

'Ond os oes yna gynnwrf i lawr tua'r traeth mi ddylwn i roi gwybod i Syr John,' meddai Margaret wedyn.

'Does yna ddim cynnwrf, wir.' Ceisiodd dawelu ei llais, ond roedd ei geiriau'n rhy egr, yn rhy frysiog, yn rhy ddiamynedd. 'Dim ond sôn am helynt ddigwyddodd flynyddoedd yn ôl roedd o, ond does yna ddim achos i ti boeni na galw neb yma.'

Edrychodd Margaret arni, ond welai hi ddim cysgod o ddim yn wyneb Begw, na sylwi ar yr ymbil taer yn ei llais. Mynnodd Begw i'w gwefus droi'n wên, a chododd i fynd i gadw'r bwyd i'r pantri bach.

'Ydi Leila'n cysgu?' sibrydodd. 'Pam nad ei di allan i'r ardd am funud? Mae hi'n noson braf, Margaret.'

'Ddoi di efo fi?'

Aeth y ddwy allan i gerdded rhwng y rhesi lafant. Fedrai Margaret ddim meddwl am unman mwy heddychlon na Llanfrothen a'r haul yn taenu mantell aur dros y traeth a'r Morfa. Gwthiodd Margaret ei braich trwy fraich ei morwyn yn fodlon.

'Mi wyt ti'n iawn, Beg, fel arfer,' meddai.

O'i mynwes tynnodd y llythyr y daeth un o ddynion Gwydir iddi, ac agor y papur. Cododd y darn papur brau.

'Llythyr gan Siôn Wynne,' meddai. 'Mae ar arfordir Genoa bellach, wyddost ti – yn yr Eidal. Mae o'n dweud fod y glannau fel arfordir Ardudwy, ond yn fwy gwyllt fyth. Wyt ti'n meddwl ei fod o'n dechrau hiraethu am gael dod yn ei ôl adre, Beg?'

'Ydi'n siŵr felly, yn tydi Margaret? Fe gest ti lythyr ganddo.'

'Llythyr i'r Foneddiges Sydney Wynne ydi o, ond mae o'n holi amdanaf fi, wyddost ti...' Gwenodd yn wan ar Begw. Yna sioncodd eto, '... ac mae o wedi bod yn edrych ar erddi yno. Maen nhw'n cronni pyllau bach, ac yn symud creigiau i greu gerddi lle medr blodau'r mynydd wreiddio... Wyt ti'n meddwl y daw o â phlanhigion felly yn ei ôl yma i'r Wern? Mi fydd yn rhaid eu cadw'n llaith mewn mwsog, yn bydd, ond os ydi'r lle mae o ynddo yn debyg i Ardudwy, yna mi ddylen wreiddio, yn dylen?'

Rhoddodd y llythyr yn ei ôl ym mhlygiadau ei gwisg. Plygodd i archwilio'r lafant, gan dynnu chwynnyn yma ac acw.

'Rhaid i mi gadw trefn ar y gwlâu yma, wyddost ti, eu cadw'n berffaith iddo. Mae o'n hoffi trefn ar bethau. Mi fydd popeth yn dda eto, wyddost ti, Beg, pan ddaw yn ei ôl.'

'Bydd, siŵr,' meddai Begw, a gadawodd y feistres yn yr ardd yn tendio ei blodau.

16

Y Cychwr

ROEDD Y CYCHWR wedi gwenu pan welodd Lewys yn aros amdano wrth y cwch. Mi fedrai wneud efo pâr o ddwylo cryfion. Roedd ganddo griw yn barod i groesi am Benmorfa – gallai wneud defnydd o'r ddau gwch heddiw felly. Estynnodd y rhaff i Lewys. Doedd dim angen dweud dim, felly wnaeth o ddim byd ond troi a mynd i weiddi ar y criw cyntaf o deithwyr i ddod i lawr at y cwch. Edrychodd Lewys ar y rhwyfau. Roedden nhw wedi eu gosod yn union ar gyfer ei gilydd, yn unionsyth, fel arfer. Roedd yn rhaid i bopeth gan y Cychwr fod yn berffaith, yr un ddefod, yr un gofal arferol. Dim ond un ddamwain fu erioed yn hanes croesi'r traeth gyda'r Cychwr yn y cwch. Ond nid bai'r Cychwr oedd hynny chwaith, a wyddai o mo'r manylion yn iawn, dim ond mai ei fam a gollwyd y noson honno.

Trodd Lewys oddi wrth y traeth, a dilyn y Cychwr i fyny tua'r tŷ. Gwyliodd y teithwyr yn dod i lawr y llwybr bach, a brysiodd i roi cymorth gyda'r llwytho. Roedd yna ŵr bonheddig a'i wraig, a dyfalodd Lewys mai merch iddynt oedd y llall, angen mynd drosodd am Eifionydd. Un o ddynion bonheddig Ardudwy, yn anfon ei ferch at un o deuluoedd boned Llŷn neu Eifionydd – Talhenbont efallai? Beth oedd eu neges tybed? Beth fyddai diben eu siwrne? A fyddai hon yn fodlon ar ei chartref newydd, a'i chymar? Roedd ei dillad yn foethus, ei gwallt wedi ei drwsio'n gelfydd, ond doedd hi ddim yn dlws, nid fel roedd Sabel yn dlws. Roedd rhywbeth yn drwm am ei ffordd hi, yn llonydd a disymud, doedd dim bywyd ynddi. Doedd ganddi mo'r ceinder oedd yn perthyn i Sabel, dim o'r ysbryd byw a nodweddai Sabel. Ei Sabel ef. Rhoddodd Lewys sgwd egr i'r coffor. Petai'n ŵr bonheddig, fyddai neb wedi dwyn Sabel oddi arno fel gwnaeth y Stiward. Teimlodd y gynddaredd yn dod drosto'n don eto. Llusgodd Lewys y coffor trwm i lawr y llwybr ar y car llusg, a bu'n rhaid i'r Cychwr neidio o'r ffordd. Edrychodd ar y bachgen. Roedd rhywbeth yn bod, ond er y gwyddai'r Cychwr hynny, fedrai o ddim troi'r chwilfrydedd yn gwestiwn chwaith.

'Lewys, rw't ti'n rhy wyllt heddiw,' meddai. Roedd ei symudiadau sydyn yn anesmwytho'r Cychwr. Ceisiodd dawelu. Daeth y Cychwr ato, ei symudiadau'n araf a gofalus. Cododd y ddau y polion at ymyl y cwch, er mwyn medru rhowlio'r coffor trwm i mewn a'i osod yn ofalus ar waelod y cwch. Ceisiodd Lewys ddyfalu beth oedd ynddo. Digon o aur i brynu tiroedd Eifionydd a Llŷn yn gyfan, yn ôl ei bwysau. Roedd hon yn wraig o werth felly, yn gallu dwyn y fath gyfoeth. Ceisiodd Lewys edrych arni, edrych yn ei llygaid. Oedd hon yn mynd i freichiau rhywun fyddai'n gofalu amdani? Oedd y dyn yr oedd hi'n mynd i'w briodi yn mynd i'w thrysori? Ynteu dim ond disgwyl am y trysor yn y coffor fyddai o? Fedrai o ddim dirnad yr olwg ar ei hwyneb, doedd hi ddim am godi ei llygaid o waelod y cwch.

Brysiodd Lewys i'r cwch arall lle'r oedd dau fardd a thri o aelodau'r milisia yn eistedd yn barod. Cyfarchodd nhw, a gwthio'r cwch i'r dŵr. Rhwyfodd nes iddo gyrraedd allan i lif y cerrynt. Roedd y Cychwr a'i griw bonheddig yn y cwch arall yn brysio mynd o'i flaen. Gwrandawodd ar sŵn y rhwyfau'n taro'r dŵr, a'r tonnau bach yn llepian ar yr ochrau. Roedd un o'r hen feirdd yn hepian cysgu, ei ben yn hongian yn llipa. Chwarddodd y lleill wrth ei weld yn cysgu fel dyn meddw, heb ddim rheolaeth dros ei ben trwm.

'I ble'r ewch chi'ch dau?' holodd un o'r milisia.

'Cychwyn ar daith glera rydan ni, gan fod y tywydd yn dda,'

meddai'r ieuengaf o'r beirdd. 'Mi awn ni draw am Gaernarfon, mae'n debyg, mi gawn weld...'

'A be 'newch chi, palu clwydda yn eich cywyddau fel arfar?' meddai un o'r milisia. Chwarddodd y ddau arall.

'Ia, debyg iawn, ond os ydi hynny'n rhoi llond cylla o fwyd i mi a cheiniog neu ddwy yn fy mhwrs i, i be awn i ddeud y gwir, yntê?' atebodd y bardd.

'Ia, mae'n debyg.' Cytunodd hwnnw.

'A be 'di'ch neges chitha'ch tri?' Ei dro o oedd holi rŵan. Edrychodd y ddau hynaf yn anesmwyth braidd. Doedden nhw ddim i fod i drafod gwaith y siryf, ond sythodd yr ieuengaf. Newydd gael lle efo'r milisia oedd o, ac yn falch iawn o'i safle.

'Ma ganddon ni waith pwysig, sti, nid rhyw raffu odla a chlwydda.'

'O?' holodd y bardd.

'Mynd i chwilio am ryw gythral sydd wedi dwyn gwarth ar deulu Gwydir ydan ni... mi geith ei grogi'n siŵr i ti...'

'O, a phwy ydi'r dihiryn yma, felly? Gwas y diafol, siŵr, yn gweithio yn erbyn Gwydir fawr. Ond mi fydd yn diodda grym y gyfraith dan dy law ddeheuig di heddiw felly?' holodd y bardd.

'Be?'

'Pwy ydi'r cnaf 'ma rwyt ti'n mynd i'w ddal?' Roedd y bardd yn mwynhau ei hun, ond rhoddodd un o'r lleill gic i'r milwr ifanc cyn iddo rannu'r gyfrinach. Ond wnaeth hynny fawr i ddifa ei frwdfrydedd. Dechreuodd fynd i hwyl yn rhestru'r holl ddihirod y bu iddo eu dal dros y misoedd, a beth oedd eu cosb nhw i gyd bob yn un. Ceisiodd Lewys anwybyddu brwdfrydedd y milwr ifanc. Pwy bynnag oedd y dihiryn druan, gwyddai Lewys fod rhai gwaeth yn dal â'u traed yn rhydd.

'Gwrachod! Welest ti rioed ffasiwn beth, sti. Mi fasa'n dychryn y gwallt oddi ar dy ben di, was, tasat ti'n eu gweld nhw. Am betha felly sydd isio i chi ganu – rhybuddio pobl dduwiol y siroedd 'ma i gadw eu hanifeiliaid o fewn golwg.'

'O?'

'Witsio gwarthag a geifr oeddan nhw, ac yn llafarganu a sgrechian. Mi fuon ni'n eu hela nhw am wsnosa.'

'Ac mi ddalsoch chi nhw, felly? '

'Arglwy', Robat, cau dy geg wir Dduw!' meddai'r hynaf.

Dechreuodd Robat chwarae efo carrai ei siyrcyn:

'Wel naddo, mi ddengodd y rheiny, fel mae hi weithia. Fedrwn ni ddim dal pob un, wrth gwrs, a dyna brofi fod y diafol yn eu gwarchod nhw'n 'de? Neu mi fasan ni wedi eu dal nhw, siŵr i ti.'

Bu pawb yn dawel wedyn am sbel, wrth i symudiad y cwch eu suo i freuddwydio ac i bendwmpian. Erbyn hyn roedd yr haul ar ei uchaf, a'r awyr uwch y traeth yn ymestyn fel mantell o sidan glas uwch eu pennau. Fe ddylai fod yn fodlon ei fyd, meddyliodd Lewys, yn ôl ar y traeth yn gweithio ochr yn ochr â'r hen Gychwr eto, yn ôl lle'r oedd presenoldeb ei fam yn ei amgylchynu, yn ei gysuro. Ond fedrai Lewys ddim cael wyneb Sabel o'i feddwl. Ddylai o ddim rhoi'r bai arni am nad oedd ganddi hi ddim dewis. Sawl gwaith roedd Begw wedi dweud hynny wrtho? Roedd hi wedi gwylltio efo fo yn y diwedd, wedi ei regi am fod mor benstiff. Roedd yntau wedi troi ei gefn arni ac wedi ei chyhuddo hithau o fod â rhan yn y trefniant. Fe ddylai fynd yn ei ôl i ymddiheuro. Daeth yr ysfa drosto i fynd yn ei ôl. Doedd ganddo ddim hawl rhoi'r bai ar Begw fel yna. Roedd yn rhaid iddo fynd i'w gweld.

Wedi cario'r teithwyr i ben eu taith, croesodd Lewys yn ôl. Tynnodd y cwch i fyny at y lanfa, a'i chlymu.

'Fydda i'n ôl yn hwyr,' meddai a nodiodd y Cychwr. Roedd yn well ganddo fod ar ei ben ei hun yn yr helm. Fe ddeuai un o'r merched â bwyd a diod iddo cyn iddi nosi, a byddai yntau'n rhoi'r arian iddi i fynd i'r ddynes yn y tŷ. Felly y byddai'r Cychwr yn meddwl amdani – fel y ddynes. Doedd o ddim eisiau mynd ar ei chyfyl. Doedd hi ddim llawn llathen.

17

Ymddiheuro

Safodd yno, ei gap yn ei law. Doedd hi ddim am wneud pethau'n hawdd iddo chwaith, ddim am ddangos ei bodlonrwydd gyda'i ymddiheuriad mor hawdd â hynny.

'Mi wyt ti'n rhy siŵr ohonat ti dy hun, Lewys, ers i ti fynd i ffwrdd. Dyna fo, un felly fuo dy dad, 'run fath yn union – herio ffawd o hyd. Disgwyl i bawb aros amdanoch chi a wedyn gweld bai pan na fydd pethau'n digwydd fel basach chi'n disgwyl iddyn nhw neud. Does gan bobl fel ni ddim dewis, yn nag oes? Mi ddyliat ti o bawb wybod hynny, Lewys.'

Nodiodd arni, ond roedd ei waed yn dal i ferwi. Fedrai o ddim hyd yn oed edrych ar ddrws tŷ'r Stiward – roedd meddwl am beth fyddai'n digwydd y tu ôl i'r drws hwnnw'n ddigon i wneud iddo fod eisiau malu pethau, neu frifo rhywun.

'Ddylet ti ddim dod yma, Lewys. Dydi o ddim yn ddyn i'w groesi. Gad lonydd i bethau.'

'Dwi'n gwybod, Beg, ond fedra i ddim gadael llonydd i bethau. Wyt ti wedi gweld Sabel?'

'Do siŵr, ac mae hi'n iawn. Mae hi mor fodlon ei byd ag y gall hi fod. Mae hi'n deall beth ydi ei dyletswydd hi, Lewys, a dwyt ti ddim i fynd i fusnesa.' Gwyliodd y bachgen yn sefyll yno ynghanol y gegin, ei gap yn ei law a'r olwg ddryslyd yna ar ei wyneb. Roedd hi'n adnabod yr olwg. Byddai wrthi'n pwyso a mesur pethau, fel y byddai pan oedd yn fachgen bach – meddwl a methu â pheidio meddwl, troi pethau'r ffordd yma a'r ffordd acw. Cofiai sut y byddai'n galw arni yn y nos weithiau, pan fyddai'n methu cysgu, a hithau'n mynd i gynhesu llaeth iddo, canu hwiangerddi, adrodd straeon am fôr-forynion a physgod rhyfeddol. Tosturiodd wrtho.

'Mae Sabel yn iawn, Lewys, paid â phoeni yn ei chylch. Gofala di am dy groen dy hun. Pam nad ei di'n ôl at dy dad i Lanfachreth?'

Gwenodd Lewys arni – na, doedd o ddim am fynd i unman.

'Falle dy fod yn iawn, Beg. Mi wna i aros i helpu'r hen Gychwr yn Nhy'n y Rhos am dipyn, ac wedyn pan ddaw'r ha' i ben, mi af yn fy ôl am y Nannau.'

'Ty'd rŵan ta, at y bwrdd. Dydi'r Stiward ddim o gwmpas, mae o wedi mynd â gwartheg am Ddolwyddelan, fydd o ddim yn ôl tan fory. Mi fedri aros am funud i gael rhywbeth i'w fwyta. Ty'd i ddeud hanes y Cychwr wrtha i. Ydi o'n gallu gneud efo dynes Ty'n y Rhos? Sut mae o'n gneud, d'wad? Ydi o'n mynd i'r tŷ?' Fedrai hi ddim dychmygu sut y byddai'r hen Gychwr a'i ffyrdd rhyfedd yn medru ymdopi â dynes fel meistres Ty'n y Rhos. Cofiodd sut y bu'n rhaid iddi hi ddysgu am ffyrdd rhyfedd y Cychwr, ei arferion pendant, a'i ddefodau bach cyfrin. Bu'r ddau wrthi'n hel atgofion yno wrth fwrdd y gegin nes i'r haul ddechrau suddo tua'r gorllewin.

Roedd gan Begw waith i'w wneud, ac roedd Leila a Margaret wedi dychwelyd ar ôl ymweld â theulu'r Parc. Cododd Begw ac aeth i ddechrau trin y llysiau roedd Elin wedi eu casglu i wneud potes.

'Dwi'n falch dy fod yn gweld synnwyr, Lewys. Dos felly, a phaid â brysio yn dy ôl. Deud wrth y Cychwr 'mod i yma. Cymer ofal.' Trodd oddi wrtho, ac aeth Lewys allan.

Daeth Leila i mewn a gwenodd Begw o'i gweld yn edrych yn iach, ei bochau'n wrid, a'i llygaid yn dawnsio. Roedd golwg fodlon ar ei mam hefyd. Dilynodd Margaret y fechan gyda'r baglau bach pren, a'u gosod i bwyso ar ymyl y bwrdd.

'Mi ddoist heb dy faglau, Leila?' gofynnodd Begw.

'Do, dwi ddim isio nhw rŵan,' meddai Leila a gwthio ei hwyneb i gôl Begw. 'Dwi'n gallu mynd yn iawn rŵan sti, Beg, dwi ddim isio nhw!'

Chwarddodd Margaret. 'Mae hi'n cerdded yn dda wyddost ti, Beg, yn dawnsio mynd, yn dwyt ti, Leila?'

Cododd Begw'r fechan a'i chario at y fainc hir o dan y ffenestr iddi gael tynnu ei hesgidiau. Cymerodd gip allan i'r buarth. Trawodd rhywbeth hi yn ei chylla, a rhegodd o dan ei gwynt. Roedd hi wedi gweld drws bwthyn y Stiward yn cau yn sydyn, ond nid yn ddigon sydyn fel na welodd hi gefn Lewys yn diflannu trwyddo.

***

Stwyriodd Sabel yn ei freichiau. Clywodd Lewys geiliog yn rhywle. Roedd hi'n fore, a gwyddai fod yn rhaid iddo adael. Cododd ar un penelin, ac edrych eto ar y ferch wrth ei ymyl, ei gwallt yn donnau dros ei hwyneb, ei hanadlu'n ysgafn, a chroen esmwyth ei bron yn wyn a glân. Roedd popeth amdani'n ddilychwin, er gwaethaf dwylo garw'r Stiward ddiawl. Agorodd Sabel ei llygaid yn gysglyd, fel petai wedi synhwyro bod rhywun yn ei gwylio. Gwenodd, cyn cofio nad yma yn nhŷ'r Stiward y dylai Lewys fod. Cododd yn wyllt, ei gwallt yn syrthio dros ei hysgwyddau, a chwilio am ei dillad ynghanol y carthenni.

'Aros!' meddai Lewys.

'Mae hi'n fore, ac mi fydd yn ei ôl unrhyw funud! Mae'n rhaid i ti fynd, Lewys.'

'Ond fydd o ddim yn ôl mor fore, siŵr. Dydi hi ddim ond newydd wawrio, ty'd yn dy ôl am funud, Sabel.'

Gwyliodd Lewys hi'n gwibio i lawr yr ysgol am y gegin, gan wisgo ei dillad amdani a cheisio cael trefn ar y gwallt gwyllt. Sgubodd ei gwallt yn gwlwm a'i glymu o fewn carchar y capan gwyn, ac roedd hi wedi diflannu eto, yn wraig i rywun arall, allan o'i gyrraedd. Gwyddai na fyddai Sabel yn ymlacio wedyn nes y byddai wedi gadael yn ddiogel. Brysiodd yntau i lawr i'r gegin fach, ei dal hi a'i thynnu ato. Roedd arogl ysgafn y lafant a grogai o'r distiau ymhlyg yn ei dillad a'i gwallt, ond rywsut roedd ei gwallt yn ei atgoffa o'r traeth, yr heli'n gymysg â'r haul ar y tywod cynnes. Fe ddaliai Sabel ddirgelwch ac ysbryd y traeth ynddi. Gwasgodd hi'n dynn ato, a'i chusanu. Roedd ei dynerwch yn lleddfu peth ar ei phryder, a chusanodd hi'n araf a gofalus. Doedd yr un o'r ddau am wahanu, ond gwthiodd pelydrau'r haul i mewn rhwng styllod y ffenestri. Roedd hi'n bryd iddo adael.

O'i llofft yn y Wern, gwelodd Begw ddrws tŷ'r Stiward yn agor yn araf, a Sabel yn dod dros y rhiniog. Gwyddai o'i symudiadau bach cyflym mai dod allan i sicrhau llwybr diogel yr oedd hi. Gwyddai Beg yn iawn pwy fyddai'n ei dilyn. Aeth Sabel yn ei hôl yn frysiog i'r tywyllwch ac yna daeth Lewys i'r golwg. Ochneidiodd – roedd hi'n ei hôl yn Nhy'n y Rhos, yn dwrdio, yn ceisio perswadio'r bachgen bach penstiff i beidio â dilyn y Cychwr, i beidio â mynd ar y traeth lle'r oedd y tywod sigledig, yn ei rybuddio am beidio â chrwydro'n rhy bell o'r llwybrau diogel, am beidio â mynd â'r cwch allan y tu hwnt i drwyn yr Ynys Gron. Faint mwy o rybuddio fyddai'n rhaid iddi ei wneud? Roedd o fel erioed, yn anwybyddu ei chynghorion. Cyflymodd Lewys heibio talcen y tŷ, ac at y glwyd. Yna cododd ei ben tua'r ffenestr a gweld Begw'n ei wylio. Gwenodd arni, yn swil. Fe wyddai hi'n iawn am yr olwg yna yn ei lygaid, y cyfaddefiad ei fod yn gwybod mai hi oedd yn iawn. Yna dechreuodd lamu, a symud yn heini ac ysgafn nes iddo gyrraedd godre'r goedlan. Safodd ac edrych yn ei ôl, cyn ailgychwyn i fyny at y llwybr ac i gysgod y bedw. Symudodd Begw o'r ffenestr, a brysio at waith y dydd.

18

Rhuban

ROEDD HI'N GANOL bore cyn i'r dynion ddychwelyd wedi eu taith efo'r gwartheg. Roedd hwyliau da ar bawb, a'r gwres yn llai llethol na'r dyddiau cynt. Eisteddai Sabel wrth y bwrdd yn mynd drwy'r ffa, yn mynnu bod ei dwylo crynedig yn llonyddu, bod ei chalon yn tawelu. Agorodd bob coden yn ofalus i ddangos y rhesen ffa yn ei gwely. Gorffennodd y dynion eu bwyd a chodi i fynd allan yn ôl at eu gwaith. Doedd neb ar ôl ond y Stiward a hithau.

'Rwyt ti'n brysur, Sabel,' meddai, gan dynnu'r stôl yn nes ati. Daliodd hithau ati i dynnu'r ffa o'r goden, ei bysedd yn gweithio'n gyflym. Gwthiai ei bawd oddi tan y ffeuen a'i gollwng i'r ddysgl, ei llygaid yn mynnu aros ar ei gorchwyl. Doedd hi ddim am edrych i'w lygaid.

'Mae'r ffa yn gynnar.' Roedd y Stiward yn mynnu sylw.

'Ydyn, mae hi wedi gwneud tymor da, a'r gwres wedi aeddfedu pethau'n sydyn,' meddai. Fedrai hi ddim deall trywydd y sgwrs. Beth oedd a wnelo tymor y ffa â dim o bwys? Pam fod y Stiward yn mynnu aros i siarad efo hi heddiw o bob dydd?

'Welest ti fy ngholli fi neithiwr, Sabel?' holodd wedyn. Cododd Sabel ei llygaid yn sydyn – oedd o'n amau rhywbeth? Teimlodd ei dwylo'n chwysu, a'r ffa'n sgrialu i bob man ond i'r ddysgl. Chwarddodd y Stiward, a phlygu i nôl dwy ffeuen oddi ar y llawr.

'Dyna ti,' meddai wedyn. Rhoddodd y ffa yn y ddysgl a gwthio ei gadair yn ôl. Cododd ei law a gwingodd Sabel wrth i'w law aros ar ei chapan. Disgynnodd hwnnw'n ôl, a mwythodd y Stiward ei gwallt yn araf. Roedd o'n gwybod, meddyliodd. Mae'n rhaid ei fod yn gwybod.

'Paid â gwingo, Sabel,' meddai, a'i lais yn dawel, ei law'n cyffwrdd ei gwddf yn ysgafn. Roedd tinc o rywbeth arall yn ei lais heddiw – fedrai Sabel ddim penderfynu beth oedd o. Tosturi? Edifeirwch? Roedd ymddygiad y Stiward yn ei hanesmwytho yn fwy nag arfer hyd yn oed. Yna, o'r pwrs bach ar ei wregys, tynnodd rywbeth wedi ei lapio mewn darn o bapur tenau. Rhoddodd y Stiward y pecyn ar y bwrdd.

'Rhywbeth bach i ti, Sabel,' meddai. Wyddai Sabel ddim beth i'w wneud – doedd neb wedi rhoi dim iddi erioed. Cododd ei phen i edrych ar y Stiward – ai tric oedd hwn?

'Wyt ti ddim am ei agor?' Gwenodd y Stiward wedyn, a gwthio'r pecyn yn nes at ei wraig. 'Agor o, Sabel, dwi'n gobeithio ei fod yn gweddu i ti.'

Cymerodd y Stiward y pecyn a'i agor. Ynddo, roedd darn o ruban melfed gwyrdd.

'O!' meddai Sabel. Roedd o'n dlws, yn symudliw i gyd.

'Mi gei ei wisgo heno, pan fyddi wedi tynnu'r capan,' meddai'r Stiward.

Rhoddodd Sabel ei dwylo yn ei chôl, a chydio naill yn y llall fel na fyddai'r Stiward yn gallu gweld y cryndod ynddyn nhw. Gadawodd y rhuban ar y bwrdd.

19

Ymwelydd o Wydir

GWYLIODD MARGARET y march yn carlamu i fyny'r ffordd drol tua'r tŷ. Cyflymodd ei chalon. Doedd neb wedi galw heibio ers rhai wythnosau a doedd hi ddim wedi derbyn neges i ddweud wrthi am ddisgwyl ymweliad. O'r garreg uwchben y tŷ, fedrai hi ddim adnabod y gŵr ar y march. Brysiodd i lawr am y ffordd i dderbyn yr ymwelydd. Gobeithiai nad oedd yn arwydd fod ei thad yng nghyfraith ar ei ffordd – doedd hi ddim wedi clywed gair ganddo ers amser, a doedd hi ddim mewn tymer i gael hwnnw ar draws y lle yn gweld bai arni am na ddeuai ei fab adref yn ei ôl o'r cyfandir. Roedd absenoldeb Siôn Wynne yn ei brifo hi'n fwy nag y medrai neb ei ddeall. Wyddai Syr John ddim am y nosweithiau di-gwsg y bu'n troi'r rhesymau dros i'w gwr ei gadael drosodd a throsodd yn ei meddwl. Siawns nad oedd Siôn Wynne wedi gweld digon ar gelfyddyd a diwylliant gwledydd pell erbyn hyn. Fe ddylai fod yn gadael yr Eidal ac yn symud i fyny am fynyddoedd y gogledd. Clywsai sôn ei fod am symud tua'r gwledydd isel wedyn, cyn gwneud ei ffordd am adref. Roedd y beirdd wedi bod yn brysur yn ysgrifennu eu cywyddau yn ei alw'n ôl adref – yr hen Edmwnd Prys, Tyddyn Du, yn un o'r rhai uchaf ei gloch. Gwenodd Margaret yn drist – waeth iddyn nhw heb â chanu eu geiriau mwyn, fyddai Siôn Wynne ddim yn dychwelyd cyn ei fod yn barod.

Arhosodd y tu mewn i'r glwyd i aros i'r negesydd gyrraedd. Roedd y llwch yn codi ymhell cyn i'r march ddod i'r golwg. Yn sydyn cofiodd am y noson honno pan oedd Siôn Wynne wedi dychwelyd i'r Wern, gan ddod â Leila fach yn ôl ati hi. Roedd ei gŵr wedi gweithredu yn groes i ewyllys ei dad y diwrnod hwnnw, un o'r achlysuron prin hynny pan wnaeth yr hyn roedd hi, ei wraig, yn ei ddymuno. Gwenodd Margaret. Fe allen nhw fod yn hapus eto, fe wyddai y gallen nhw. Fe fyddai hi'n cario plentyn eto, plentyn iach, yn etifedd iddo. Roedd hi'n ddigon ifanc, a blynyddoedd cyn y byddai'n ddeg ar hugain. Teimlai ei hun yn cryfhau, a gallai adfer y cariad hwnnw fu rhyngddynt unwaith, dim ond iddi gael cyfle. Roedd hi'n iach, yn gryf, a'i meddwl yn ddiogel mewn rhyw dir canol, llonydd. Sythodd. Chwarddodd – bron nad oedd hi'n gobeithio mai negesydd yn ei hysbysu bod ei thad yng nghyfraith ar ei ffordd oedd hwn. Byddai'n dangos iddo ei bod yn llwyddo, ei bod yn feistres ar ei thŷ, a bod trefn yn teyrnasu yn y Wern.

Sgrialodd y march i mewn i'r buarth a rhuthrodd dau o weision y stabl ato i gydio yn y ffrwyn, ac i arwain y ceffyl i'r buarth bach a'r stolion – byddai'n rhaid ei rwbio'n dda gan fod y chwys yn ddisglair ar ei groen tywyll. Daeth Begw allan, a'r Stiward ar ei hôl yn wyllt. Estynnodd y negesydd femrwn o'i sgrepan a'i roi i'r Stiward. Yna tynnodd ei het wrth sylweddoli ei bod hi'n dod tuag ato, a gwyrodd ei ben. Rhoddodd y Stiward y llythyr iddi. Roedd sêl Gwydir arno, yn goch fel gwaed.

'Meistres Wynne,' meddai'r negesydd, 'fe ddois yn syth o Wydir.' Yna amneidiodd ar Begw, ei chymell i fynd at ei meistres.

Edrychodd y Stiward ar y negesydd, ei lygaid yn chwilio ei wyneb, ond doedd y negesydd ddim am godi ei lygaid oddi ar lwch y buarth. Roedd Margaret yn gwenu. Fe fyddai hi'n dangos i Syr John ei bod yn gallu rhedeg y tŷ.

'Ydi Syr John ar ei ffordd yma?' holodd.

'Nac ydi, Meistres Wynne, fydd Syr John ddim yn symud o Wydir am beth amser,' meddai, a'i lais yn isel.

'Ac felly fe gawn lonydd!' chwarddodd Margaret. 'Oes gen ti

gyllell?' Estynnodd ei llaw am gyllell y Stiward. Byddai'n agor y sêl yn daclus, nid rhuthro a rhwygo'r memrwn yn ddiofal, fel hogan benchwiban. Darllenodd y geiriau, geiriau ei thad yng nghyfraith. Darllenodd nhw eilwaith. Yna, plygodd y memrwn yn daclus fel bod y sêl yn ffitio'n ôl yn ei gilydd fel na fyddai'r hollt ynddo prin i'w weld.

Trodd ar ei sawdl a dilynodd pawb hi i mewn i'r tŷ.

'Ddaw Siôn Wynne ddim,' meddai ac eistedd yn y gadair ar ben y bwrdd, cadair meistr y tŷ. 'Ddaw Siôn Wynne ddim adre eto, Beg.' Chwiliodd ei llaw am law'r forwyn. Rhuthrodd Begw i gydio yn y llaw wen, feddal.

'Dos i chwilio am y wisg ddu honno oedd gen i pan fu farw 'Nhad, wnei di, Beg?' meddai. Yna trodd at y Stiward, 'Dos i ddweud wrth y gweision fod eu meistr wedi ei golli. Mae o'n gorwedd yn eglwys Ioan Sant yn nhref Lucca. Duw gadwo ei enaid, a'n heneidiau ni i gyd! Mi af draw i'r eglwys,' meddai, yna galwodd ar y Stiward wedyn, 'Dwed wrth bawb am ddod i'r buarth – fe awn ni i gyd i gynnig gweddïau drosto.'

Prin fod Begw wedi cael cyfle i glymu'r llewys ar y wisg sidan, ddu, nad oedd cnul cloch Brothen Sant yn atseinio trwy hesg y Morfa Gwyllt.

RHAN 3

Hydref 1614

1

Hel pac

ROEDD Y DYDD yn tynnu ato, a'r hydref yn troi'r ffriddoedd yn lliwiau cynnes, cysurlon. I fyny tua'r Cnicht roedd niwl y bore yn mynnu glynu'n ddiog yn y rhigolau, nes i awel ysgafn y môr ei wasgaru ar ei hynt. Uwch y traeth roedd yr haul yn heneiddio, yn llai tanbaid ond eto'n dal gwres yr haf rhwng ei fysedd, yn cynhesu'r ddaear; ar y dolydd i lawr tua'r gwaelodion roedd y dynion wrthi'n hel y cynhaeaf, ac yn trwsio'r sguboriau'n barod am y gwyntoedd croes fyddai'n siŵr o gyrraedd gyda hyn.

Ddaeth Syr John Wynne ddim i ymweld â'r Wern, ond roedd llythyr wedi ei anfon. Doedd cynnwys y llythyr hwnnw ddim wedi tarfu ar Margaret Wynne. Byddai'n derbyn gwŷs i Wydir, roedd hynny i'w ddisgwyl. Ond gwnaeth benderfyniad. Roedd hi wedi eistedd ar y gadair isel wrth y ffenestr, ac oddi yno gallai weld y gerddi – ei gerddi hi oedden nhw. Hi fu'n eu tendio wedi'r cwbl, eu tendio gan ddisgwyl dychwelyd ei gŵr yn ôl i rannu'r gwaith. Cododd y drych bach o'i chôl ac edrych ar ei hadlewyrchiad. Roedd trwyn y teulu Cave ganddi, a'r talcen uchel a llygaid ei thad, a bodlonodd. Byddai'n rhaid iddi forol drosti ei hun a Leila rŵan. Plygodd lythyr Syr John yn ei ôl a'i gloi yn y cwpwrdd yn y wal. Fyddai hi ddim yn dychwelyd i Wydir, doedd waeth ganddi am ei thad yng nghyfraith bellach. Roedd hi'n rhydd. Ond yn ei chôl roedd ganddi lythyr arall hefyd, oddi wrth ei brawd, Thomas Cave, o Iwerddon. Cyffyrddodd yn ysgafn â'r memrwn, a chlymu'r rhuban yn ôl yn ofalus. Gwenodd. Caeodd gaead y drych wrth i ddrws y siambr agor. Begw oedd yno, yn dod i chwilio amdani.

'Ty'd i eistedd efo fi i fan hyn, Beg,' meddai Margaret.

'Wyt ti eisiau rhywbeth?' holodd Begw.

'Na, dwi angen dim,' meddai, ac estyn am law ei morwyn. 'Mi fuest ti'n dda wrtha i Beg, a dydw i ddim am anghofio hynny. Edrych, dyma i ti'r drych. Wyt ti'n cofio hwnnw y gwnes i ei dorri? Wnes i ddim cyfaddef ond mi rois i'r bai arnat ti, wsti, dweud mai ti dorrodd o. Mae'n ddrwg gen i am hynny. Gobeithio na fu Siôn Wynne yn frwnt wrthat ti?'

'Naddo siŵr. Ddeudodd o ddim, os cofia i, ond mae cymaint o amser ers hynny, Margaret. I beth wyt ti'n llusgo hen atgofion felly i'r golwg rŵan? Doeddet ti ddim yn iach.' Gafaelodd Begw yn y drych, cyn ei roi yn ei ôl yng nghôl y feistres. 'Na, chymera i mohono fo, Margaret. Be wna i efo drych fel yna? Does arna i mo'i angen o.' Eisteddodd ar sil y ffenestr gyferbyn â'i meistres. 'A ddylen ni ddechrau hel dy bethau di at ei gilydd rŵan? Mae'r coffor mawr wedi ei roi ar ben y grisiau ac mae dillad Leila ynddo yn barod.' Cododd wedyn, fe allai ddechrau ar y gwisgoedd trymion.

'Dylen, fe ddylen ni ddechrau hel ein pethau, Beg. Wnei di ofyn i Elin gychwyn ar y celfi? Dim ond fy rhai i, cofia, y rhai ddaeth efo fi o Stanford... a'i defnyddiau, y sidan glas ac emrallt hwnnw. Mae'r rheiny o leiaf yn eiddo i mi.'

Cododd Margaret ac agor y cwpwrdd. Rhoddodd y drych yn ôl, i'w gadw. Fyddai hi ddim ei angen. Yna, sylwodd ar y pecyn bach wedi ei lapio mewn papur tenau. Cododd y pecyn a'i agor a gweld y sbrigyn lafant yn dal yno, wedi crino, ond wedi gwneud ei waith. Doedd dim olion gwyfynod ynddo. Agorodd y siôl wlân feddal a'i rhoi wrth ei boch. Doedd hi ddim wedi cyffwrdd ynddi ers y noson honno y collodd etifedd Gwydir yn un hunllef waedlyd.

'Dos â hon i Sabel wnei di, Beg?' meddai. Doedd hi ddim

am ei chadw gan na ddôi unrhyw gysur o ddal gafael ar bethau fyddai'n gwneud dim ond codi hen grachod.

'I be af i â hi i Sabel? Pam dy fod di am ei rhoi iddi? Does dim argoel fod plentyn ar y ffordd yn nag oes?' Trodd Begw, yn wyllt.

'Wyt ti ddim wedi sylwi, Beg? Mae yna bryder yn ei llygaid hi, wyddost ti. Mae Sabel yn feichiog – wrth gwrs ei bod hi. Na, dydi hi ddim yn sâl. Dim ond yn llygaid mamau mae'r pryder yna i'w weld wsti, pan mae merch yn deall fod ganddi rywun amgenach na hi ei hun i forol drosto. Bryd hynny mae'r pryder yn dechrau. Mi fedrwn ni i gyd wneud rhywbeth ohoni, os mai dim ond ni ein hunain sydd ganddon ni i'w cadw, ond unwaith daw plentyn i dy groth di – wedyn mae pethau'n newid. Dos â'r siôl i Sabel.'

Safodd Begw yno, a'r siôl yn ei llaw, ei bochau'n llosgi. Teimlodd y tyndra'n codi ynddi eto. Oedd Lewys yn gwybod? Plentyn pwy oedd Sabel yn ei gario? Petai'r Stiward yn dod i ddeall am ymweliadau Lewys byddai dau gorff ym mynwent Brothen Sant, ac un arall heb eto ei eni. Dduw mawr, roedd angen gras ac amynedd.

Cododd Margaret y llyfrau o'r gist wrth y ffenestr, a chwerthin wrth edrych ar y cloriau llychlyd: '*Gwreigdda o arglwyddes neu uwchelwraic a volir o bryd a gwedd, a thegwch, ac addvwynder, a digrifwch a haelioni... a doethineb,*' meddai. 'Wyt ti'n cofio hwn, Beg? Mi fues i'n pendroni llawer uwch ei ben o, wyddost ti. Ei gael o'n anrheg gan y Foneddiges Sydney Wynne wnes i, pan ddois i Wydir i ddechrau. Roedd yn rhaid iddi ei gyfieithu i mi, wrth gwrs – ceisio fy nghael yn wraig addas i'w mab hi oedd ei bwriad, mae'n debyg!'

'Wel, rho fo yn y coffor, ac mi gei ei roi yn ei ôl iddi, yn cei?' meddai Begw. Ceisiodd anwybyddu ei thymer ddrwg – câi Lewys a Sabel wynebu eu helynt eu hunain.

'Na, paid â'i roi o yn y coffor, Beg, mi wna i ei adael ar fwrdd y neuadd i Syr John pan ddaw hwnnw yma.'

'Ond mi fyddi di wedi ei weld yng Ngwydir cyn hynny.'
Doedd Begw ddim yn deall.

'Na, fyddwn ni ddim yn mynd i Wydir,' meddai Margaret Wynne, a brysio i roi gweddill y llyfrau yn y coffor bach wrth ei thraed.

'Ond…'

'Nid paratoi i fynd yn ôl i Wydir ydan ni, Beg. Rydw i wedi cytuno ein bod ni'n mynd at fy mrawd i Iwerddon. Mae ganddo gynlluniau ar fy nghyfer. Wyt ti'n cofio'r gŵr bonheddig fu yma? Francis Aungier? Efallai… wel, fe gawn weld. Ond mae fy mrawd yn awyddus i mi fynd i Iwerddon beth bynnag. Mi fydd yn rhaid gadael yn fuan. Gobeithio y deil y tywydd tawel yma, Beg – mae llong yn gadael Caergybi ddiwedd y mis.'

2

Ar y ffordd i'r eglwys

Byddai'n rhaid iddi ddweud wrtho, ac eto doedd ganddi mo'r geiriau chwaith. Sut y medrai ddweud wrtho ei bod yn gadael y traeth, ac yn mynd i wlad ddieithr, yn troi ei chefn arno. Roedd ei stumog yn troi dim ond wrth feddwl am y peth. Beth petai meistr Gwydir yn dod i wybod? Oedd gan Margaret Wynne hawl i ddilyn ei llwybr ei hun? Wyddai Begw ddim. Ond dyna ei dyletswydd hi – dilyn ei meistres, i ble bynnag roedd honno am fynd. Doedd ganddi hi ddim dewis arall.

Arhosodd y tu allan i'r drws am funud, cyn codi ei llaw at y glicied. Gwthiodd y drws ar agor a chamu i'r stafell dywyll. Safodd yno er mwyn i'w llygaid gynefino. Edrychodd o'i chwmpas ar y celfi cyfarwydd, a theimlo'r gofid yn cydio ynddi. Mi allasai hi fod wedi dod yma'n wraig i'r rheithor, yn wraig i Elise. Tynnodd ei llaw ar hyd ymyl y bwrdd derw, a chodi un o'r cwpanau. Roedd olion swper yn dal ar y bwrdd, staeniau cwrw ar y pren a briwsion ynghanol y llyfrau. Cododd yr het oddi ar y bwrdd a'i rhoi i grogi ar y bachyn, lle dylai fod. Symudodd draw at yr ysgol a esgynnai tua'r llofft uwchben. Tynnodd Begw ei chap a'i siôl, a gadael ei chlocsiau ar y crawiau carreg, gan deimlo pren garw'r ysgol dan ei thraed noeth wrth iddi ddringo. Gwthiodd ei chorff trwy'r agoriad. Doedd dim lle i sythu yno, a chripiodd ei ffordd yn araf yn y tywyllwch. Gorweddodd yno ar y gwely, a thynnu'r garthen yn dynn amdani. Caeodd ei llygaid. Gallai ei deimlo yno gyda hi, ei lais yn ei chysuro, arogl yr haul ar ei groen, ei lygaid yn gwenu arni. Roedd hi eisiau ei dynnu ati, yn ysu am gael teimlo cyffyrddiad ei fysedd ar ei gwallt, yn mwytho ei chroen, yn ei gwasgu ato, eu hanadl yn cyflymu, eu caru'n daer. Fe ddylai fod wedi dod ato; roedd yn ei charu, yn barod i ofalu amdani, fe fydden nhw wedi gallu gwneud rhywbeth ohoni. Sawl gwaith roedd o wedi ymbil arni i ddod ato? Ond fedrai hi ddim. Doedd hi ddim wedi ei geni i ddilyn ei theimladau ei hun. Nid dyna oedd diben merched fel hi. Roedd hi wedi ei geni i ddilyn mympwy pobl eraill, i wasanaethu. Roedd hi wedi ceisio dweud hynny wrth Elise sawl gwaith, ond wnaeth o ddim ond gwenu'n drist arni, ac ysgwyd ei ben. A rŵan roedd yn rhy hwyr.

Wyddai Begw ddim am faint y bu hi yno, ond deffrodd yn sydyn. Gallai glywed sŵn gweiddi'n dod o rywle. Am funud fedrai hi ddim cofio lle'r oedd hi. Cododd ar un fraich a gwthio'r garthen oddi arni. Rhuthrodd tua'r ysgol – mae'n rhaid na fu hi yno'n hir. Craffodd i lawr i'r gegin, roedd mymryn o olau'n dal i wthio i mewn o dan y drws. Dringodd i lawr yr ysgol yn ofalus a gwisgo ei chlocsiau. Wyddai hi ddim beth ddaeth dros ei phen yn swatio yno heb i neb wybod. Beth petai'r feistres wedi gweld ei cholli? Clymodd ei gwallt yn ôl o dan ei chapan gwyn a chydio yn ei siôl. Byddai'n rhaid iddi frysio – byddai'n amser i Leila fynd i'w gwely bellach. Yna clywodd sŵn arall. Fferrodd. Sgrech merch. Agorodd y drws yn gyflym, a'i gau ar ei hôl. Cymerodd gip heibio'r llwyni i sicrhau nad oedd neb yn ei gweld yn dod o dŷ'r rheithor, a brysio i gyfeiriad y sŵn.

Gwyddai cyn iddi gyrraedd beth oedd achos y twrw. Yn yr hanner golau meddyliodd mai twr o garpiau oedd yn gorwedd ar ganol y llwybr, nes i'r rheiny ddechrau symud. Roedd y Stiward yn symud i sefyll uwchben y carpiau, ei droed yn bygwth cic arall.

'Paid!' Rhuthrodd Elise o rywle a phlygu wrth ymyl y corff eiddil ar y llawr. Trodd y Stiward, fel petai am adael, a rhuthrodd Begw at ymyl Elise. Cododd y tamaid brethyn oddi ar wyneb y ferch. Sabel oedd hi, yn gorwedd yno'n griddfan, ei llygaid yn fawr a'i gwefus yn dechrau chwyddo.

'Fedri di gymryd ei braich, Beg?' Ceisiodd Elise symud Sabel. 'Paid â dod yn agos, mi gei di grogi am ei lladd hi, edrych arni...' gwaeddodd wrth weld y Stiward yn troi yn ôl tuag atynt eto.

'Mae o'n orffwyll, Beg,' meddai Elise. 'Mi ddaliodd o Lewys efo hi yn y tŷ mae'n debyg. Mae o wedi mynnu fod y gweision yn cadw Lewys yn y stabl nes daw o'n ei ôl. Mi fues yn y Wern yn chwilio amdanat ti, Beg, a rŵan pan oeddwn i'n dod i lawr o'r coed y gweles i o'n ei llusgo hi ffordd hyn am yr eglwys...'

'Mi geith fynd o flaen yr allor i gyfadde ei phechodau, myn uffarn i, ceith!' Roedd y Stiward uwch ei phen eto. Trodd at Begw a'i lygaid yn culhau.

'O ble doist *ti*?' sgyrnygodd. 'Mi ddyliwn i wybod dy fod *di* ynghanol yr helynt yma, Begw.' Yna trodd i blygu dros ei wraig, a chipio ei braich, gan roi hergwd i Elise o'r ffordd.

'Cwyd!' gorchmynnodd. 'Mi wna i forol dros fy ngwraig, Elise Lloyd, does dim rhaid i ti faeddu dy ddwylo gwynion... ond mi gei wrando ar ei chyffes hi, ac mi wna inna bennu'r gosb.'

Yn sigledig, ceisiodd Sabel godi, a phwysodd ar Begw i geisio sythu.

'Fedra i ddim gwrando cyffes neb yn y cyflwr yma,' meddai Elise wedyn. Roedd ei waed yn berwi, a geiriau'r Stiward yn boer ar ei wyneb. Yna, trodd y Stiward at Sabel.

'Dos yn dy flaen am adra'r hwren! Mi fydda i yno ar dy ôl di wedi i mi orffen efo'r uffarn hogyn yna.' Rhoddodd wthiad egr yng nghefn y ferch nes i honno gymryd dau neu dri cham sigledig cyn disgyn eto i ganol y llwch.

'Paid!' gwaeddodd Elise wedyn.

'Pam? Pa hawl sydd gen ti i fy rhwystro, reithor bach? Mi wyddost tithau, siawns, fod pob merch i ufuddhau i'w gŵr. Felly, dos i'r diawl! Mae gen i hawl dod â'r ast fach i gyfri. Mi plyga i hi nes bydd hi'n deall beth ydi ufudd-dod, myn uffarn i, o gwnaf.

Aros di i mi ei chael hi adra, fyddwch chi ddim yn ei nabod hi.'
Roedd y dyn yn orffwyll, ond fedrai Sabel ddim symud oddi ar
ei chwrcwd, ei dwylo'n amddiffyn ei phen rhag y geiriau.

'Na!' Roedd Begw wedi gweld y cysgod yn dod cyn i neb arall
sylweddoli bod Lewys yno. 'Wnei di ddim cyffwrdd pen dy fys
ynddi eto, neu mi alwa i ar Dduw yn dyst, mi lladda i di.'

Safodd Lewys yno, ei ddyrnau wedi cau, yna hyrddiodd y
Stiward amdano. Rowliodd y ddau ar y llwybr, y llwch a'r cerrig
mân yn tasgu i bob cyfeiriad, eu rhegfeydd yn codi i'r awyr.
Ceisiodd Elise dynnu'r ddau ar wahân ond clymodd y breichiau
yn un cwlwm tyn, gwallgof.

Sgrechiodd Begw, 'Paid, Lewys!' Trodd y bachgen fel petai am
symud i ffwrdd oddi wrth y llall.

'Dos â hi, Beg. Dos â Sabel i rywle!' gwaeddodd Lewys, cyn
i droed y Stiward hyrddio i'w gylla. Disgynnodd Lewys, fedrai
o ddim cael ei wynt. Gwelodd y Stiward ei gyfle. Roedd Lewys
yn mygu, a dechreuodd gicio, fel dyn â'r diafol ei hun wedi ei
feddiannu. Hyrddiodd ei sawdl i lawr ar gefn Lewys, yna anelodd
gic arall i'w gylla, un ergyd yn dilyn y llall. Rowliodd Lewys yn
belen cyn medru hel digon o nerth i godi ar ei gwrcwd. Roedd
Elise yno, o'i flaen, yn ei lusgo o gyrraedd yr ergydion, yna cyn
i neb sylweddoli beth oedd ganddo yn ei law, daeth y Stiward
â'r garreg i lawr ar ymyl gwar Lewys, nes iddo ddisgyn yn
ddiymadferth – y gwaed yn gwasgaru'n gysgod tywyll gludiog
ynghanol y llwch.

3

Ymweld â'r rheithor

'MI FYDDI'N RHOI tystiolaeth yn ei erbyn, wrth gwrs.'
Llamodd llygaid y Stiward o un gornel dywyll i'r llall,
yn nodi popeth ar femrwn ei feddwl. Doedd fawr o foethusrwydd
yn nhŷ'r rheithor, ond nododd fod digon o lyfrau yno. Dim byd
o ddiddordeb mae'n debyg, dim ond llyfrau diwinyddol diflas.

'Dyna dy ddyletswydd, Elise Lloyd, fe wyddost ti hynny. Mae
Lewys ap Rhys yn ddyn peryglus, mae o angen cael ei ddwyn i
gyfraith. Weli di'r graith yma ar fy moch? Ei waith o, wrth gwrs...
mi ddyliwn fod wedi dwyn achos yn ei erbyn yr adeg honno.
Mae'n ddyletswydd arnat ti i dystio yn ei erbyn o.'

'Fe chwilia i fy nghydwybod fy hun i geisio darganfod beth
sy'n ddyletswydd arna i.' Cododd Elise. Doedd ganddo ddim
amser i wrando ar resymeg y Stiward – roedd ganddo wasanaeth
i'w roi. Er, Duw a faddeuo iddo, doedd ganddo fawr o flas mynd
i drio achub eneidiau heddiw chwaith.

'Na,' chwarddodd y Stiward, 'dwyt ti ddim wedi deall yn iawn,
mae'n amlwg, Elise Lloyd. Mae yna wŷs wedi ei danfon i ddod â
Lewys o flaen y siryf. Mi fyddi di'n rhoi tystiolaeth yn ei erbyn.'

Agorodd Elise y drws; fe wyddai beth fyddai'n dilyn.

'Mae gan Syr John ryw fachgen ifanc – perthynas iddo. Mae
o'n awyddus iawn i hwnnw gael bywoliaeth fel rheithor, mae'n
debyg... ond, wrth gwrs, ti ydi rheithor Brothen Sant ar hyn o
bryd, yndê.'

Trodd i edrych ar y Stiward, gan grymu ei ben. Doedd o ddim
am ddadlau gyda'r dyn. Trodd i adael.

'Mae pethau'n newid o gwmpas y traeth yma, Elise Lloyd. Meistres y Wern yn gadael am Iwerddon cyn diwedd yr wythnos, ac yn mynd â Beg efo hi, wrth gwrs. Ond mi wyt ti'n gwybod hynny...'

Gwenodd y Stiward wrth weld cefn y rheithor yn aros yn stond. Gwyddai fod ei eiriau wedi taro lle'r oedd eu bwriad.

4

Ogof Hirynys

SAFODD Y CYCHWR yng ngheg yr ogof – ei gorff mawr yn rhwystro'r golau. Wyddai o ddim beth i'w wneud. Safodd yno, ei ddwylo ymhleth, ei ben ar osgo, yn gwylio Sabel yn sychu chwys y dwymyn oddi ar wyneb Lewys. Doedd hwnnw ddim wedi dweud dim ers i'r Cychwr ei gario yn y cwch i Hirynys, ei godi wedyn yn ei freichiau mawr a'i roi i orwedd ar y twmpath brwyn ym mhen pella'r ogof. Roedd unrhyw symudiad o geg yr ogof yn peri i'r ferch neidio fel aderyn bach, yn gwylio a gwrando am gysgod adenydd mawr yn hofran uwch y traeth. Ond roedd y Cychwr yn ei hoffi; doedd hi ddim fel ei chwiorydd a'i mam yn Nhy'n y Rhos, yn swnian a rhincian a gweiddi arno o hyd. Gweithiai hon yn dawel ac yn daer, yn tendio'r mymryn tân, yn rhwbio menyn i'r briwiau gyda'r eli roedd Begw wedi ei anfon atyn nhw.

Roedd dyddiau bellach ers iddyn nhw ddod yma, ac roedd y Cychwr wedi rhwyfo'r cwch draw bob dydd gyda'r pethau y gofynnai amdanynt. Roedd hithau wedi deall nad oedd angen ofni'r dyn mawr. Cofiodd i Lewys sôn wrthi amdano, a'i ffyrdd rhyfedd. Byddai'n sefyll yno yng ngheg yr ogof, ei lygaid yn gwylio wyneb Lewys, yn aros rhag ofn iddo ddeffro. Ond fyddai o byth yn dod i mewn, byth yn dod yn agos. Dim ond dilyn ei dwylo hi, wrth symud y cadach ar hyd yr wyneb chwyslyd, yn ceisio cael ychydig o ddŵr rhwng y gwefusau chwyddedig.

Dim ond unwaith y bu iddo droi ati a gwenu. Roedd hi wedi dychryn wrth glywed ei lais yn llenwi'r ogof.

'Neith y Cychwr ddim gadael i neb frifo Lewys eto sti.'

Roedd hi wedi diolch iddo, a gwenu arno. Gwyliodd ei gefn mawr yn pellhau cyn rhwyfo'r cwch yn ôl am y Morfa Gwyllt, o'r golwg.

Wyddai Sabel ddim beth oedd symudiadau'r Stiward. Oedd o wedi galw ar y milisia? Oedd dynion Syr John Wynne ar eu ffordd? Fyddai o'n dod i chwilio amdani? Beth am Lewys? Os byddai byw, a fyddai dynion y siryf yn dod i chwilio amdano? Ynghanol y nos, a hithau wedi gwasgu ei chorff yn glòs at gorff aflonydd Lewys, yn tynnu'r garthen drosto i geisio ei gadw'n gynnes, byddai'r ofn yn cydio ynddi. Wrth gwrs y byddai'n dod. Doedd dynion fel y Stiward ddim yn gadael i bethau fod. Ac er i Begw geisio cadw ei llais yn ysgafn y diwrnod y bu hi draw yn yr ogof, gwyddai Sabel fod pethau'n ddrwg.

'Be wneith o, Beg?' Roedd hi wedi troi ei llygaid mawr ar Begw, wedi chwilio ei hwyneb am ateb. 'Ddaw dynion y siryf ar ei ôl o? Fedra i ddim ei symud o, ddim rŵan. Petai o'n mendio rhywfaint, ella y medra fo ddod o hyd i rywle mwy diogel i guddio, ond fedrwn ni ddim rŵan. Edrych, mae o'n swrth, yn methu deffro, dim ond am chydig o eiliadau, ac wedyn mae o'n edrych arna i'n syn.'

Yna ystyriodd. 'Beth petawn i'n dod yn fy ôl i'r Wern, at y Stiward? Mi fedrwn i ddiodde unrhyw beth sti, Beg, dim ond i Lewys gael llonydd. Wyt ti'n meddwl petawn i'n mynd ar fy ngliniau ac yn ymbil arno fo y basa fo'n gwrando? Dydi o ddim yn ddrwg i gyd sti, Beg.'

'Na, aros di lle'r wyt ti, Sabel. Mae o'n dal fel dyn wedi ei felltithio.' Ysgydwodd Begw ei phen; roedd hi wedi dweud digon wrth y bachgen gwirion yma oedd yn gorwedd o'i blaen. Cododd ei dwylo at ei wyneb, a phwyso ei llaw ar ei dalcen. Gwyliodd Sabel ei symudiadau. Roedd ei llais yn dawel ac yn gryg,

'Rhaid i mi fynd, Sabel.'

'Ddaw'r Cychwr i dy nôl di rŵan. Fydd o ddim yn hir.'

'Na, mae'n rhaid i mi fynd. Rydw i'n gadael y traeth. Mae popeth wedi newid wsti, fydda i ddim yma i ofalu amdanoch chi, Sabel. Mae'r feistres a'r fechan yn gadael am Iwerddon. Fedra i neud dim mwy drosoch chi.'

Tawelodd y ddwy.

'Mi fedra i ofalu amdano fo, Beg. Unwaith y bydd Lewys wedi cryfhau mi ddaw'r Cychwr i'n nôl ni sti. Mi fedrwn ffendio lle. Mi fydd popeth yn iawn, Beg, yn bydd?'

'Mi dria i gael gair draw at ei dad yn Llanfachreth, Sabel, ond dwn i ddim a fedrwn ni wneud dim cyn i'r Stiward ddod o hyd i chi.'

'Beth am y rheithor?'

'Dydi o ddim yna, Sabel. Mi es i draw i'w weld bore ddoe ond doedd o ddim yno. Mae'r tŷ'n wag. Dwn i ddim lle'r aeth o.'

Cydiodd y ddwy yn ei gilydd yno wrth y mymryn tân, a'r gwynt oddi allan yn codi.

5

Croesi'r traeth

R OEDD Y LLANW wedi cau'r llwybrau rhwng y tir mawr a'r ynysoedd eto, a chefn coediog yr Ynys Gron yn codi'n solat o'r môr. Roedd y Cychwr wedi swatio yn yr helm. Doedd neb am groesi'r Traeth Mawr ar brynhawn hyllig a gwynt yr hydref wedi rhwygo'r dail oddi ar y coed, a'r môr yn dangos ei ddannedd yn donnau gwynion aflonydd. Swatiodd ynghanol twmpath o frwyn. Byddai'n rhaid mentro i fyny i'r tŷ yn y munud; doedd neb wedi dod â chinio iddo eto. Yna clywodd sŵn traed Mari'n nesu. Mari fyddai'n dod â chinio iddo fel arfer. Fedrai o ddim gobeithio am botes heddiw, gan na fyddai'r ddynes wedi mynd i drafferth a neb dieithr yn Nhy'n y Rhos i dalu amdano.

Daeth Mari i'r golwg, ond doedd ganddi ddim basged na dim yn ei dwylo. Teimlodd anniddigrwydd yn codi ynddo a gwgodd.

'Rhaid i ti nôl y cwch,' meddai Mari, ond chafodd hi ddim ateb. Eisteddodd y Cychwr yn ôl yn y brwyn a throi ei wyneb oddi wrthi. Daeth Mari i sefyll uwch ei ben wedyn.

'Rhaid i ti nôl y cwch rŵan,' meddai wedyn. Doedd arni hi mo'i ofn. Roedd hi wedi ei danfon yno ar neges gan y ddau ddyn pwysig oedd yn eistedd yn y tŷ. 'Mae dyn y Wern yn y tŷ a dyn pwysig arall isio i ti eu rhwyfo nhw i Hirynys. Mae ganddyn nhw bapur efo sêl arno fo, marc coch – mae'n rhaid i ti fynd â nhw rŵan sti.'

Clywodd y Cychwr sŵn traed trymion yn nesu.

'Maen nhw yma,' meddai Mari. 'Dwi'm yn meddwl y dylet

ti fynd â nhw chwaith. Dwi'n gwybod, sti, am Sabel a Lewys. Dwi'm yn licio'r dynion 'ma.' Edrychodd Mari ar y Cychwr, cododd yntau a chymryd cam tuag ati. Camodd yn ei hôl yn ansicr – roedd yr olwg wyllt yn ei lygaid yn ei dychryn braidd.

'Lewys – na, Cychwr ddim yn mynd at Lewys,' meddai gan ysgwyd ei ben. Yna gwenodd arni.

Rhuthrodd Mari heibio i'r ddau ddyn, wrth iddyn nhw ddod i mewn i'r helm i chwilio am y Cychwr. Aeth Mari yn ei hôl am y tŷ; doedd neb yn bihafio fel y dylen nhw'r dyddiau hyn.

'Gychwr, rydan ni am groesi i Hirynys,' meddai'r dyn efo'r papur yn ei law. Safai'r Stiward y tu ôl iddo. 'Dos i wneud y cwch yn barod, wnei di? A hastia cyn i'r glaw gau o ddifri. Mi rydan ni isio dod yn ein hola cyn iddi nosi.'

'Ty'd â'r cwch mwyaf. Mi fydd yna ddau arall yn dod yn ôl efo ni,' meddai'r Stiward wedyn, ac arhosodd y ddau ddyn yng nghysgod yr helm tra oedd y Cychwr yn paratoi'r cwch. Doedd ganddyn nhw ddim taith bell, a ddylai'r gwynt ddim bod yn rhy gryf gan fod y strimyn dŵr rhwng y tir mawr a'r ynys yn ddigon cysgodol. Fydden nhw ddim yn mynd heibio'r trwyn. Clywodd y Cychwr y ddau yn sgwrsio'n isel ac yn chwerthin. Brysiodd atynt a'u harwain i lawr at y cwch. Neidiodd y ddau i mewn gan adael lle i'r Cychwr eu dilyn a mynd heibio iddynt at y rhwyfau. Daliodd y ddau i sgwrsio, gan dynnu'r sachau'n dynnach am eu hysgwyddau, yna galwodd y Stiward ar y Cychwr,

'Mi fedri di aros yn y cwch amdanon ni. Fydd dim isio i ti ddod efo ni, dwi'n gwybod lle maen nhw, ac mae gen i wŷs yn fan hyn, wel'di. Dyma'r gwŷs gan y siryf i ddod â'r cythral o flaen ei well.'

Cododd y llall ei law oddi tan ei siyrcyn lledr i ddangos y memrwn, cyn ei gadw yn ei ôl yn ddiogel rhag iddo wlychu. Aeth y ddau yn ôl i sgwrsio, ond fedrai'r Cychwr ddim clywed y geiriau rhyngddynt am fod sŵn y rhwyfau wrth daro'r dŵr yn llenwi ei glustiau, a sgrech y gwylanod yn chwyrlïo uwch y tonnau.

'Mae hi ar ben ar Lewys rŵan sti,' galwodd y Stiward arno.

Arhosodd y Cychwr am funud, yna gydag un symudiad araf, safodd yn y cwch bach nes roedd hwnnw'n siglo'n anesmwyth. Trodd i wynebu'r ddau ddyn.

'Na!' gwaeddodd. 'Na! Lewys – mab y Cychwr ydi Lewys. Mae'r traeth yn gwylio dros Lewys, mi fydd Lewys yn iawn.' Plygodd ymlaen nes bod ei lygaid yn syllu'n fygythiol i wyneb y Stiward.

'Eistedd i lawr, y diawl hurt. Ynfytyn wyt ti!'

Chwarddodd dyn y siryf yn anesmwyth wrth glywed bytheirio'r Stiward. Eisteddodd y Cychwr yn ei ôl wedyn ac ailddechrau rhwyfo. Sadiodd y cwch. Ailgydiodd y ddau ddyn yn eu sgwrs. Syrthiai glaw mân dros y traeth, a daliodd y Cychwr i rwyfo. Ni sylwodd yr un o'r dynion eraill ar siâp tywyll yr Ynys Gron yn llithro heibio iddynt, a'r cefn coediog yn pellhau o'u gafael. Rhwyfodd y Cychwr nes iddo deimlo'r cwch yn cael ei ddynnu gan rym cryfach na nerth ei freichiau ef. Arafodd. Waeth iddo heb â rhwyfo bellach. Gwyddai iddo fynd heibio i drwyn yr Ynys Gron. Roedd o'n fodlon, ei waith wedi ei wneud. Tynhaodd y llif ei afael yn y cwch, a chyflymodd. Cododd y Cychwr ei ben a gwenu. Gwthiodd y rhwyfau dros ymyl y cwch gan adael iddynt lithro i'r môr.

'Be ddiawl wyt ti'n neud?' Cododd y Stiward yn wyllt, a siglodd y cwch yn beryglus i un ochr, nes ei daflu i'w waelod. Cododd wedyn i hongian dros ymyl y cwch ond doedd dim gobaith iddo gael gafael yn y rhwyfau.

Chwarddodd y Cychwr chwerthiniad dwfn, dieithr, a daeth golwg syn i'w lygaid.

'Na,' meddai. 'Mab y Cychwr ydi Lewys, mi fydd Lewys yn iawn.'

Caeodd y Cychwr ei lygaid – roedd y dynion yn gwneud gormod o sŵn a helynt. Pan oedd yr amser wedi dod i wynebu llid y môr, doedd dim y medren nhw na holl rym y gyfraith ei wneud. Gwthiodd y Cychwr ei ên yn ddyfnach i gysgod y sach am ei ysgwyddau. Yn dawel a digynnwrf, dechreuodd adrodd ei weddïau.

6

Yr hen fardd eto

DOEDD ELISE LLOYD, y rheithor ifanc, ddim wedi mynd i'r eglwys y bore hwnnw. Er i'r gloch alw trigolion y traeth i mewn rhwng y muriau gwynion, ddaeth neb i weddïo drostynt. Pe bai angen rhywun i wrando ar gyffes un ohonynt, byddai'n rhaid iddo ei sibrwd wrth yr hesg, gan obeithio y byddai'r awel yn ei chwalu i'r pedwar gwynt.

Yn anesmwyth, o un i un, llifodd y gynulleidfa allan o'r eglwys ar fin y traeth i wynebu goruchwylion y dydd, fel diferion o ddŵr yn diferu trwy gored ac allan i'r morfa. Fe ddylai fod rhywun yno yn yr eglwys, a chan nad oedd y bore yn ei le, fyddai dim trefn ar bethau. Cododd eu lleisiau'n uwch na'r sibrwd arferol, lleisiau'n cwestiynu, yn holi. Roedd angen rhywun i achub eu heneidiau gan fod bywyd mor fregus, a'r gaeaf ar gyrraedd y traeth.

Gwichiodd plentyn yng nghôl ei fam, a gwasgodd honno'r bychan at ei bron, gan gymryd cip draw tua'r twyni. Dechreuodd adrodd ei gweddïau, yn araf i ddechrau, yna cyflymodd, a'r poer yn aros ar ei gwefus, yr heli'n sychu'n hallt ar ei chroen. Synhwyrodd y plentyn anesmwythyd ei fam, a chododd ei wylo'n sgrech. Siglodd hithau'r bwndel bach a sgrialu ar hyd y llwybr tywodlyd er mwyn ceisio cyrraedd diogelwch ei chartref. Roedd arni angen cau'r drws ar ei hôl. Cau'r bygythiadau a'u cadw y tu allan. Roedd y niwl yn dal i lynu'n styfnig wrth y sgerbydau coed, a'r awyr yn drwm, gan bylu'r synau o'i chwmpas. Brysiodd yn ei blaen i lawr tua'r traeth er mwyn cyrraedd un o'r hofelau bach ar fin y dŵr. Edrychodd o'i blaen a gweld y criw o bobl oedd wedi aros yno o flaen y rhes tai.

Roedd un yn sefyll o'r neilltu. Craffodd ar y siâp tywyll a'r pastwn yn ei law. Roedd o'n hen, ei wallt yn hir a blêr, a'i farf yn gaglau budron. Doedd hi ddim am fynd heibio iddo ond doedd dim ffordd arall o gyrraedd ei chartref. Brysiodd heibio'r hen ŵr ond camodd hwnnw allan o'i blaen gan gydio yn ei braich.

'Paid â mynd yn dy flaen ffor'na,' meddai.

Daliai'r plentyn yn ei breichiau i sgrechian, a herciodd hithau ei braich o afael y dyn.

Tyrrodd y criw yn nes atynt. Camodd un o'r dynion ifanc ymlaen, ei osgo yn fwy mentrus, yn barod i herio. Amneidiodd ar i'r ferch symud yn ddigon pell.

'Pwy wyt ti?' meddai. 'O ble doist ti? Wyddost ti pam na ddaeth y rheithor i'r eglwys bore 'ma?'

'Waeth i chi ddim pwy ydw i,' meddai'r hen ŵr wedyn, a chodi ei ffon yn fygythiol. 'Ond mi fues i yma o'r blaen, ac mi ddeudis i fy mhroffwydoliaeth yr adeg honno.'

'O?' rhythodd y dyn ifanc. 'A beth oedd dy broffwydoliaeth di, hen ŵr?'

'Bygwth Stiward y Wern wnaeth o. Dwi'n ei gofio fo rŵan. Ydach chi ddim yn cofio?' meddai gwraig o'r dyrfa. 'Noson Gŵyl Ifan oedd hi, sawl blwyddyn yn ôl bellach.'

'Naddo, wraig, wnes i ddim bygwth neb. Fydda i ddim yn bygwth neb, wel'di. Dim ond deud beth rydw i'n ei weld fydda i.'

'Be wyt ti'n feddwl? Gweld be? Yn lle byddi di'n gweld pethau?' meddai'r dyn ifanc wedyn, gan wthio'i wyneb i wyneb yr hen ŵr. Roedd o'n dechrau mwynhau ei hun. Fe allai ddangos ei ddannedd o flaen hwn.

'O, yma ac acw, wel'di,' meddai'r hen ŵr yn araf. 'Mi fedri di weld digon yn hynt y lleuad a'r sêr, os gwyddost ti beth i chwilio amdano sti... yn y llanw a'r trai... yn symudiad y gwynt trwy'r dail. Ond dim ond chydig ohonan ni sy'n gweld, wel'di, a llai fyth yn cymryd sylw o'r arwyddion.'

'Deud be sy gen ti i'w ddeud rŵan ta. Beth ddaeth â thi yma?' gwaeddodd un o'r llanciau. 'Be welest ti bore yma trwy'r niwl? Achos weles i ddiawl o ddim byd!' a chwarddodd rhywun yn anesmwyth.

'Pa niwl, fachgen gwirion? Yn dy feddwl di mae'r niwl. Mae'r ffordd ymlaen i hen fardd fel fi yn glir fel dŵr croyw.'

'Dydi'r diawl ddim hanner call. Gadwch lonydd iddo fo.'

'Ewch i lawr at y traeth ac mi welwch chi drosoch eich hunain. Ewch i lawr at lle bu'r llanw'n llusgo'i draed.'

Trodd yr hen fardd oddi wrth y dorf, a brysio i fyny tua'r ffordd drol. Doedd ganddo ddim amser i aros ymysg amheuwyr. Ond cyn iddo gymryd y tro heibio'r eglwys, daeth y waedd o ymyl y traeth. Nodiodd yn ddoeth a mynd yn ei flaen.

Llamodd y dorf yn ei blaen, pawb ond y ferch a'r baban. Brysiodd honno i gau drws y bwthyn o'i hôl. Welodd hi mo'r corff wedi ei hanner guddio gan y tywod, a'r llygaid gwag lle bu'r brain yn gwledda. Symudodd y dorf yn ôl wedyn. Doedd yr un ohonynt am fentro'n rhy agos at gorff pydredig y Stiward.

7

Llinach

CAEODD MARGARET GAEAD y coffor mawr, ac amneidio ar ddau o'r gweision.

'Ewch â fo allan at y lleill.'

Edrychodd o'i chwmpas a chafodd gip ar Leila'n pwyso yn erbyn y clawdd yn gwylio'r prysurdeb, y mynd a'r dod, y gwagio a'r llwytho. Diolch i ofal Begw ac Elin, roedd ei cherdded wedi gwella, a gallai ddefnyddio ei baglau i grwydro'r ardd ac i symud yn weddol rwydd. Fyddai hi byth fel merched eraill, ond roedd yn darllen ac yn ysgrifennu'n dda, a gallai frodio'n daclus. Aeth cryndod trwyddi. Roedd hi wedi ymbil am fywyd ei merch fach pan ganwyd hi, a diolchodd i Dduw ei fod wedi gwrando ar ei gweddïau.

'Rwyf am i weddill fy eiddo gael ei ddanfon ymlaen i Stanford,' meddai'n gadarn a'i llygaid yn syllu yn syth i lygaid Syr John Wynne. Safai meistr Gwydir yno, yn neuadd y Wern. Roedd wedi dod i sicrhau bod y tŷ mewn trefn ac i gasglu'r hyn oedd yn weddill o eiddo personol a dogfennau ei fab, Siôn Wynne. Byddai ei gyfreithwyr yn Llundain a'i fab arall, ei etifedd newydd, Richard Wynne, yn trefnu popeth. Sylwodd Margaret ar y mymryn cryndod yn ei lais. Fe wyddai hi'n iawn am y boen o golli plentyn, ond gwyddai hefyd nad oedd lle yng nghalon hwn i gydymdeimlo â hi. Fedrai hi ddim dangos unrhyw wendid o'i flaen eto; gallai ei sefyllfa hi a Leila fod yn ansicr. Roedd yn rhaid iddi ddangos yr haearn oedd wedi dechrau treiddio i mewn i'w chymeriad.

'Fe drefnaf hynny, madam,' meddai John Wynne. 'Ond fydd eich mam ddim yn fodlon, mae'n debyg? Sut y bydd hi'n dygymod â chael ei merch yn ôl dan ei tho?'

'Mae fy mam yn aros yn Llundain, fe wyddoch hynny. Does ganddi hi ddim ymlyniad wrth Stanford. Cartref fy mrawd ydi Stanford, a does gan fy mam ddim llais yn fy nyfodol. Dim ond gan Syr Thomas Cave, fy mrawd, mae'r hawl bellach i ddweud pa drywydd sydd ar agor i mi.' Teimlodd Margaret y bodlonrwydd yn llifo trwyddi, a phwysleisiodd eto, 'Ie, dim ond *Syr* Thomas Cave.'

'Ond...' Gallai dynnu blewyn o drwyn hon eto. 'Ie, rydych chi'n gywir, ond rydych chi'n anghofio un peth, Margaret Wynne – mae gen i, fel penteulu Gwydir, hawl ar ddyfodol Eleanor Wynne, Leila. Peidiwch ag anghofio mai Wynne ydi hi, Margaret, a'i bod hi o linach Gwydir.'

'O? Ac rydych chi am ei chydnabod hi, felly?' Trodd Margaret i'w wynebu, ac yn sydyn daeth llun i'w meddwl. Teimlodd y gwrid yn codi i'w hwyneb. Châi hwn ddim ei sarhau hi eto. Cofiodd amdani ei hun ar y gwely mawr yng Ngwydir, newydd roi genedigaeth i'r truan o blentyn bach yn ei breichiau. Gallai gofio'r ymbil y bu'n rhaid iddi hi ei wneud yn glir. Cofiai gydio yn y plentyn mor dynn, ei gwasgu at ei bron gan sgrechian ar i'r merched fu'n gweini arni adael iddi, am iddyn nhw gadw draw. Gwyddai pwy oedd wedi rhoi'r gorchymyn fod y plentyn bach gwantan i'w gymryd oddi arni yn syth. Doedd llinach Wynneiaid Gwydir ddim i'w staenio gan blentyn amherffaith. Gwyddai beth oedd tynged plentyn bach fel Leila. Fyddai neb callach – dim ond marw ar enedigaeth fyddai'r stori. Fe fyddai'r clustog wedi gwneud ei waith yn gyflym. Aeth cryndod trwyddi. Sythodd a throi i'w wynebu. Châi o ddim ei bygwth hi fel hyn.

'Na, does ganddoch chi, Syr, ddim hawl ar Leila. Does ganddoch chi, Syr, ddim hawl arnaf finnau chwaith, na dim sydd wnelo â fi.'

Edrychodd Syr John Wynne arni, a chodi'r pecyn o ddogfennau yn y cwdyn lledr oddi ar y bwrdd. Estynnodd am ei het, a phlygu ei ben y mymryn lleiaf.

'Madam,' meddai, 'ewch felly i ble bynnag y mynnoch. Ddaeth dim pleser i dŷ Gwydir trwy ein hymwneud â chi. Duw a gadwo Eleanor Wynne, a chithau o ran hynny.'

Trodd y penteulu a gwenodd Margaret wedyn wrth ei weld yn plygu ei ben yn ddiangen i fynd trwy'r drws. Doedd rhai pethau'n newid dim, meddyliodd.

'Dydd da i chi, Syr,' galwodd wrth wylio ei thad yng nghyfraith yn mynd heibio i'w wyres fach heb edrych arni.

8

Gadael

RHUTHRODD BEGW YN ei hôl am y tŷ a hithau wedi bod yn crwydro i fyny drwy'r coed i gael cip olaf ar y tai yn pwyso'n glòs yn ei gilydd i lawr tua'r eglwys. I fyny am y Cnicht, roedd eira cynta'r tymor wedi disgyn, ac wedi gwisgo copa'r mynydd yn ei gap gwyn. Roedd wedi hel ei phecyn at ei gilydd yn barod – hynny oedd ganddi. Ychydig o ddillad wedi eu cael ar ôl ei meistres, y bu hi'n brysur yn eu gwnïo a thwtio dipyn arnynt, fel y byddent yn ei ffitio'n weddus. Fyddai hi ddim am gyrraedd Iwerddon a golwg fel cardotes arni. Byddai'n rhaid cychwyn ben bore fory am Gaernarfon. Roedd y cert wedi ei lwytho'n barod. Gallai Leila gael ei chario ond byddai'n rhaid i Margaret a hithau farchogaeth cyn belled â Chaernarfon o leiaf. Diolchodd Begw fod y tywydd yn oer a chlir, a'r llaid ar y ffordd drol wedi sychu a chaledu. Gobeithiai Margaret Wynne y byddai coetsh ar gael wedyn i'w cario weddill y ffordd, ond doedd Begw ddim yn siŵr am hynny – doedd hi erioed wedi bod mewn coetsh o'r blaen. Arhosodd ar fin y coed bedw ac edrych i lawr am y môr. Rhyfedd, meddyliodd, pa mor gyfarwydd oedd y bae yma iddi; roedd y môr wedi bod yn rhan ohoni erioed a hithau wedi ei geni a'i magu ar fin y traeth. Ond roedd meddwl am fynd ar long dros y gorwel i Iwerddon yn ei llenwi ag arswyd.

Gwyddai'n iawn am rym y llanw a'i fygythiad, a hithau wedi gwylio dynion y traeth yn cario corff y Cychwr i'r fynwent fach yn Llanfihangel y Traethau. Roedd pawb wedi'u synnu, wedi'u rhyfeddu bod yr hen Gychwr, o bawb, wedi ei dwyllo gan y cerrynt, ac wedi ei golli fel yna, a Stiward y Wern ac un o ddynion y siryf efo fo. Os oedd y Cychwr wedi ei dwyllo, pa obaith oedd iddyn nhw, feidrolion y traeth? Daeth llen o barch ac ofn drostynt. Weithiau, roedd yn rhaid cael colled fel hyn i'w hatgoffa mai rhywbeth i'w gadw hyd braich a'i drin fel meistr creulon oedd y môr wedi'r cwbl.

Ond, rywsut, gwyddai Begw nad dyna'r gwirionedd. Nid cael ei dwyllo gan y môr wnaeth y Cychwr, ond feiddiai hi ddim dweud hynny wrth neb. Roedd hi wedi mynd ar ei gliniau wrth erchwyn y gwely i roi gweddi dros y Cychwr, ac i erfyn ar i Dduw faddau iddo. Hoffai drafod ei hofnau ag Elise, fel y gallai ei sicrhau bod enaid y Cychwr yn ddiogel, ond roedd yn rhaid iddi wthio Elise o'i meddwl. Doedd hi ddim wedi cael cyfle i ffarwelio, i ddiolch iddo am fod yno'n gefn iddi. Ond doedd hi ddim chwaith eisiau ei weld yn edrych arni fel y byddai, yn disgwyl iddi ddod ato, a hithau'n dewis aros efo'i meistres bob tro. Fedrai hi ddim dioddef gweld y siom yn ei lygaid, a gwybod ei bod hi'n ei wrthod. Ond nid felly roedd hi, meddyliodd. Doedd hi ddim yn ei wrthod. Doedd ganddi hi ddim hawl ar ei dyfodol. Felly roedd pethau. Cawsai hi ei magu i wybod beth oedd dyletswydd. Nid hi oedd piau'r hawl i benderfynu.

Trodd oddi wrth yr olygfa o'i blaen, a sylwi nad oedd mwg yn codi o dŷ'r rheithor. Roedd o wedi gadael eisoes, wrth gwrs. Meddyliodd amdano, a'i ofal arferol dros bobl y traeth, ac yntau wedi clywed bod rheithor newydd ar ei ffordd yno. Mae'n debyg nad oedd muriau gwynion yr eglwys ar fin y traeth yn ddigon llydan i ddal holl ddosturi Elise; roedd yn well iddo gael ei ryddhau felly. Waeth iddi heb â rhoi lle i'r hen feddyliau gwirion yna... petai a phetasai.

Cyflymodd ei chamau. Byddai'r Wern yn brysur, a phawb yn rhuthro i gael popeth yn barod ar gyfer y daith. Ond roedd yn rhaid paratoi'r tŷ hefyd, wrth gwrs. Roedd Syr John

Wynne wedi sicrhau y byddai tenantiaid newydd ar eu ffordd, a rhywun fyddai'n medru cadw trefn ar ei fuddiannau yn sir Feirionnydd. Wrth nesu at y tŷ, gallai weld y gweision yn cau'r stablau, yn paratoi at orffen eu gwaith am y dydd a'r buarth yn dawel. Brysiodd at ddrws y gegin i helpu Elin gyda'r bwyd. Roedd y pantri bron yn wag, ond roedd Elin wedi pobi, ac wedi paratoi pecyn i'w cynnal ar eu taith. Roedd hi wedi clymu pen y cwdyn yn ddiogel rhag ofn i un o'r cŵn fynd i snwyrian o'i gwmpas. Roedd pasteiod wedi eu paratoi hefyd, felly gallent fod wedi eu bwydo yn ddigonol, rhag ofn. Ond doedd y pecynnau ddim wrth ddrws y gegin lle'r oedd hi wedi eu gadael. Aeth trwodd i'r neuadd. Doedd dim golwg o neb. Galwodd, a daeth Elin i'r golwg o ben y grisiau.

'Ty'd Elin, be wyt ti'n wneud yn y siambr?' Gwyliodd y forwyn yn dod at y grisiau, ei ffedog yn sychu'r dagrau. 'Ty'd, mae'r gweision yn dod at eu swper. Lle fuest ti?'

Ceisiodd guddio'r tinc diamynedd yn ei llais – beth oedd yn bod ar hon eto?

'Maen nhw wedi mynd, Beg.' Daeth Elin i lawr at ei hymyl. 'Maen nhw wedi mynd, sti.'

'Be? Pwy wedi mynd?' Cydiodd Elin ym mraich Begw, fel petai am iddi ddeall ei geiriau.

'Mae'r feistres a Leila wedi mynd, Beg.' Ochneidiodd, a dechreuodd y dagrau eto.

'Wedi mynd i ble?' Ysgydwodd Begw ei phen. 'I ble maen nhw wedi mynd, Elin? Deud yn iawn. Dwi ddim yn dy ddeall di. Fedran nhw ddim fod wedi mynd.'

'Mi aethon nhw yn syth wedi i ti adael, Beg. Mi roddodd y feistres ordor i'r dynion gael y cert a'r ceffylau'n barod, eu bod nhw am adael cyn nos. Roedd hi ar frys, Beg, ond mi ddeudodd Jeffrey y bydden nhw yng Nghaernarfon cyn nos. Wyt ti'n meddwl y byddan nhw'n iawn, Beg? Ond maen nhw wedi mynd heb faglau Leila, sti. Wyt ti'n meddwl y bydd y ffordd yn saff? Maen nhw'n bygwth yr hen droadau yna wrth bont Aberglaslyn, sti. O, mae gen i ofn drostyn nhw, Beg.'

Dilynodd Elin hi i fyny'r grisiau, ei geiriau'n gyfeiliant i sŵn y clocsiau ar y pren. Rhuthrodd Begw i'r siambr, ac edrych ar y lloriau pren tywyll, y muriau moel a siâp y tapestri yn wyn ar y pared. Safai'r gwely mawr, lle bu hi'n cysuro Margaret, yn oer a gwag. Ar y sil ffenestr roedd y drych – hwnnw y bu Margaret yn edrych ynddo er mwyn gweld yr hyn nad oedd hi am ei weld. Cododd Begw'r drych a'i estyn i Elin.

'Dyna ti, Elin, mi gei di hwnna – i ti gael gweld mor dlws wyt ti!' meddai. 'Ond beth ddeudodd y feistres, Elin? Ydw i fod i'w dilyn nhw?'

'Dim ond deud y byddan nhw'n aros yng Nghaernarfon heno, ac y byddet ti'n gwybod beth i'w wneud.' Syllodd y forwyn ar y drych, cyn ei lapio yn ei ffedog a gwenu. 'Ia, dyna ddeudodd hi, Beg – deud y basat ti'n gwybod be i'w wneud.'

Rhuthrodd Elin i lawr y grisiau. Byddai'n rhaid dod o hyd i rywle diogel i guddio'r trysor.

Edrychodd Begw o'i chwmpas. Roedd hi wedi llwyddo felly. Roedd Margaret Wynne wedi aros iddi hi fynd er mwyn gadael. Ond roedd hi wedi medru gadael, wedi datod y llinyn hwnnw oedd yn eu clymu nhw ill dwy. Caeodd Begw ei llygaid am funud a chofio'r diwrnod hwnnw pan ddaeth Siôn Wynne adref i'r Wern – y tro cyntaf iddi hi ei weld. Cofiodd am y ferch druan oedd i fod yn feistres arni, a sut y bu iddi guddio y tu ôl i'w morwyn, cyn medru mentro i groesawu ei gŵr. Agorodd Begw ei llaw a theimlo eto flaen bysedd Margaret yn cyffwrdd â'i chledr, cyffyrddiad crynedig, ofnus, fel cryndod pluen fechan, feddal.

Cododd Begw yn sydyn, a chwerthin. Byddai Margaret yn iawn – gallai ddechrau bywyd newydd iddi hi ei hun ymhell o dir sigledig y traeth a'r Wern. Ond yn fwy na hynny, roedd hi wedi rhoi dewis iddi hithau. Caeodd ddrws y siambr ar ei hôl, ac aeth i'w stafell i nôl ei bwndel o bethau.

9

Dewis

ROEDD ELISE LLOYD wedi gwneud ei ddyletswydd. Roedd wedi gollwng y ddau gorff i'r ddaear, ac wedi gweddïo dros eneidiau'r ddau. Dim ond fo ei hun a wyddai dros bwy y bu ei weddïau taeraf, wrth gwrs. Ddaeth y trydydd corff ddim i'r lan – fyddai fawr ohono ar ôl i'w ddaearu bellach. Ond doedd Elise ddim am bendroni mwy dros eneidiau'r rhai oedd yn gyrff – byddai Duw'n cymryd gofal drostyn nhw. Roedd yn well iddo ef ofalu dros y rhai oedd yn dal ar dir y byw. Llwyddodd i gael gair draw at gowmon y Nannau a daeth hwnnw i groesi'r swnd draw at Hirynys at Lewys. Llwyddodd i berswadio dynes Ty'n y Rhos rywsut hefyd i roi lle i Lewys a Sabel yno, nes y byddai'r bachgen wedi cryfhau digon i deithio i Lanfachreth.

Roedd ei gyfaill, Ffowc Prys, Tyddyn Du, wedi ei sicrhau nad oedd neb eto wedi cyrraedd i dŷ'r rheithor yn Llanfrothen. Doedd neb yno chwaith i ofalu am y plwyfolion, a'r gaeaf yn llusgo'n rhewynt dros y twyni, gan fferru calonnau. Roedd arnyn nhw angen gweddïau o'u hamgylch i'w cysuro, i'w tynnu mlaen, gan eu dandwn a'u hatgoffa na fyddai'r dyddiau duon bach yn parhau am byth, ac y deuai'r golau yn ôl i oleuo'r traeth. Roedd Elise wedi ailgydio yn ei waith – gallai aros nes y deuai'r rheithor newydd yn y gwanwyn.

Brysiodd yn ei ôl am ei dŷ. Roedd o wedi bod draw yn ceisio cysuro'r ferch druan. Fe fyddai hi a'i phlentyn yn goroesi am y tro. Yr hen fardd gâi'r bai am ei dychryn, y diwrnod hwnnw y daeth corff y Stiward i'r lan. Roedd y ferch wedi drysu, meddai'r cymdogion, yn sgrechian ganol nos gan ymbil ar ryw ellyll i'w gadael hi mewn heddwch, yn mynnu bod rhywun â chyrn yn tyfu o bobtu ei ben yn ei herlid, yn ceisio dwyn ei baban a'i ffeirio am un arall. Rhaid bod rhywun wedi witsio'r lle – yr hen fardd pen pastwn, meddai'r hen bobl. Sut arall roedd esbonio'r cyrff ar y traeth, a'r ferch druenus hon yn gwallgofi. Welodd neb y bardd wedyn. A fu o yno o ddifrif, ynteu rhith oedd o? Closiodd pobl y traeth at ei gilydd, fel eu hofelau, un yn pwyso ar y llall am gynhaliaeth, yn swatio rhag y gwyntoedd croes.

Tynnodd Elise ei ffaling yn dynnach amdano. Byddai'r tŷ'n oer a digroeso, felly byddai'n rhaid iddo fynd i chwilio am fwy o goed tân os oedd o am fod yma am aeaf arall. Weithiau roedd yn blino ar ffyrdd y bobl yma, ond yna, roedd yn meddalu eto. Dyna sut roedd pethau. Dim ond gobeithio na ddeuai'r salwch yn ôl y gaeaf yma.

Aeth Elise ar hyd y llwybr yn ôl at dŷ'r rheithor, yn pendroni am ffyrdd rhyfedd yr Arglwydd, nes iddo gyrraedd siâp cyfarwydd y glwyd. Gwichiodd honno wrth iddo ei hagor – byddai'n rhaid ei thrwsio, neu byddai'n disgyn oddi ar ei bachau. Roedd digon i'w wneud. Brysiodd trwyddi ac i lawr rhwng y llwyni at y drws, gan gymryd cip yn ei ôl ar draws y traeth. Cododd awel fechan y tywod mân a'i chwipio ar draws y twyni. Gallai daeru bod rhywun yn croesi'r morfa tuag at yr eglwys. Trodd yn ei ôl am y drws – peth felly oedd golau'r gwyll ar y traeth, yn creu bwgan, lle nad oedd yr un yn bod.

Diolch

Diolch diffuant iawn i Meinir am ei gofal, a'i hamynedd gyda'r golygu, ac i weddill staff y Lolfa am eu cymorth. Diolch i Beryl ac i Alun am eu cyngor doeth arferol, ac i Norman ac Elsbeth Richards, Y Wern am y croeso yno. Diolch hefyd i Nan Griffiths am y sgyrsiau difyr yn y Rhos, i grŵp Darganfod Hen Dai Cymreig, ac i Gareth Jones. Diolch i Iola am y clawr ac i'r teulu a ffrindiau am wrando arna i'n mwydro. Diolch arbennig i Sion am ddod efo fi ar bob taith.

"Mi gydiodd ynof fi – a gwrthod gollwng."
Bethan Gwanas

y Lolfa

Haf Llewelyn

y graig

£6.95

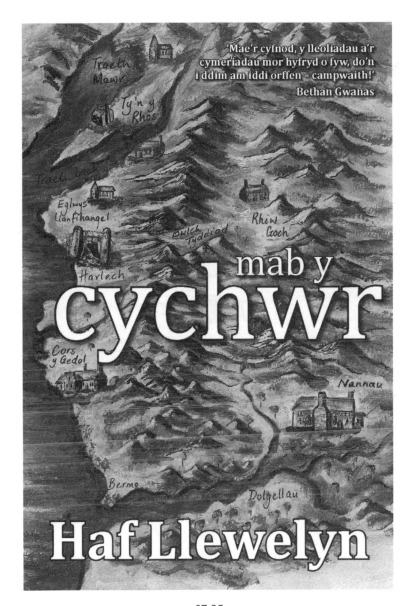

'Mae'r cyfnod, y lleoliadau a'r cymeriadau mor hyfryd o fyw, do'n i ddim am iddi orffen – campwaith!'
Bethan Gwanas

mab y cychwr

Haf Llewelyn

£7.95

Am restr gyflawn o lyfrau'r Lolfa, mynnwch
gopi am ddim o'n catalog
neu hwyliwch i mewn i'n gwefan

www.ylolfa.com

lle gallwch archebu llyfrau ar-lein.

TALYBONT CEREDIGION CYMRU SY24 5HE
ebost ylolfa@ylolfa.com
gwefan www.ylolfa.com
ffôn 01970 832 304
ffacs 832 782